Ken Bruen und Jason Starr
FLOP
**Übersetzt von
Richard Betzenbichler**

Rotbuch Verlag

ISBN 978-3-86789-023-6

2. Auflage
© 2010 (2008) by Rotbuch Verlag, Berlin
Titel der Originalausgabe: »Bust«
© 2006 by Ken Bruen und Jason Starr
Umschlagillustration: © 2006 by R. B. Farrell
Typografie und Satz: Andreas Fack, Berlin
Druck und Bindung: CPI Moravia Books GmbH

Die Reihe »Hard Case Crime« in deutscher Sprache ist eine internationale Kooperation der Winterfall LLC und Rotbuch Verlag GmbH.
Das Logo und der Name »Hard Case Crime« sind Markenzeichen der Winterfall LLC und lizenziert für die Rotbuch Verlag GmbH.

Ein Verlagsverzeichnis schicken wir Ihnen gern:
Rotbuch Verlag GmbH
Neue Grünstraße 18, 10179 Berlin
Tel. 01805/30 99 99
(0,14 Euro/Min., Mobil max. 0,42 Euro/Min.)

www.rotbuch.de

Für
Reed Farrel Coleman,
La Weinman (Sarah)
sowie
Jon, Ruth und Jennifer Jordan,
treue Freunde,
die bei jedem Flop zu einem halten

1

*Leute mit festen Standpunkten machen sich
das Leben nur gegenseitig schwer.*

Buddha

Im rückwärtigen Teil der *Famiglia Pizzeria* an der Ecke Fiftieth und Broadway tupfte Max Fisher gerade mit einer Serviette so viel Fett wie nur möglich von seiner Pizza Margherita, als sich ihm schräg gegenüber ein Mann setzte, der einen Riesenbecher voller Eiswürfel in der Hand hielt. Der Kerl sah dem großen, breitschultrigen Killer, den Max erwartet hatte, überhaupt nicht ähnlich – er erinnerte eher an einen ausgehungerten Windhund. Er konnte nicht mehr als fünfundsechzig Kilo wiegen, war nicht sonderlich groß, hatte erstaunlich blaue Augen, eine dünne Narbe an der rechten Wange und auf dem Kopf einen Wust aus langem grauem Haar. Sein Mund sah äußerst seltsam aus, so, als hätte jemand Glasscherben hineingestopft und die Lippen verstümmelt.

Der Typ lächelte und sagte: »Du fragst dich wohl, was mit meinem Maul passiert ist?« Sein irischer Akzent war unüberhörbar.

Max hatte zwar gewusst, dass der Typ ein Ire war, aber er hatte nicht erwartet, dass er *so* irisch war. Die Unterhaltung mit ihm würde ähnlich anstrengend verlaufen wie die Gespräche mit diesen irischen Barkeepern in der Kneipe oben im Norden der Stadt, die die einfachsten Wörter nicht verstanden. Wenn er dort ein Bud Light bestellte, starrten die ihn bloß blöde an – so, als würde mit *seiner* Art zu sprechen etwas nicht stimmen, und er dachte dann unwillkürlich: *Wer ist denn hier der Kartoffelfresser frisch vom Schiff, Kumpel? Du oder ich?* Max wollte schon darauf antworten, dachte sich dann aber, *Scheiß drauf*, ich bin hier der Boss, und fragte: »Sind Sie ...?«

Der Mann legte einen Finger auf seine verunstalteten Lippen und sagte: »Pst, pst ... Keine Namen.« Er lutschte an seinem Eis, machte eine richtige Show daraus, stülpte die Lippen samt Würfel nach außen, dass Max sie gar nicht übersehen konnte. Schließlich schob er den Würfel wie ein Eichhörnchen in die Backe und sagte: »Du bist also Max?«

Max fragte sich, was aus dem Namensverbot geworden war. Beinahe hätte er etwas dazu gesagt, doch wahrscheinlich wollte der Kerl eh bloß seine Spielchen mit ihm treiben, also nickte er nur.

Der Typ beugte sich vor und sagte leise: »Du kannst mich Popeye nennen.«

Noch ehe Max fragen konnte, *So wie die Comicfigur?*, fing der Kerl zu lachen an, dass sich Max die Haare aufstellten. »Hey Mann, nenn mich doch, wie du willst.« Wieder lächelte er und sagte dann: »Das Geld brauche ich im Voraus.«

Max fühlte sich gleich wohler – Verhandeln war *seine* Spezialität – und fragte: »Acht Riesen, richtig? Ich meine, das hat Angela doch ...«

Die Augen des Kerls weiteten sich, und Max dachte, Scheiße, die Keine-Namen-Regel, und wollte sich schon entschuldigen, als Popeye eine Hand vorschnellen ließ und Max' Handgelenk packte. Für einen so knochendürren Mann hatte er einen stahlharten Griff.

»Zehn«, zischte er, »ich will zehn!«

Max machte sich vor Angst fast in die Hose, war wegen des Geldes aber auch wütend. Er versuchte vergeblich, seine Hand frei zu bekommen, brachte aber immerhin heraus: »Hey, abgemacht ist abgemacht, Sie können nicht einfach die Konditionen ändern.«

Das gefiel ihm – diesem dürren, mickrigen Insulaner zeigen, wo der Hammer hängt.

Endlich ließ Popeye ihn los, lehnte sich zurück, starrte ihn an, lutschte noch ein wenig am Eis herum und sagte schließlich mit sehr leiser Stimme: »Du willst, dass ich deine Frau um die Ecke bringe, ich kann also verdammt noch mal tun und lassen, was ich will. Dein Arsch gehört mir, du Sack im Frack.«

Max fühlte einen Stich in der Brust und dachte, Mist, der Herzinfarkt, der ihn diesem Scheißkardiologen zufolge »jederzeit ereilen« konnte. Er nahm einen Schluck von seiner Pepsi Light, wischte sich über die Stirn und sagte schließlich: »Ja, in Ordnung, von mir aus. Wir können ja neu verhandeln. Fünf vorher, fünf hinterher – was halten Sie davon?«

Der springende Punkt war, er wollte Deirdre aus dem Weg geschafft haben, und er konnte mit Profikillern ja nicht einfach Bewerbungsgespräche führen und den Kandidaten mitteilen, *Danke für Ihr Interesse, wir werden uns bei Ihnen melden.*

Popeye griff in seine Lederjacke – sie hatte an der Schulter ein Loch, und Max dachte schon *Einschussloch?* –, holte eine seltsam aussehende grüne Zigarettenschachtel mit dem Aufdruck »Major« heraus sowie ein Messingfeuerzeug. Der Kerl glaubte doch nicht ernsthaft, dass er sich in einem Restaurant eine anstecken konnte, auch wenn sie nur in einer lausigen Pizzeria saßen. Popeye klopfte eine Zigarette aus der Packung – sie war kurz und dick – und ließ sie an seiner Unterlippe entlanggleiten, als würde er Lippenstift auftragen.

Mann, der Typ war vielleicht schräg drauf.

»Jetzt hör mir mal genau zu, du Quatschkopf«, sagte Popeye. »Ich bin der Beste, den es gibt, und das heißt, ich bin nicht billig zu haben, und das heißt außerdem, ich krieg die ganze Knete komplett im Voraus, und das wäre dann, lass mich kurz nachdenken, morgen.«

So besonders behagte dieser Gedanke Max nicht, doch er wollte die Sache über die Bühne bringen, also nickte er nur. Popeye klemmte sich die Zigarette hinters Ohr, seufzte und sagte: »Also abgemacht. Ich will kleine Scheine, und die bringst du Donnerstagmittag zu Modell's an der Forty-second Street. Du erkennst mich daran, dass ich Tennisschuhe anprobiere.«

»Eine Frage noch«, sagte Max. »Wie wollen Sie es machen? Ich meine, ich will nicht, dass sie leidet. Ich meine, wird es schnell gehen?«

Popeye stand auf, strich sich mit beiden Händen über das rechte Bein, als müsse er eine Falte herausbügeln, und sagte schließlich: »Morgen ... Ich brauch den Code für die Alarmanlage, die Bedienungsanleitung und den Wohnungsschlüssel. Du sorgst dafür, dass du um sechs mit irgendwem zusammen bist. Komm nicht vor acht nach Hause. Wenn du eher auftauchst, niete ich dich gleich mit um.« Er machte eine kleine Pause, ehe er hinzufügte: »Kriegst du das hin, was meinst du, Kumpel?«

Irgendwoher kenne ich das doch, dachte Max. Er zermarterte sich das Gehirn, dann fiel es ihm ein – Robert Shaw in *Der Clou*.

»Und mein Maul«, fuhr Popeye fort, »da hat so ein Knallkopf versucht, mir eine abgebrochene Flasche ins Gesicht zu rammen, hat aber nicht richtig getroffen. Ist auf der Falls Road passiert. Kann ich dir nicht empfehlen, die Gegend.«

Max konnte sich nie merken, ob *The Falls* den Protestanten gehörte oder den Katholiken, aber jetzt schien ihm nicht unbedingt der richtige Zeitpunkt, sich danach zu erkundigen. Er blickte wieder auf das Loch in Popeyes Lederjacke.

Popeye legte einen Finger darauf und sagte: »Das stammt von einem Kleiderhaken an meiner Garderobe. Was meinst du, soll ich es stopfen lassen?«

*Sich selbst treu zu bleiben in einer Welt,
die alles daran setzt, dass man wird wie alle anderen,
ist der härteste aller Kämpfe,
und er ist nie zu Ende.*

E. E. Cummings

Bobby Rosa saß in seinem Quickie-Rollstuhl mitten auf der Sheep Meadow im Central Park und hielt Ausschau nach hübschen, jungen Bräuten. Er hatte den Kopfhörer auf, aus dem »Girls, Girls, Girls« von den Mötley Crue lärmte, und dachte, seiner eigenen Crew würden all die tollen Fotos, die er hier schoss, gefallen. Mann, diese Tussis mussten wohl ordentlich hungern, um so gut auszusehen. Wahrscheinlich lauter Pilates-Fans. Endlich entdeckte er, wonach er gesucht hatte – drei schlanke Mädels im Bikini, die hübsch aneinandergereiht auf dem Bauch lagen. Sie waren knapp dreißig Meter entfernt – die perfekte Fotodistanz. Bobby holte seine Nikon mit dem Weitwinkelobjektiv heraus und zoomte sie heran.

Er knipste etwa zehn Bilder, ein paar Ganzkörperaufnahmen und ein paar nur von ihren Hintern. Dann rollte er zum anderen Ende der Wiese hinüber, wo er zwei Blondinen erspähte, die auf dem Rücken lagen. Aus etwa zwanzig Metern Entfernung machte er ein Dutzend Brustaufnahmen, die er mit Bemerkungen wie »Oh ja, das gefällt mir«, »Ja, so ist es richtig«, »Ja, genau so, Baby« leise kommentierte. Gleich neben den Blondinen entdeckte er eine hübsche schwarze Mutti mit tollen Kurven allein auf einer Decke. Sie lag auf dem Bauch, und der String ihres Bikinihöschens war so dünn, dass man glauben konnte, sie sei nackt.

Bobby rollte vorwärts, um eine Nahaufnahme hinzukriegen. Fünf Meter hinter ihr hielt er an und verknipste den Rest des Films. In der Tasche seiner Windjacke hatte er zwar noch einen Reservefilm, aber er war zufrieden mit dem, was er im Kasten hatte, deshalb verließ er den Park durch einen der Ausgänge auf der Westseite.

Ein Bettler kam auf Bobby zu. Er trug die gleiche peinliche Mischung aus traurigem Dackelblick und Ich-hab-die-Schnauze-voll-Haltung zur Schau wie alle diese obdachlosen Ärsche. Der Typ war außerdem noch stockbesoffen und stank so penetrant nach Pisse, Schweiß und Fusel, dass Bobby beinahe gekotzt hätte.

»Hast du'n paar Dollar, Kumpel?«

Wegen der Kopfhörer konnte Bobby ihn nicht hören, doch las er von seinen Lippen ab, was er wissen wollte. Bobby musterte ihn lange. So ein Schleimscheißer hätte es früher nie und nimmer gewagt, ihn anzuquatschen. Genau in dem Moment stoppte die Kassette mitten in »Bad Boy Boogie«. Das Band hatte sich verwickelt – billiger Schrott, den er vor ... wie viel? ... zehn Jahren? ... jedenfalls von einem Straßenhändler in Chinatown gekauft hatte. Der reinste Betrug. Er riss das Mistding aus dem Walkman und dachte sich, er müsste nun doch allmählich mit der Zeit gehen und sich einen iPod zulegen. Die kaputte Kassette schleuderte er dem Typen vor die Füße, spuckte aus und sagte: »Da hast du was von den Crue. Sieh zu, dass du deinen Scheißhorizont ein bisschen erweiterst, du Hornochse ... Und wenn du schon dabei bist, stell dich auch gleich noch unter die Dusche.«

Der Bettler starrte das Band an und stammelte: »Was zum Teufel soll ich denn damit anfangen?«

Das interessierte Bobby einen Dreck, er grinste nur. »Steck's dir in den Arsch, du Penner.«

Dann rollte er weiter die Straße hoch, verfluchte sich und die Passanten.

Von morgens bis abends, sieben Tage die Woche, war Bobby Rosa mies drauf, oder, um es im momentan gerade angesagten Jargon zu formulieren, er hatte *echt Probleme.*

Als er wieder in seiner Wohnung an der Ecke Eightyninth und Columbus war, fuhr Bobby schnurstracks ins Gästezimmer, das er in eine Dunkelkammer umfunktioniert hatte, und entwickelte den Film. Die drei Bikini-Schönheiten kamen toll rüber, die Bilder der Schwarzen gefielen ihm jedoch am besten. Irgendwie erinnerte ihn die Frau an seine frühere Freundin Tanya.

Die Tittenbilder fügte Bobby seiner Sammlung im Schlafzimmer hinzu. Drei Wände waren schon mit Möpsen aus dem Central Park zugepflastert. Die Ergebnisse seiner Arbeit im Frühling und Sommer der letzten beiden Jahre. Er hatte alle Formen und Größen – Implantate, flache Brüste, alte Damen mit Hängebusen, Teenies im Sport-BH –, für ihn spielte das keine Rolle. Plötzlich kam ihm eine Idee. »Manhattans heiße Bräute«. Er hatte es laut ausgesprochen, und in seinen Ohren klang es ziemlich gut. Im Geiste sah er schon einen Bildband vor sich, mit dem er ein paar Dollar nebenher absahnen konnte und der sogar irgendwie edel wirkte. Reiche Arschlöcher würden ihn zwischen Champagner und Kaviar liegen haben. Er lachte in sich hinein, nahm dann die Arschfotos und hängte sie zu seiner Sammlung ins Bad. Danach rollte er ans Regal und holte eine Kassette heraus: *The Best of Poison.* »Talk Dirty to Me« röhrte los, er lehnte sich in seinem Rollstuhl zurück und bewunderte sein Werk.

Er war überzeugt, er könnte, wenn er wollte, die Bilder an irgendein teures Kunstmagazin verhökern, eines von diesen großen, dicken Schinken, die man mit beiden Händen halten musste.

Nachdem er die Bilder ein paar Minuten angehimmelt hatte, warf er einen Blick auf die Armbanduhr. Es war 14:15 Uhr. Er hatte die gewohnte Zeit für seinen Stuhlgang verpasst. Also rollte er ins Klo und hievte sich auf die Schüssel. Als er den Zeigefinger in ein Glas Vaseline steckte, musste er laut lachen. »Alles für'n Arsch, oder was?«

Rund zwanzig Minuten später rief Bobby in der Lobby an und fragte den Portier, ob er ihm einen Wartungsmonteur in die Wohnung hochschicken könnte. Als der kleine Jamaikaner vor der Tür stand, bat er ihn, den großen Karton aus dem Wandschrank im Flur hervorzuholen.

»Ich dachte, Sie haben ein Problem mit der Dusche?«
»Falsch gedacht«, entgegnete Bobby.

Der Jamaikaner war ein kräftiger kleiner Kerl, aber der Karton war so schwer, dass er ihn nur ein paar Zentimeter schleppen konnte, ehe ihm die Puste ausging.

»Was zum Teufel haben Sie denn da drin?«
»Bloß ein paar alte Klamotten«, antwortete Bobby und drückte ihm einen nagelneuen Zwanzigdollarschein in die Hand.

Als der Mann gegangen war, riss Bobby ganze Schichten von Kreppband los und öffnete den Karton. Er räumte die Luftpolsterfolie beiseite und bekam einen regelrechten Adrenalinstoß, als er endlich seine Waffen sah: drei abgesägte Schrotflinten, ein paar Gewehre, eine MAC-11 Maschinenpistole, zwei Uzis, ein paar kleinere Knarren und eine Sporttasche voller Munition. Da gab es nichts zu rütteln: Wer Waffen hat, sitzt am Drücker.

Schlagartig erschien die Welt in einem völlig anderen Licht: Jetzt bestimmte er, wo's lang ging. Poison spielte gerade »Look What the Cat Dragged in«, und er dachte, *Mann, das isses, Knarren und Rock'n'Roll.*

Er holte eine seiner Lieblingspistolen aus dem Karton, eine 40 Millimeter Glock, Modell 27 compact. Die »Taschenflak« hatte nicht die Wucht einer Schrotflinte oder einer Magnum, aber ihm gefiel der schwarze Lauf. Wieder eine Waffe in der Hand zu halten, verschaffte Bobby den gleichen Kick wie früher. Besser war nur noch, eine abzufeuern, diese kraftvolle Explosion zu fühlen, die geradewegs aus seinem Körper zu kommen schien. In seinen besseren Tagen hatte er viele Frauen gehabt, aber wenn er sich zwischen einer Frau und einer Waffe entscheiden müsste, würde er die Waffe wählen. Sie beschwerte sich nicht und erledigte zuverlässig ihren Job. Außerdem gab eine Waffe ihm das Gefühl, noch mitmischen zu können, und sie brauchte auch niemanden, der sie tröstete.

Bobby zielte aus dem Fenster auf eine Taube, die auf der gegenüberliegenden Straßenseite auf einem Sims saß. Sein Zeigefinger krümmte sich schon. Er war immer ein guter Schütze gewesen, und zwischen den Überfällen hatte er fleißig auf dem Schießstand unten an der Murray Street trainiert. »Peng«, sagte er laut und malte sich aus, wie die Kugel durch den Kopf des Vogels fetzte.

Bobby schwitzte. Er rollte ins Bad und spritzte sich kaltes Wasser ins Gesicht, dann betrachtete er sich im Spiegel. In letzter Zeit kam das häufig vor – er sah in den Spiegel, erwartete, einen jungen Kerl zu sehen, doch stattdessen blickte ihm ein alter Mann entgegen.

»Wann ist das eigentlich passiert?«, murmelte er.

Früher hatte er dichtes schwarzes Haar gehabt, aber in letzter Zeit schien seine Stirn höher und höher zu werden, und in seinem Haar überwog bereits das Grau. Den

Winter über hatte er sich einen Bart stehen lassen in der Hoffnung, er würde damit jünger aussehen, aber: Pech gehabt – der war auch schon fast vollkommen grau. Früher bekam er nur Falten um den Mund, wenn er lächelte, jetzt verschwanden sie überhaupt nicht mehr, und die Ringe unter seinen Augen waren so dunkel geworden, dass sie wie zwei Dauerveilchen aussahen. Zwar waren seine Arme und Schultern kräftig geworden, weil er den Rollstuhl immer selbst bewegte, dafür waren seine Beine zu beinahe nichts zusammengeschrumpelt, und er hatte einen hübsche Wampe angesetzt. Scheiß Bier, Mann, es hielt einen auf Trab, machte einen aber gleichzeitig fertig.

»Und wie soll's jetzt weitergehen?«, fragte er sich.

Für einige Leute mochte siebenundvierzig nicht alt sein, aber für einen Mann, der vierzehn Jahre im Gefängnis, ein Jahr im Irak und drei Jahre in diesem beschissenen Rollstuhl verbracht hatte, war es alt.

Zeit, wieder an die Arbeit zu gehen.

3

Flop: Misserfolg meist finanzieller Art, Pleite /
Maßeinheit für die Geschwindigkeit
von Computerprozessoren /
die ersten drei Gemeinschaftskarten beim Pokern

Bis zum Alter von sieben Jahren hatte Angela Petrakos ihre Kindheit in Irland verbracht, dann hatte ihr Vater alles zusammengepackt und sie und ihre Mutter nach Amerika verfrachtet. »Schluss mit Knickern und Knausern, ab jetzt leben wir den amerikanischen Traum!«

Ja, klar.

Gelandet waren sie schließlich in Weehawken, einem Kaff in New Jersey, und hatten dort in, wie *man* so schön sagt, »vornehmer Armut« gelebt. »Man« mussten Reiche sein, denn Angela hatte nie gehört, dass wirklich arme Leute so geschwollen dahergeredet hätten. Angelas Mutter war Irin durch und durch – gehässig, verbittert und stur wie ein Maulesel. Sich selbst bezeichnete sie immer als »Vertriebene«. Wenn sie dies sagte, erklärte Angelas Vater ihr leise, die Mutter meine damit, »dass sie die Gegend hier hasst«. Ihr Vater war gebürtiger Dubliner, seine Familie stammte jedoch aus Griechenland, genauer gesagt: von Chios. Angelas Mutter war aus Belfast und andauernd meckerte sie herum, was für ein Fehler es gewesen sei, einen aus dem Süden zu heiraten, noch dazu mit griechischem Einschlag. Als Angela ein Teenager war, musste sie unaufhörlich die Lobeshymnen ihrer Mutter auf die ruhmreichen Tage Irlands über sich ergehen lassen, und den ganzen Tag dudelte irische Musik – Jigs und Reels, Dudelsäcke und Bodhráns. In der

Küche hing außerdem eine riesige *Green Harp* an der Wand, die alte grüne Revolutionsflagge mit der Harfe. Angelas Vater durfte zu Hause weder Theodorakis noch sonst eine Musik anhören, die er liebte. Und so hörte Angela *Zorbas Tanz* zum ersten Mal mit zwanzig. Wenn die Iren Regeln festlegen, sind sie in Granit gemeißelt. Kein Wunder, dass von ihnen der Ausdruck stammt: *Kampf bis in den Tod.*

All die Widerstandslieder, die gesamte Geschichte der IRA waren in Angelas Seele fest verankert. Sie war darauf programmiert, alles Irische zu lieben. Also hatte sie den Plan gefasst, in ihre alte Heimat zu fahren und mit Gerry Adams eine Affäre anzufangen. Sicher, er war glücklich verheiratet, aber ihrer Fantasie tat das keinen Abbruch, im Gegenteil: Sie wurde dadurch eher noch beflügelt. Trotz all der Jahre in Amerika sprach sie noch mit leichtem irischen Akzent. Ihr gefiel, wie sie redete. Auf der Junior High und danach auf der High School bekam sie häufig das Kompliment zu hören, sie klinge »scharf«, und zwar von den älteren Jungs, die sie abschleppen wollten – oftmals mit Erfolg. Später besuchte sie eine Berufsfachschule und belegte Kurse in Excel und PowerPoint, aber sie fand bald heraus, dass ihr wahres Talent in der Kunst der Verführung lag. Und als sie zwanzig war, kannte sie bereits alle Tricks, wie sie mit Hilfe von Sex ihre Ziele erreichen konnte.

Sie bahnte sich ihren Weg durch miese Jobs und einen ganzen Haufen bescheuerter Freunde. Im herkömmlichen Sinn war Angela nicht übermäßig hübsch, aber sie wusste das, was sie hatte, geschickt einzusetzen. Sie war durchschnittlich groß, hatte braune Augen und ebensolches Haar, doch das änderte sie rasch – sie wurde blond, blauäugig und richtig flippig. Sie ließ sich die Brust vergrößern, besorgte sich Kontaktlinsen. Die passende Einstellung zum neuen Outfit hatte sie schon seit Langem. Dann starb ihre Mutter. Ihr Vater ließ sie einäschern, »damit sie ganz bestimmt nicht mehr zurückkommt«. Angela bekam die Asche und bewahrte sie in einer Urne in ihrem Bücherregal auf. Als *Die Asche meiner Mutter* erschien, rannte sie auf der Stelle los und kaufte das Buch. Sie hielt das für ein Zeichen oder so. Die Mühe, es zu lesen, machte sie sich nicht, aber sie sah es gern auf dem Regal stehen. Sie kaufte auch andere Bücher, die sie nie las, etwa *Ein rundherum tolles Land* und *Der Junge aus Limerick*. *Die Asche meiner Mutter* hatte sie auch auf DVD ebenso wie *In einem fernen Land* oder *The Commitments*. Was Musik betraf, stand sie ausschließlich auf irisches Zeug – Enya, Moya Brennan und selbstverständlich U2. Um bei Bono einen Treffer zu landen, hätte sie sogar Gerry Adams niedergetrampelt.

Ihr Geld ging hauptsächlich für Klamotten drauf. Die wichtigste Grundregel, die sie gelernt hatte, war: Zieh einen kurzen Rock, Schuhe mit Mörderabsätzen und ein enges Top an, und schon drehen die Jungs durch. Ihre Beine machten was her, und sie wusste, wie sie mit dem Hintern wackeln musste, damit sich wirklich alle Köpfe nach ihr umdrehten. Sie sparte etwas Geld zusammen, buchte im Internet eine Woche Belfast und nahm die Urne mit – was einigen Trubel bei der Heimatschutzbehörde auslöste. Schließlich durfte sie ihre Mutter mitnehmen, wenn auch nur im Frachtraum. Sie stieg im *Europa* ab, dem am häufigsten ausgebombten Hotel Europas – behauptete jedenfalls ihr Reiseführer. Allerdings sahen auch die Gäste hier ziemlich mitgenommen aus. Die Stadt war ein richtiges Dreckloch – trist, grau, deprimierend. Und mit der Währung kam sie auch nicht besonders zurecht. Andauernd machten die Leute sie an wegen des Irakkriegs, als hätte sie da groß was mit zu tun. Sie brachte das ganze touristische Pflichtprogramm hinter sich – vielleicht gab es ja ein paar Leute, die auf gesprengte Häuser abfuhren, sie langweilte das alles zu Tode. Als sie die Asche in den Fayle streuen wollte, kam – natürlich – Wind auf, und der Großteil ihrer Mutter wurde zurückgeweht und blieb in ihrem Haar hängen. Der alte Mann an der Hotelrezeption, dem sie davon erzählte, meinte nur: »Das ist der Beweis, Schätzchen, dass die Toten immer bei uns sind.«

Abends aß sie im Hotel und trank etwas an der Bar. Groß ausgehen wollte sie nicht, allerdings nicht, weil sie ängstlich gewesen wäre, nein, sie verstand nicht ein verdammtes Wort, das die Einheimischen zu ihr sagten. Der Barkeeper baggerte sie an, und hätte er nicht derart gelbe Zähne gehabt, dann hätte sie ihn vielleicht sogar rangelassen. Zum ersten Mal in ihrem Leben fühlte sie sich als Amerikanerin und betrachtete Irland als Fremde. Der Akzent, der ihr in New York so gute Dienste erwies, half ihr hier überhaupt nicht.

Als sie am vorletzten Abend wieder an der Bar saß, wurde sie von einem Betrunkenen belästigt. Der Barkeeper kam ihr selbstverständlich nicht zu Hilfe. Der Besoffene trug eine Kampfjacke, hatte Mundgeruch wie ein Abflussrohr und nuschelte die ganze Zeit: »Na, komm schon, willst du mir einen blasen? Das willst du doch, oder?« Wegen seines starken Akzents dauerte es eine Weile, bis ihr klar wurde, wovon der Kerl eigentlich sprach. Sie hatte im ersten Moment bloß Bahnhof verstanden, und auch das nur sehr undeutlich.

Irgendwann hatte sie dann alles so weit kapiert. Doch bevor sie noch reagieren konnte, tauchte wie aus dem Nichts ein Mann auf, packte den Kerl am Kragen und beförderte ihn im Handumdrehen an die frische Luft. Zitternd steckte sie sich eine Virginia Slim in den Mund,

und schon kam der Barkeeper angeschossen, hielt ihr ein Feuerzeug hin und sagte: »Bitteschön.«

Sie ließ sich Feuer geben, weil sie dringend den Nikotinschub brauchte, blies Gelbzahn dann die erste Rauchwolke mitten ins Gesicht. »Selber bitteschön, du rückgratloser Scheißer!«

Unbeeindruckt entgegnete der Barkeeper: »Ich steh drauf, wenn Sie so fluchen.«

In dem Moment kam der andere zurück. Er starrte den Barkeeper böse an und sagte: »Zieh Leine, Arschgesicht!« Dann wandte er sich Angela zu und fragte: »Alles in Ordnung, Missus?«

Ihn verstand sie auf Anhieb, was daran lag, dass er aus der Republik Irland stammte und die Vokale weich aussprach, ähnlich wie ihr Vater. Im Gesicht hatte er eine Narbe, außerdem langes graues Haar, und er war so dünn wie die Jungs auf der Christopher Street. Seine Lippen sahen übel aus, dafür war er der erste in dieser Scheißprovinz, der gute Zähne hatte. Und irgendwie wirkten die Lippen sogar sexy. Es müsste zwar merkwürdig sein, sie zu küssen, für andere Dinge aber wären sie riesig. Vielleicht lag es an dem spontanen Gewaltausbruch, jedenfalls verströmte er eine rohe Sexualität, die ihn schier unwiderstehlich machte. Eine Sache, auf die Angela abfuhr, war Gefahr, und der Kerl roch danach.

Ihr Gesicht fing sofort an zu glühen. »Wow, ich bin Ihnen ja total dankbar. Darf ich Sie auf einen Drink einladen?«

Er lächelte. »Jameson.« Er sagte es wie einer dieser Actionhelden aus Hollywood, kein »bitte«, kein »mit Eis«, kein gar nichts. Nur das eine Wort, mit einem leicht drohenden Unterton, der besagt: Bring mir den Drink *jetzt*, und denk nicht mal dran, dich mit mir anzulegen.

»Sind Sie auch wirklich echt?«, fragte sie.

Er parkte seinen Arsch auf dem Stuhl neben ihr und antwortete: »Das Herz begehrt, was es nicht fassen kann.«

Meine Herren, dachte Angela, Poesie und Gewalt, welches Mädchen könnte da schon widerstehen! Die Iren mochten ja einen Scheiß davon verstehen, was es hieß, cool zu sein, aber reden konnten sie, das stand mal fest. Und seine Stimme erst – tief, diabolisch und, ja, sexy. Mit einem ähnlich flirtenden Tonfall fragte sie: »Möchten Sie ihn on the rocks?«

Er warf ihr einen Blick zu, den sie noch zur Genüge kennenlernen und nicht immer mögen würde, und sagte: »Ich nehme alles ... pur.«

Er griff in seine Jacke und holte ein dünnes Buch hervor. Sie konnte den Titel lesen: *Die Weisheiten des Zen*. Sie war beeindruckt, dass ein Typ wie er ein so tiefsinniges Buch bei sich hatte.

Er fragte: »Gefallen Ihnen die Pogues?«

Sie dachte: *Scheiß auf die Pogues, du gefällst mir.*

4

*Tue nie Böses, tue stets Gutes, bewahre einen reinen Geist
– so haben es uns alle Buddhas gelehrt.*

Aus dem *Dhammapada*

Max brüllte. »Scheren Sie sich zum Teufel, Sie Stümper!« Dann knallte er mit voller Wucht den Hörer auf die Gabel und schlug mit der Faust auf den Schreibtisch. Kurz darauf spürte er einen Stich in seiner Brust. *Scheiße, ich sterbe*, dachte er und durchwühlte alle Taschen nach seinem Mevacor, als ihm einfiel, dass er die Tabletten heute schon genommen hatte. Jetzt bekam er Angst, dass das Mevacor sich mit dem Viagra nicht vertrug und unerwünschte Nebenwirkungen auftraten.

Er war schon kurz davor, Dr. Cohen, diesen Wichser, wieder anzurufen, dachte sich dann aber, das bringt ja doch nichts. Bisher hatte nicht ein Vorschlag von diesem Pfuscher geholfen. Pflichtbewusst schluckte Max alle verordneten Arzneien, hatte sogar einen Inder namens Kamal angestellt, der ihm ein paar Mal die Woche makrobiotische Mahlzeiten zubereitete. Doch sein HDL-LDL-Wert war auf acht zu eins hochgeklettert, gegenüber sieben zu eins bei der letzten Untersuchung. Damit gehörte er nun zur Super-Hochrisikogruppe für Herzerkrankungen. Gerade wieder hatte er das Gefühl, sein Herz mache Überstunden, die Pumpe liege schon in den letzten Zügen.

Zur Entspannung machte Max eine Yogaatemübung, die ihm Kamal beigebracht hatte. Einatmen durch das eine Nasenloch, ausatmen durch das andere. Aber es half einen Dreck. Im Geist machte er sich eine Notiz: Diesen indischen Spinner feuern, sobald er aus dem Urlaub zurück war. *Taj Mahal dich, du kleines Arschloch.*

Es klopfte.

Max schrie: »Was?«

Die Tür ging langsam auf, und Harold Lipman, Max' neuer Netzwerkverkäufer, kam ins Büro und sagte: »Entschul...«

»Jetzt nicht«, zischte Max.

»Ich wollte bloß fragen ...«

»Ich sagte: Jetzt nicht!«

Lipman sah zu, dass er rauskam. Max ging an seine Bar und mixte sich einen Wodka Tonic. Ja, Max liebte sein Büro, den einzigen Raum von NetWorld, den er völlig neu gestaltet hatte. Abgesehen von der Mahagonibar hatte er die Wände noch mit Holz verkleiden sowie einen neuen Teppichboden verlegen lassen und sich außerdem aus dem Office-Depot-Katalog den teuersten Schreibtisch samt Drehstuhl bestellt. Er fand, damit vermittle er ein gewisses Bild: Hier sitzt ein Typ, der auf der Höhe der Zeit ist, nicht protzig, aber mit erlesenem Geschmack, und gleichzeitig einer, der sich nicht auf der Nase herumtanzen lässt. Wer das Büro sah, stellte sich sofort einen Mann vor, der wahrscheinlich ab und zu mit Donald Trump was trinken ging, wenn auch nicht allzu oft, da Max »einfach zu beschäftigt« war. Eine besondere Aussicht bot das Büro nicht, dafür verbargen elegante beigefarbene Vorhänge die Fenster. Hinter dem Schreibtisch hing ein speziell für ihn angefertigtes Foto. Eine Blondine mit Brüsten wie Pamela Anderson räkelte sich auf einem roten Porsche, auf dem das Firmenmotto zu lesen war: NETWORLD FLOPPT NIE.

Der Alkohol besänftigte Max so weit, dass er sich wieder auf die wesentlichen Dinge konzentrieren konnte. Geld zum Beispiel. Die letzten beiden Tage hatte Max insgesamt zehn Riesen in seinem Privatsafe deponiert. Von seinen Bankkonten, den firmeneigenen wie den privaten, hatte er stets nur kleinere Beträge abgehoben, ebenso von den Brokerkonten, wo er einige Bargeldbestände gebunkert hatte. Den Großteil des Geldes, rund siebentausend Dollar, hatte er jedoch der Portokasse seiner Firma entnommen. Dies hielt Max für eine raffinierte Idee, denn falls die Polizei Nachforschungen anstellen sollte, würde sie keine Abbuchungsbelege oder sonstige Unterlagen finden, die beweisen könnten, dass er einen Killer angeheuert hatte. Und scheiß auf die Forderung dieses irren Iren nach kleinen Scheinen – er hatte praktisch nur Fünfziger und Hunderter. Was konnte Popeye schon groß tun? Die Kohle liegen lassen? Wie wahrscheinlich war das schon?

Als sich Max einen zweiten Wodka Tonic eingoss, hörte er an der Tür das vereinbarte Zeichen: leises Klopfen, Pause, lauteres Klopfen. Mit einer möglichst erotischen Stimme sagte Max: »Komm rein, Baby.«

Wie üblich sah Angela aus wie pures Dynamit: glänzende schwarze Stiefel, kurzer roter Rock, der so eng saß, dass sich die Hinterbacken abzeichneten, und ein Spitzenjäckchen. Ihr Haar war hochtoupiert, dazu trug sie die diamantenen Ohrstecker, die er ihr letztes Jahr zu Weihnachten bei Tiffany gekauft hatte.

»Zwei Leute haben für dich angerufen, während du telefoniert hast«, sagte Angela mit ihren weichen irischen Vokalen, die ihn so verrückt machten.

»Scheiß auf die Anrufe. Komm lieber her und lass deine kleinen magischen Hände spielen.«

Angela schloss die Tür ab und stellte sich hinter Max. Stöhnend atmete er tief durch. »Ja, genau, das tut gut.« Angela massierte seine Nacken- und Schulterpartie.

»Du bist heute ganz schön verspannt.«

»Ja, und ich wette, mein Blutdruck ist jenseits von Gut und Böse.«

»War das Dr. Cohen, den du vorhin so angebrüllt hast?«

»Wer sonst!? Ich schwör's dir, es ist mir ein völliges Rätsel, wie dieser Wichser jemals eine Zulassung bekommen hat. Weißt du, was dieses Arschloch zu mir gesagt hat? Ich soll ab sofort braunen Reis essen. Speck, Brathähnchen, Shrimps, Pizzas – das schadet mir alles nichts. Der beschissene weiße Reis ist an allem schuld.«

»Jetzt reg dich doch nicht so auf«, beschwichtigte ihn Angela. »Du musst lernen, dich zu entspannen, den Stress nicht zu nah an dich ranzulassen. In Irland sagen wir in solchen Fällen: *Na bac leat*.«

Was zum Teufel sollte denn das schon wieder heißen. »Was zum Teufel soll denn das schon wieder heißen?«, fragte er.

Gelassen sagte sie: »Auf Amerikanisch ... *Ein Klacks*.«

Max atmete aus, dann tief und langsam wieder ein. Angela hatte Joy aufgelegt, das Parfüm, das er ihr letzten Monat bei Bloomingdale gekauft hatte. Er konnte nicht sagen, ob es angenehm roch oder nicht, aber das Zeug hatte ihn fünfhundert Dollar pro Unze gekostet, also musste es wohl was taugen.

»Du solltest vorsichtiger sein«, riet ihm Angela. »Im Büro dermaßen zu schreien. Alle konnten dich hören.«

»Na und? Wem das nicht passt, der braucht ja hier nicht zu arbeiten.«

»Ja schon, aber ich halte es trotzdem für keine besonders gute Idee. Vielleicht erinnern sich die Leute später daran, und dann erzählen sie es der Polizei. ›Also, wenn ich so darüber nachdenke, hat sich Max in letzter Zeit irgendwie verrückt benommen.‹«

»Aber ich benehme mich die ganze Zeit verrückt.

Ich bin eben ein verrückter Kerl, das gehört zu meinem Image.«

»Ich meine ja nur ... es ist wahrscheinlich keine gute Idee.«

»Äh, ja, vermutlich hast du recht«, räumte Max ein. »Weißt du, was Cohen noch zu mir gesagt hat? Dass ich fett bin.«

»Ich mag dein Bäuchlein.«

»So? Na ja. Cohen behauptet jedenfalls, das sei ungesund. Er hat mir eine Tabelle gezeigt, wonach ich für meine Größe und mein Alter übergewichtig bin. Dabei solltest du mal sehen, was dieses Arschloch selbst für einen Wanst mit sich rumschleppt.«

»Wie fühlt sich das an?«

»Gut, richtig gut.«

Angela drehte Max in seinem Sessel herum und küsste ihn auf die Lippen. Leise sagte Max: »Ich will nur, dass dieser ganze Scheiß endlich vorbei ist. Letzte Nacht hab ich geträumt, sie wäre tot. Der Notarztwagen war da, und sie haben sie aus unserem Haus getragen. Zugedeckt mit einem weißen Laken. Und weißt du was? Das war der schönste Traum meines Lebens.«

»Du solltest nicht so über sie reden«, sagte Angela. Sie hatte die Hände hinter Max' Kopf gelegt und strich sanft durch sein schon dünner werdendes Haar. Er war froh, dass sie seinen Hinterkopf streichelte, wo er wenigstens noch ein paar Haare hatte. »Du kennst doch den Spruch: Was man über seine erste Frau sagt, sagt man irgendwann auch über seine zweite.«

»Du und Deirdre, ihr habt überhaupt nichts gemeinsam, Liebling.«

»Das siehst du jetzt so, aber wer weiß, vielleicht bezahlst du in zwanzig Jahren jemanden, damit er mich umbringt.«

»Ich kann von Glück reden, wenn ich überhaupt noch zwanzig Jahre lebe.«

»Du streitest es also nicht ab.«

Er nahm ihren Kopf fest in beide Hände und blickte ihr direkt in ihre wunderschönen hellblauen Augen. »Ich liebe dich. Glaubst du im Ernst, ich hätte Deirdre jemals gesagt, dass ich sie liebe?«

»Du hast es immer noch nicht abgestritten.«

»Ich streite es ab, ich streite es ab. Du meine Güte.«

Angela lächelte. Max küsste sie und sagte: »Das Einzige, was mir Sorgen macht, ist dieser Popeye.«

»Wieso?«

»Das fängt schon mit dem Namen an.«

»Was ist denn damit?«

»Na, hör mal, das ist eine bekloppte Comicfigur. Als würde ich Donald Duck beauftragen, meine Frau umzubringen.«

»Du kannst doch nicht erwarten, dass er seinen richtigen Namen benutzt. Ich meine, er muss sich doch irgendwie absichern, oder?«

»Ja, aber er hätte sich auch was Besseres einfallen lassen können, mehr so killermäßig. Keine Ahnung, vielleicht Skull oder Bones, was weiß ich.«

»Du kannst jemanden nicht nur nach seinem Namen beurteilen.«

»Schon gut, wahrscheinlich hast du recht. Und wahrscheinlich macht er seinen Job auch richtig, sonst hätte ihn dein Cousin wohl kaum empfohlen, stimmt's? So verflucht irre wie der ist, macht der sofort jemanden kalt. Du hättest ihn sehen sollen, wie er meinen Arm gepackt hat.«

»Worüber machst du dir dann Sorgen?«

»Ich weiß auch nicht, nichts Bestimmtes. Aber irgendwie werde ich das Gefühl nicht los, der Typ will mich verarschen. Außerdem passt es mir nicht, wie er die Konditionen einfach geändert hat. Acht waren abgemacht, auf einmal verlangt er zehn. So kann man keine Geschäfte machen.«

Angela nahm Max' Hand. »Reg dich nicht auf. Es waren doch nur zweitausend mehr. Er hat ja keine zwanzigtausend verlangt.«

»Trotzdem. Ich hab den Eindruck, der Kerl glaubt, er hätte mich an den Eiern oder so. Er führt sich auf, als wäre er der Boss. Weißt du, was er zu mir gesagt hat? ›Sack im Frack‹. So ein Arschloch. Und wie der schon ausgesehen hat! Unerträglich. Diese widerlichen Lippen.«

Während er sprach, knete Max Angelas Brüste. Er liebte ihre Brüste – sie waren der Hauptgrund, warum er sie überhaupt eingestellt hatte. Er war schon immer busenfixiert gewesen. Selbst Deirdre hatte große Brüste, auch wenn sie ihr inzwischen schon bis runter zum Magen hingen.

»Das ist wahrscheinlich keine gute Idee«, sagte Max, als Angela begann, seinen Nacken zu küssen. »Nach heute Abend dürfen wir uns eine ganze Weile nicht mehr treffen.«

»Ich kann es gar nicht erwarten, bis wir endlich immer zusammen sein können.«

»Geht mir genauso. Aber bis es so weit ist, sollten wir es hier so ruhig wie möglich angehen lassen.«

Den Rest des Tages erledigten Max und Angela ihre jeweiligen Aufgaben. Erstaunlicherweise war es ihnen gelungen, ihre Affäre in der Firma geheim zu halten. Vor anderen Leuten war Max stets sehr förmlich, bat Angela, Papiere zu faxen, Anrufe entgegenzunehmen, ihm Kaffee zu bringen oder etwas zu essen kommen zu lassen, und er ließ sie all den sonstigen Kram machen, den Firmenchefs ihre Sekretärinnen eben so erledigen lassen. Nie gingen sie zusammen essen, nie verließen sie gemeinsam das Büro. Wenn sie sich verabredeten, ging Angela immer als erste, und Max traf sich mit ihr dann am vereinbarten Ort. Und wenn sie mal in der Firma herummachten, so war es ja nichts Ungewöhnliches, wenn der Chef und seine Sekretärin sich hinter verschlossener Tür im Büro des Chefs aufhielten.

Um elf Uhr hatte Max seine wöchentliche Besprechung mit Alan Henderson, dem Finanzchef, und Diane Faustino, der Personalleiterin. Sie gingen die Gehaltsliste und den Finanzplan durch, sprachen über die Erweiterung der Firmenwebseite und die Notwendigkeit, zwei leitende Netzwerktechniker zusätzlich einzustellen. Außerdem teilte Max Alan mit, dass alle Beschäftigten im kommenden Jahr mit einer zehnprozentigen Gehaltserhöhung belohnt würden und ein entsprechendes Memo schnellstmöglich verschickt werden solle. Zumindest konnte niemand behaupten, er hätte die Tage vor der Ermordung seiner Frau keine gute Laune gehabt. Abgesehen davon gewährte er gern Lohnerhöhungen, er genoss die Macht, die es ihm erlaubte, diese Arschlöcher aufzubauen oder fertig zu machen.

Nachdem an diesem Abend der letzte Mitarbeiter gegangen war, schloss Angela die Eingangstür ab und ging zu Max. Der lag schon nackt mit dem Rücken auf der Couch, wo er Kamals Atemübung machte. Sie schaltete das Licht aus, sodass es fast stockdunkel war. Nur durch die Vorhänge drang noch etwas Licht herein. Langsam zog sie ihre Kleider aus, bewegte sich so, wie Max es liebte, als wäre sie eine Tänzerin im *Legz Diamond's*, dem Stripclub an der Forty-seventh Street, wohin er seine Kunden ausführte. Als Letztes legte sie den BH ab, kletterte auf Max drauf und küsste ihn sanft. Dann fuhr sie mit der Zunge durch sein dichtes, graues Brusthaar und weiter unten. Max grinste. Wer brauchte schon Atemübungen?

Hinterher schlang Max seine Arme um sie. In diesem Moment fühlte er sich ihr besonders nah.

»Lass uns heiraten«, sagte er.

»Klar heiraten wir.«

»Ich meine sofort.«

»Ein bisschen sollten wir schon warten. Es würde doch verdächtig aussehen, wenn wir zu schnell heiraten, meinst du nicht?«

»Was macht das schon! Nur weil meine Frau ermordet wurde, brauche ich doch nicht für den Rest meines Lebens zu trauern.«

Angela dachte kurz nach. »Ja, ich glaube, da hast du recht.«

»Da ist noch was anderes, worüber ich mit dir reden wollte: Kinder. Ich hab mir immer einen Max junior gewünscht, nur eben nicht mit Deirdre. Was würdest du davon halten, nur noch Hausfrau und Mutter zu sein?«

»Nichts lieber als das.«

»Dann sollten wir möglichst bald damit anfangen, solange mein Sperma noch was taugt.«

Später, während sie sich anzogen, unterbrach Max Angela mitten im Satz. »Angela, da ist etwas, um das ich dich bitten wollte. Ich weiß nicht so recht, wie ich es sagen soll. Ich möchte nicht, dass du beleidigt bist oder so. Ich glaube zwar nicht, dass du ... «

»Um was geht's denn?«

»Es ist dumm, wirklich, aber ... «

»Was?«

»Es ist nur ... Hast du schon einmal daran gedacht, deine Brust noch um eine Körbchengröße aufstocken zu lassen?«

Sie schaute auf ihre Implantate. »Wieso? Sind sie dir nicht groß genug?«

»Das hab ich nicht gesagt. Ich hab nur gefragt, ob du schon mal daran gedacht hast. Das ist alles.«

»Ich hab schon Größe 85. Sag mal, ist das dein Ernst? Gefallen sie dir echt nicht?«

»*Das* hab ich nicht gesagt. Ich will bloß nicht, dass du denkst, du könntest etwas, das du dir wünschst, nicht bekommen.«

»Das ist echt nett von dir … denk ich mal.«

»Ich sag ja nicht, dass du unbedingt größere Titten brauchst.« Max band sich die Krawatte und suchte nach den richtigen Worten. Alles, was ihm einfiel, war: »Ich möchte doch nur, dass du im Leben alles bekommst, was du dir wünschst: sei es ein goldenes Halsband, ein schönes Kleid, eine Weltreise oder tolle Titten.«

Während sie ihren BH überstreifte, fragte Angela: »Du glaubst also tatsächlich, dann würde ich besser aussehen, was?«

»Nicht unbedingt besser, aber ich glaube auch nicht, dass es schaden könnte. Egal, schlaf einfach mal drüber. Ach, übrigens, hast du den Termin für morgen Abend zum Essen vereinbart?«

»Ja. Mit Jack Haywood.«

»Gut. Ich hab mir gedacht, ich lade ihn in irgendein gut besuchtes Lokal ein, vielleicht irgendwas Italienisches an der Upper East Side. In der Nähe der Second Avenue gibt's doch diese vielen kleinen Restaurants.«

»Bars auch.«

»Ich weiß nicht recht. Da käme ich mir doch ziemlich blöd vor, in meinem Alter noch in einer Singlesbar.«

»Du bist nicht alt.«

»Ich bin nur dann nicht alt, wenn ich bei dir bin.«

Als Max sich fertig angezogen hatte, kam Angela zu

ihm rüber und sagte: »Jetzt ist es also so weit. Das letzte Mal, dass wir zusammen sind – für eine Zeit lang jedenfalls.«

Als er Angela umarmte, lenkte dies seine Gedanken wieder auf das Thema Brüste. »Weißt du, ich glaube, ein Restaurant ist nicht öffentlich genug. Ich sollte wo hingehen, wo mich mehr Leute sehen können. Ach, ich weiß schon, ich nehme Jack mit in einen Stripclub.«

Wenn meine Großmutter Eier hätte,
wäre sie mein Großvater.

Jiddischer Spruch

»Ich fahr also mit dem Bus Richtung Innenstadt, da steigt diese Braut ein«, erzählte Bobby Rosa gerade. »Ich denke mir, der Frau kann geholfen werden, schließlich fühle ich mich prächtig und voll Energie, warum also nicht? Sie ist so um die dreißig, hat blonde Haare und eine recht hübsche Figur. Ich fange an, sie anzustarren, du weißt schon, damit sie es merkt und zu mir herüberschaut. Um der Schlampe den Tag zu retten, verstehst du? Es heißt doch immer, dass die Frauen so scharf auf Typen im Rollstuhl sind. Ich wollte einfach mal rausfinden, ob das nur lauter Bockmist ist oder nicht.«

Victor Gianetti saß Bobby gegenüber an einem der hinteren Tische von *Lindy's Diner* im *Hotel Pennsylvania*. »Und, wie ging's weiter?« Er versuchte, wenigstens so zu tun, als ginge ihm das Ganze nicht komplett am Arsch vorbei.

»Das Mädchen lächelt«, fuhr Bobby fort. »Aber nicht bloß irgend so ein Lächeln, als wollte sie sagen ›Schönen Tag noch‹. Nein, das war das Lächeln eines Mädchens, das flachgelegt werden wollte. Ich denk mir gerade, das ist mein Glückstag, da fangen plötzlich meine Beine an zu zucken, als hätte mir jemand einen Elektrostab in den Arsch gesteckt. Meine Beine zappeln, der Rollstuhl wackelt, Leute wollen mir helfen. Endlich hör ich auf zu zittern und schau wieder zu der Frau. Sie steht da mit offenem Mund und gafft mich an, als wäre ich eine Missgeburt.«

»Du bist eine Missgeburt, mein Freund«, sagte Victor mit ernster Miene, fügte aber schnell hinzu: »War nur ein Witz. Mein Gott, wo ist bloß dein Sinn für Humor geblieben.«

»Ich glaube, du hast überhaupt nicht kapiert, um was es mir geht.« Bobby fragte sich allmählich, warum Victor offensichtlich nie verstand, wovon er redete. »Es interessiert mich einen Scheiß, was irgendeine Puppe von mir denkt. Es ist nur die Art, wie es läuft, wenn man in einem Scheißrollstuhl sitzt und sich allmählich selbst den ganzen Mist von wegen Krüppel reinzieht. Weißt du, was ich meine? Ich meine Folgendes: Wenn man mal gründlich darüber nachdenkt, was machen denn die Leute so im Leben – essen, scheißen, schlafen. Das kann ich alles genauso gut. Ich kann sogar bumsen. Da gibt's Medikamente, alle möglichen Hilfsmittel. Es wäre wahrscheinlich eine ziemliche Nerverei, aber es wäre machbar. Ich fahre mit dem Bus, ich kann überall hin, wo alle anderen auch hin können. Es gibt da ein Wort für das, was ich meine, mir fällt's nur momentan nicht ein.«

»Du hast das Gefühl, dass die Leute dich herablassend behandeln.«

»Ein Wort, hab ich gesagt, nicht einen ganzen Satz.« War dieser Typ denn völlig vertrottelt? »Es klingt ein bisschen wie Erektion. *Perzeption*. Es ist, als hätten alle schlagartig diese bestimmte Perzeption von mir. Die Leute sehen einen großen Mann, Ende vierzig, im Rollstuhl. Die einen bekommen Mitleid mit mir, die anderen halten mich für eine Missgeburt. Und Kinder, meine Fresse, das sind die allerschlimmsten. Letzten Winter war ich mal unterwegs, mir eine Flasche Cola holen, da kommen drei kleine Jungs angerannt und schmeißen Schneebälle nach mir. Nein, keine Schneebälle, Eisbälle. So wie wir sie früher immer auf die Busse geworfen haben. Heutzutage werfen sie sie auf Menschen. Was ist nur aus dieser Welt geworden? Ich schwör's dir bei Gott, ich war kurz davor, meine Flinte zu holen und die drei Scheißer wegzupusten. Hat denn heute niemand mehr vor irgendwas Respekt? Früher bin ich die Straße runtergegangen, und kein Mensch wäre mir zu nahe getreten, aber jetzt hat sich die Perzeption verändert. Ich bin immer noch der Gleiche, ich kann immer noch jedem die Fresse einschlagen, wenn es sein muss – aber inzwischen bin ich der Einzige, der das so sieht. Weißt du, was ich meine?«

»Ich glaube schon«, antwortete Victor und trank einen Schluck Milch.

Mann, Bobby konnte immer noch nicht fassen, wie beknackt Victor in seiner Pagenuniform aussah. War das wirklich derselbe Mann, der sich früher so elegant gekleidet, diese flotten Nadelstreifenanzüge und glänzend polierten Schuhe getragen hatte? Sicher, sein Haar war schon immer etwas dünn gewesen, aber jetzt war er ratzekahl und sah aus, als hätte er seit ihrer letzten Begegnung vor vielleicht sechs Jahren zehn oder fünfzehn Kilo abgenommen. Außerdem war mit seiner Stimme was nicht in Ordnung. Sie klang heiser und kratzig, wie die eines alten Mannes. Bobby hätte ihn kaum wiedererkannt, hätte er nicht diesen dunklen Teint und den riesigen, verbogenen Zinken gehabt, den er sich als Junge Dutzende Male gebrochen haben musste. Bobby konnte ja verstehen, wenn jemand ein paar Kilo abnahm und das Alter sich bemerkbar machte. Was er nicht verstehen konnte, war, wie jemand von Bankräuber auf Gepäckträger umschulen konnte. Bobby mochte ja seine Beine verloren haben, diese Pfeife hier aber hatte jeden Mumm verloren.

Bobby schlürfte seinen Kaffee. »Weißt du noch, die Dinger, die wir auf der Bowery gedreht haben?«

Victor lächelte. Die Erinnerung an die alten Zeiten

ließ ihn plötzlich wieder jung aussehen. »Einsame Spitze, was?«

»Genau, man plant einen Überfall bis ins kleinste Detail und wow – alles läuft wie am Schnürchen.«

»Nur, dass dieses Schlitzauge den Alarm ausgelöst und auf uns geschossen hat.«

»Das zählt nicht. Mit irgendeinem Scheiß muss man immer rechnen, wenn man einen Juwelierladen überfällt. Ich rede von dem ganzen Drumherum – zum Wagen rennen, ab zur Brücke, nach Brooklyn rüber, in Brooklyn Auto wechseln, weiter nach Queens, in Queens Auto wechseln und zack, schon sind wir zu Hause auf Long Island und zählen die Beute. Wie ein Uhrwerk. Wie oft haben wir das durchgezogen? Dreimal? Das ganze schöne Gold. Mann, das war was.«

Allein der Gedanke an die alten Zeiten brachte ihn richtig in Fahrt. Fast schien es ihm, als wäre er wieder dort, zehn Jahre jünger, todschick und topfit. Als er sich so mit seiner Uzi im Juwelierladen stehen und dann auf die Straße rennen sah, konnte er beinahe seine Beine wieder spüren wie in diesen Träumen, in denen alles so wirklich schien. Doch wenn er dann aufwachte, war er wieder nur ein Scheißkrüppel.

»Ich hätte nie auf eigene Faust losziehen sollen«, sagte Victor.

»Genau davon rede ich die ganze Zeit. Du kannst dein Leben nicht vorhersehen. Du hast Scheiße gebaut und bist in den Knast gewandert. Aber du bist immer noch erst ... wie alt ... fünfzig, fünfundfünfzig?«

»Vierundvierzig.«

Meine Güte, dieses Häufchen Elend sieht aus wie sechzig, dachte Bobby. Laut sagte er: »Na, siehst du? Vierundvierzig ist heute das, was früher mal vierundzwanzig war. Mit den ganzen Vitaminen und dem Krempel, den die Ärzte heutzutage haben, werden bald alle hundert Jahre alt.«

Victor warf einen Blick auf seine Uhr. »Scheiße, ich muss wieder an die Arbeit. Weswegen bist du eigentlich gekommen? Bloß ein paar Takte plaudern oder was?«

»Nein, ein bisschen wichtiger ist es schon.« Bobby beugte sich vor, um sicherzugehen, dass der Mann, der einen Tisch weiter die *Daily News* las, nichts mitbekam. »Ich wollte mit dir über einen Job reden.«

»Einen von damals?«

»Nein, einen neuen.«

Ein paar Sekunden lang starrte Victor Bobby an, als müsse er sich das Lachen verkneifen. »Komm schon, du machst Witze, oder?«

»Sehe ich aus, als würde ich Witze machen?«

»Was ist los? Haben wir heute den 1. April? Verschon mich bloß mit solchen Schnapsideen.«

»Ich meine es ernst, Mann. Ich bin als Erstes zu dir gekommen, weil ich weiß, dass du gut bist und dass ich dir trauen kann. Aber wenn es dich nicht interessiert, bitte, dann suche ich mir jemand anderen.«

Bobby hätte ihm am liebsten über den Tisch hinweg eine geklatscht, damit Victor endlich richtig zuhörte.

»Also gut, raus mit der Sprache«, sagte Victor, der alle Mühe hatte, nicht sofort laut loszuplatzen. »Was hast du vor?«

»Ich will einen Schnapsladen ausnehmen.«

Jetzt konnte sich Victor endgültig nicht mehr zurückhalten. Er musste lachen, allerdings kam ihm sehr schnell der Raucherhusten dazwischen. Als er sich wieder einigermaßen erholt hatte, fragte er: »Einen Schnapsladen? Herr im Himmel, du bist echt der Hammer.«

Bobby lachte immer noch nicht, er lächelte nicht einmal.

»Also wirklich«, fuhr Victor mit seiner kratzigen Stimme fort, »einen Schnapsladen?«

»Was gibt's denn für ein Problem damit? Als wir damals Pool gespielt haben – wie lang ist das her, sieben, acht Jahre? –, da hast du gesagt, wir sollten eines Tages wieder was zusammen machen, stimmt's? Und jetzt ist es so weit.«

Victor sah ihn mitleidig an. Diesen Blick kannte Bobby zur Genüge von wildfremden Leuten auf der Straße, vor allem von alten Frauen. Einmal hatte ihn eine alte Frau gefragt, ob sie ihm helfen solle, die Einkaufstaschen vom Supermarkt nach Hause zu bringen. Am liebsten hätte Bobby ihr eine geknallt.

»Dass du nicht gehen kannst«, sagte Victor, »ist dir aber schon bekannt, oder?«

Die Kellnerin brachte Bobby ein Stück Kirschkäsekuchen. Bobby schob sich vier Bissen rein, ehe er antwortete: »Na und? Machst du mit oder nicht?«

»Sag mal, hast du mir nicht zugehört?«

»Weißt du, es gab mal eine Zeit, da wärst du sofort dabei gewesen, wenn ich ein Ding mit dir hätte drehen wollen.«

»Diese Zeit ist verdammt lange her. Du sitzt im Rollstuhl, und mir haben die Ärzte letztes Jahr einen Tumor aus dem Hals operiert. Außerdem haben sie auf meiner Leber Flecken entdeckt, die sie regelmäßig kontrollieren. Und sie haben gesagt, wenn der Krebs sich da unten auch noch ausbreitet, bin ich weg vom Fenster.«

Bobby sah Victor direkt in die gelblichen Augen. Das mit dem Krebs überraschte ihn nicht groß – er hatte ja gewusst, *irgendwas* stimmte nicht mit dem Kerl. »Weißt du, was ich so den lieben langen Tag treibe? Wenn ich nicht vor dem Scheißfernseher sitze, dann bin ich draußen im Central Park und mache Fotos von irgendwelchen Bräuten im Bikini. Ich hab zu Hause Hunderte von Arsch- und Tittenbildern an den Wänden hängen. Die Bude sieht aus wie das reinste Pornomuseum. Du weißt genau, das passt überhaupt nicht zu mir.«

Bobby merkte, dass er zu laut geredet hatte. Die Leute an den anderen Tischen schauten schon zu ihm herüber, als hätte er nicht alle Tassen im Schrank. Victor sah ihn an, als wäre ihm dieser Gedanke auch schon gekommen, und fragte: »Was soll das heißen? Bist du jetzt unter die Fotografen gegangen?«

»Wieso? Soll ich ein paar Bilder von deiner Freundin schießen? Ich lass sie so gut aussehen, dass die Fotos sogar im *Penthouse* abgedruckt werden.«

»*Meine* Freundin kannst du gar nicht gut aussehen lassen. Da müsstest du sie schon im Dunkeln knipsen.«

Ein paar Sekunden sahen Bobby und Victor einander mit ernster Miene an, dann begannen beide zu lachen. Kaum hatten sie sich beruhigt, trafen sich ihre Blicke erneut und es ging von vorne los. Schließlich kriegten sie sich wieder ein. Bobby fühlte sich wie in alten Zeiten, als er und Victor fünfundzwanzig Jahre alt waren und in irgendeiner Kneipe in Hell's Kitchen saßen und quatschten.

Immer noch lächelnd sagte Victor: »Wenn du mal einen wirklich hübschen Arsch sehen willst, wirf mal einen Blick auf die Huren, die sie hier anschaffen lassen.«

Bobby war klar, Victor wollte nur das Thema wechseln, aber er spielte mit. »Was? Hier treiben sich ein paar leckere Nutten rum?«

»Soll das ein Witz sein? Die Mädels hier sind keine von diesen Junkiehuren, die auf den Bühnen am Queens Boulevard herumtanzen. Das sind erstklassige Models, die sie für die ganzen Versicherungsschwuchteln herbringen. Du weißt schon, Callgirls, Begleitservice.«

»Begleitservice? So, so.« Bobby hatte eine neue Idee. »Kommen die oft hierher?«

»Jede verdammte Nacht.«

»Tatsächlich? Und du bist hier der Page, richtig? Das heißt doch wahrscheinlich, du bringst die Leute auf ihr Zimmer.«

»Warum fragst du?«

Bobby lächelte. »Mal was anderes. Könntest du mir ein paar Zimmerschlüssel besorgen?«

Sie sieht fantastisch aus, ja, wahrscheinlich schon. Jimmy ist nicht unbedingt bekannt dafür, so schnell etwas auszulassen. Aber Frauen, die fantastisch aussehen, haben ihn schon mehr als einmal in die Bredouille gebracht. Wenn du fragst, weil du Interesse an ihr hast, überleg dir gut, auf was du dich da einlässt, bevor du dich in sie verliebst.

Charlie Stella, *Cheapskates*

Max saß in der Sportschuhabteilung von Modell's und probierte ein Paar Joggingschuhe von Nike an. Sie passten ihm wie angegossen, kaufen würde er sie dennoch nicht. Sie waren mit neunundsiebzig Dollar ausgezeichnet, aber Max kaufte grundsätzlich nicht beim Discounter. Nie im Leben, lieber ging er in einen dieser Nobelschuppen an der Madison Avenue, auch wenn sie dort das Doppelte verlangten.

Als er gerade ein zweites Paar anprobierte, spürte Max eine Bewegung. Der Aktenkoffer, den er neben sich abgestellt hatte – mit den zehntausend Dollar, dem Reserveschlüssel zum Appartement, dem Code für die Alarmanlage und der Gebrauchsanleitung –, war weg. Er schaute über die Schulter und sah Popeye, der wieder die Lederjacke mit dem Loch trug, gemächlich den Gang entlang Richtung Treppe schlendern.

Plötzlich wurde Max klar, dass Deirdre tot war. Es gab kein Zurück. Selbst wenn er den Mord noch hätte abblasen wollen, er hätte keine Möglichkeit dazu gehabt. Er hatte zwar noch die Telefonnummer, unter der er Popeye erreicht hatte, aber da hatte er laute Hintergrundgeräusche gehört, und deshalb nahm er stark an, dass Popeye ihn aus irgendeiner Telefonzelle angerufen hatte. Nein, es war definitiv vorbei. Um sechs Uhr würde Deirdre endgültig das Zeitliche gesegnet haben.

Max bezweifelte, dass er sie sehr vermissen würde, aber das war nicht seine Schuld. Deirdre war diejenige, die sich verändert hatte, nicht er.

Kennengelernt hatten sie sich 1982 bei einer Wochenendveranstaltung für jüdische Singles im *Concord Hotel* in den Catskill Mountains. Damals war Deirdre ein fröhliches, aufgeschlossenes, freundliches, großbusiges Mädchen aus Huntington, Long Island, gewesen. Max hatte allein in einem kleinen Studio an der Upper West Side gewohnt und für ein Jahresgehalt von vierundzwanzigtausend Dollar als Techniker für Großrechner gearbeitet. Deirdre war das Beste, was ihm je im Leben passiert war. Nachdem sie einige Monate lang miteinander gegangen waren, lud Max sie auf ein paar Drinks in die Bar des *Mansfield Hotels* an der Forty-fourth Street ein. Es war ein exklusives Hotel, in der Lounge lagen viele Bücher herum, sodass Max sich richtig belesen vorkam. Paula, die kleine blonde Barfrau, brachte ihm den dritten Screwdriver. Paula hatte offenbar erkannt, dass er ein wohlhabender und berühmter Mann war, »a man of wealth and fame«, wie es in dem Song der Stones so schön hieß. Wie zum Teufel hieß der Song gleich noch mal? Max fühlte sich leicht und beflügelt und dachte sich, scheiß der Hund drauf. Also machte er Deirdre einen Heiratsantrag. Sechs Monate später küsste er sie in einer Synagoge in Huntington unter der Chuppa. Danach zogen sie in eine billige Altbauwohnung an der West Seventy-seventh Street und lebten ein paar glückliche Jahre zusammen – ziemlich glückliche jedenfalls. Dann kündigte Max, um seine eigene Firma aufzubauen. Als die Umsatzzahlen in die Höhe schossen, ging ihre Beziehung den Bach runter. Sie zogen vom Altbau in ein moderneres Wohngebäude mit Portier an der Upper East Side, und Deirdre verwandelte sich langsam in ein Katastrophenweib.

Nichts konnte man ihr recht machen, dauernd war sie sauer und deprimiert, und sie gab das Geld schneller aus, als es reinkam. Aber es war weniger das Geld, das Max zu schaffen machte, als vielmehr ihre Persönlichkeit. Na gut, das Geld auch, klar, aber es war nicht die Hauptsache. Es kam so weit, dass Max sie nicht mehr länger als ein paar Minuten am Stück ertragen konnte. Immer brach sie einen Streit vom Zaun, warf Max vor, er sei die Ursache ihres ganzen Elends. Wenn sie ihn nur nicht geheiratet hätte, dann ginge es ihr jetzt prächtig. Quak, quak, quak. Dann bekam sie auch noch psychische Probleme. Manisch-depressiv nannten es die Ärzte. Er hatte eine einfachere Bezeichnung dafür: miese Zicke. Manchmal, wenn sie ihre Depressionen hatte, blieb sie den ganzen Tag im Bett, was Max nur recht war. An anderen Tagen aber war sie hyperaktiv, hing die ganze Zeit am Telefon, ging mit seinen Kreditkarten einkaufen oder stritt sich mit ihm. Max blätterte Tausende von Dollars hin für die besten Psychiater der Stadt. Die setzten sie auf Lithium, was die Lage besserte, doch manchmal nahm sie einfach ihre Medikamente nicht. Max war überzeugt, dass Deirdre in irgendeinem kranken Teil ihres Gehirns die Qual, die sie ihm bereitete, sogar genoss. Im Grunde genommen war sie glücklich, wenn sie ihm das Gefühl geben konnte, der letzte Dreck zu sein.

Zunächst versuchte Max, die Angelegenheit friedlich zu regeln. Er ging mit Deirdre zum Eheberater, wo sie sich eine Stunde lang gegenseitig beschimpften, was auch nicht gerade hilfreich war.

Schließlich schlug Max die Scheidung vor, doch Deirdre entgegnete: »Du weißt genau, dass ich mich niemals scheiden lassen werde. Ich bin ein gläubiger Mensch.«

Beinahe hätte Max laut losgelacht. Sicher, wenn Glaube bedeutete, einen braven Mann bis in alle Ewigkeit zu quälen – war das nicht eher was Katholisches? Deirdre war als orthodoxe Jüdin erzogen worden, aber weder ging sie in die Synagoge noch hielt sie die Feiertage ein. Herr im Himmel, sie fastete noch nicht einmal an Yom Kippur. Sie war eher Atheistin als Jüdin, und abgesehen davon ließen sich orthodoxe Juden doch die ganze Zeit scheiden. Offensichtlich war auch das nur blanker Unfug, den Deirdre vorschob, um seine Qualen zu verlängern.

Als die Dinge schließlich so schlecht standen, dass Max es nicht länger ertragen konnte, mit ihr im selben Haus zu leben, überlegte er auszuziehen, sich von ihr zu trennen. Allerdings sah er es aber nicht ein, wieso er derjenige sein sollte, der gehen musste. Es war sein Haus, er hatte sich Tag und Nacht abgeschuftet, um die Raten zahlen zu können. Wenn schon, dann sollte gefälligst sie abhauen.

Die Lage schien hoffnungslos. Max war klar, dass er sogar dann im Arsch wäre, wenn er sie zur Scheidung überreden konnte. Sie hatten keinen Ehevertrag geschlossen, und bei einem Vergleich würde Deirdre ihm das Fell über die Ohren ziehen. In ihrem ganzen Leben hatte sie nicht einen einzigen Tag gearbeitet, und Kinder hatten sie auch keine. Deshalb sah Max nicht ein, weshalb ihr auch nur ein Cent zustehen sollte. Aber ihm war klar, dass ein Richter dies ganz anders sehen würde, vor allem wenn es eine Richterin war. Deirdre würde das Haus, den Porsche und mindestens die Hälfte seines Vermögens bekommen. Bevor er sich darauf einließ, würde er lieber sein ganzes Leben lang diese elende Beziehung ertragen. Was er besaß, hatte er sich hart erarbeitet. Er würde sich jetzt doch nicht alles von dieser faulen Kuh unterm Hintern wegklauen lassen.

Dann entdeckte Max Viagra, und alles wurde anders.

Max hatte schon befürchtet, das Interesse an Sex zu verlieren oder gar impotent zu werden. Dann aber schluckte er Viagra, und das wirkte Wunder. Wie ein geiler Teenager dachte er plötzlich andauernd an Sex. Jedes Mal, wenn er auf der Straße einer gut aussehenden Frau begegnete, stellte er sie sich nackt vor. Er kaufte sich Sexmagazine, riss die Poster in der Mitte heraus und nahm sie mit auf die Toilette, in der Firma und zu Hause. Er lieh sich Pornovideos aus, sperrte sich abends und an den Wochenenden zu Hause ins Arbeitszimmer ein und schaute sie an. Er schien von Brüsten gar nicht genug bekommen zu können. Schließlich ging es so weit, dass er die Gesichter der Frauen gar nicht mehr sah, weil er mit den Augen nicht mehr über Brusthöhe hinauskam.

Ungefähr zu der Zeit kam Angela zu einem Vorstellungsgespräch in seine Firma. Sobald Max sie sah, wusste er, die musste er haben. Sie war jung, sprach mit diesem geilen irischen Akzent und, Mannomann, was für Titten.

Überrascht stellte er fest, dass er sie auch dann gern um sich hatte, wenn es nicht um rein körperliche Bedürfnisse ging. Allein schon ihr irischer Akzent ließ sein Herz höher schlagen. Nie stritten sie sich. Sie lachte immer über seine Scherze, und sie zickte auch nicht rum, wie er sich schon wieder anzog oder sonst was. Unwillkürlich begann Max sich auszumalen, wie toll es wäre, wenn Deirdre fort wäre und Angela ihren Platz einnähme. Diesem singenden Tonfall könnte er sein ganzes Leben lang lauschen. Wenn alles klappte, würde er die Flitterwochen mit ihr in Irland verbringen und sie vielleicht sogar in ein Konzert von U2 einladen. Anscheinend gefiel ihr dieser Bono. Max stand eher auf klassisches Zeugs. Jedenfalls hatte er sich ziemlich viel Mühe damit gegeben und sich sogar die ganze CD-Box *Klassiker leicht gemacht* angeschafft. Er hatte zwar immer noch keinen blassen Schimmer von der Materie, kannte nicht einmal den Unterschied zwischen Alt und Tenor, aber er konnte prima so tun als ob. Er liebte es, diese Pfeifen im Betrieb anzuöden, indem er über seine Lieblingsarien schwadronierte.

Als die Idee mit dem Mord zum ersten Mal aufkam, war es nur ein Riesenwitz. Anfangs jedenfalls. Aber Max und Angela redeten immer öfter darüber, und allmählich schien es die einzige logische Lösung zu sein. Er hatte Deirdre genug goldene Brücken gebaut, doch über die wollte sie einfach nicht gehen. Welche Alternative hatte er also noch? Er war ohnehin stolz auf sich, dass er sie so lange ertragen hatte. Die meisten Männer in einer vergleichbaren Situation wären nicht halb so geduldig wie er. Sie hätten schon längst jemanden angeheuert, Deirdre umzulegen.

Nachdem er Modell's verlassen hatte, beschloss Max, lieber zu Fuß ins Büro zu gehen, als ein Taxi zu nehmen. Es war ein herrlicher Tag, die Sonne schien, es war über zwanzig Grad warm, und die Forty-second Street war nahe der Grand Central Station überfüllt mit Passanten beim Einkaufsbummel und mit Geschäftsleuten, die ihre Mittagspause machten. Max fühlte sich cool, wie er so die Fifth Avenue entlangstolzierte, sein Jackett über die Schulter baumeln ließ und per Blackberry mit Kunden verhandelte.

Als er in die Firma zurückkam, saß Angela an ihrem Schreibtisch vor seinem Büro und aß Salat aus einer Plastikschale.

Als wäre es ein ganz normaler Nachmittag, erkundigte sich Max: »Irgendwelche Anrufe?« Angela antwortete: »Nicht einer. Wie ist das Treffen gelaufen?«

»Schwer zu sagen. Die Verabredung mit Jack Haywood für heute Abend hast du bestätigt?«

»Sicher.«

»Klasse!«

Seine Stimme hatte die richtige Mischung aus Autorität und Gelassenheit. So wie einmal eine junge Aushilfe über irgendeinen Typen gesagt hatte: *Der hat den Dreh raus.*

Max ging in sein Büro und schloss die Tür hinter sich. Er machte sich einen starken Wodka mit Grapefruitsaft. Das Zeug schmeckte gut. Um zwei Uhr traf er sich mit Alan Sorensen, dem leitenden Geschäftsführer des Bereichs Netzwerke. Im Büro eines Kunden in Newark hatte es am Morgen einen Störfall gegeben, und Max wollte sichergehen, dass die Lage unter Kontrolle war und dem Kunden Ausfallzeiten erspart blieben. Um drei hatte er eine Besprechung mit Harold Lipman wegen eines Kostenvoranschlags, den Lipman für eine japanische Bank ausarbeitete, die eine neue Zweigstelle an der Park Avenue eröffnen wollte. Mit Hilfe eines Grafikprogramms hatte Harold ein farbenfrohes Schaubild entworfen, wie das neue interne und externe Netzwerk der Bank aussehen sollte. Max sagte Harold, die Entwürfe für das Drei-Server-Netzwerk sähen wirklich hübsch aus, aber den Auftrag würde er damit nicht an Land ziehen.

»Schleppen Sie Takahashi in ein Striplokal«, sagte Max, bei dem sich allmählich der Wodka bemerkbar machte, »oder noch besser, suchen Sie aus meinem Rolodex einen Begleitservice aus und bestellen Sie ihm eine Hure oder auch zwei. Glauben Sie mir, das ist der einzige Weg, wie Sie zu einem Abschluss kommen.«

Harold lächelte, als wäre er peinlich berührt, oder als ob er dächte, Max habe einen Witz gemacht. Harold war sechsunddreißig, groß und blass, sein Haar wurde schon dünner und grau. Er schien auch stets denselben verknitterten blauen Anzug zu tragen. Ein echter Knauser, der von der Stange kaufte, obwohl er sich was Besseres leisten konnte. Bevor er bei Max angefangen hatte, war er Computerverkäufer im Einzelhandel gewesen. Er lebte in Hackensack, du meine Güte, mit seiner Frau und seiner sechsjährigen Tochter.

»Ich glaube, ich lade ihn gepflegt zum Essen ein«, sagte Harold.

»Männer wollen nicht essen, sie wollen Titten«, entgegnete Max ernsthaft.

Harold lächelte, doch Max fuhr ihn an: »He, ich mache keine Witze. Wenn Sie Verträge abschließen wollen, müssen Sie das früher oder später lernen. Sie wollen doch mal ein großer Zampano werden, der genügend Geld verdient, um sich ein paar neue Anzüge zu kaufen?« *Aber bloß nicht wieder bei Today's Man*, wollte er beinahe noch hinzufügen, aber den Jungen über Tabledances aufzuklären, war schon schwierig genug, da brauchte er dem armen Kerl nicht auch noch Modetipps unter die Nase zu reiben.

»Ich glaube nicht, dass er der Typ dafür ist«, wandte Harold unangenehm berührt ein.

»Ist er ein Arschbohrer? In dem Fall kenne ich ein paar flotte Jungs, die sich liebend gern von ihm nageln lassen.«

»Nein. Zumindest trägt er einen Ehering und wirkt überhaupt nicht schwul.«

»Dann weiß ich nicht, wo das Problem liegt. Nehmen Sie ihn in ein Bumslokal mit. Glauben Sie mir, sobald ihm ein paar Titten vorm Gesicht rumbaumeln, unterschreibt er den Vertrag.« Er wartete kurz und fuhr dann fort: »In unserer Branche heißt es: entweder – oder. Für Sie gilt: Immer ran an den Speck!«

Er ließ den Scherz etwas wirken und wartete, ob der Trottel die Anspielung überhaupt kapierte.

Nach einigen Momenten lächelte Harold unbehaglich und sagte: »Ich gehe zu ihm ins Büro, präsentiere höchstpersönlich meinen Vorschlag und warte ab, was passiert.«

»Liegt's an Ihrer Frau?«

»Liegt was an meiner Frau?«

»Die Fußfesseln, die Schuldgefühle. Wenn das der Grund ist, erzählen Sie ihr einfach nichts. Glauben Sie vielleicht, ich erzähl es meiner Frau jedes Mal, wenn ich in ein Striplokal gehe? Dafür wird Ihre Frau begeistert sein, wenn Sie die fetten Provisionsschecks mit nach Hause bringen. Sie können's mir glauben, ich kenne mich aus. Und mit Frauen kenne ich mich ganz bestimmt aus.«

»Meine Frau hat nichts damit zu tun.«

»Was ist es dann? Ihr Kind? Sie?«

Harold lief rot an. »Nein.«

»Schauen Sie, Ihnen muss es ja nicht gefallen, ich meine, falls Ihnen das Sorgen macht. Sie sollen da nicht hin, damit Ihnen einer abgeht, Sie sollen da hin, damit dem *Kunden* einer abgeht. Er ist doch Japaner, richtig? Meine Güte, Japaner lieben Tabledance. Das können Sie mir wirklich glauben. Hat irgendwie mit ihrer Kultur zu tun. Vielleicht liegt es auch daran, dass japanische Frauen im Großen und Ganzen nur sehr kleine Brüste haben. Was gibt's denn da zu grinsen? Das ist mein Ernst. Aber egal, was Sie machen, bestellen Sie ihm auf gar keinen Fall eine japanische Tänzerin. Und wenn sie noch so große Silikonmöpse rumschleppt. So was können die gar nicht ausstehen. Das macht sie sogar sauer, weil sie nur daran erinnert werden, was ihnen zu Hause fehlt.«

Harold stand auf und ging ein paar Schritte in Richtung Tür. »Danke jedenfalls für Ihren guten Rat, aber ich glaube, ich vertraue lieber meinen eigenen Verkaufsmethoden.«

»Jetzt hören Sie mal zu, Sie Dödel! Ich würde Sie nur ungern wieder gehen lassen. Ich halte Sie nämlich für einen schlauen Jungen. Als Sie hier angefangen haben, wussten Sie mehr über Hardware als über Netzwerke, aber Ihre technischen Kenntnisse haben sich stark verbessert, und in einem Monat oder höchstens zwei werden Sie meiner Meinung nach dort stehen, wo Sie stehen müssen. Allerdings kann ich Sie mir auf Dauer nicht leisten, wenn Sie keine Aufträge an Land ziehen. So kann ich keine Firma führen. Ich habe Ihnen da einen guten, soliden Rat gegeben. Als ich Sie eingestellt habe, habe ich Ihnen gesagt, ich bringe Ihnen alles bei, was Sie wissen müssen. Tja, und das hier gehört dazu.«

Max war mit seiner Rede sehr zufrieden, mit seinem »Zum Angriff, marsch!«-Auftritt. Er wusste, er war ein großer Motivator, und deshalb war auch er die absolute Nummer eins, und alle anderen nicht.

»Ich bin hierher gekommen, um Netzwerke zu verkaufen, keine Tabledances«, sagte Harold.

»Dann ist das für Sie vielleicht nicht das richtige Produkt. Vielleicht sollten Sie lieber Bibeln verscherbeln oder so was in der Art. Jetzt schleppen Sie Takahashi gefälligst in ein Striplokal und bringen Sie diesen verdammten Vertrag unter Dach und Fach.«

Gegen fünf Uhr schaute Angela herein. Sie schloss die Tür ab, küsste Max ein paar Mal, massierte seinen Nacken und wünschte ihm viel Glück.

»Das Komische ist«, sagte Max, »ich bin nicht einmal nervös.«

Max vergewisserte sich, dass er keine Lippenstiftspuren im Gesicht hatte. Dass er vermutlich nach Joy roch, war kein Problem, da er Deirdre vor ein paar Monaten das gleiche Parfüm gekauft hatte, wenn auch nur das kleinere Fläschchen mit dreißig Milliliter Inhalt. Deshalb schöpfte sie auch keinen Verdacht, wenn er nach Hause kam und danach roch. Wenn die Polizei fragte, konnte er behaupten, der Geruch stamme von Deirdre. Er hatte wirklich an alles gedacht.

Im Bad sprühte Max eine Schicht künstlicher Haarfasern über seine kahle Stelle. Dass es Kunstfasern waren, konnte man nur feststellen, wenn man sehr genau hinsah oder sie berührte. Probleme gab es nur, wenn es regnete oder er nervös war – dann konnte es vorkommen, dass die Fasern schmolzen und ihm dunkle Schlieren übers Genick liefen.

Um 17:25 Uhr verließ Max, immer noch völlig entspannt, sein Büro. Janet, die diese Woche am Empfang aushalf, und Diane von der Personalabteilung waren in der Nähe, also sagte er zu Angela »Bis morgen dann«, so laut, dass die beiden hören konnten, wie beiläufig und professionell er klang.

»Schönen Abend, Max«, gab Angela zurück, ohne von ihrem Computermonitor aufzusehen. Wären sie allein gewesen, hätte sie hinzugefügt, *Gott schütze dich*, auf die verrückte Art, wie es nur die Iren tun. Psychopathen sprengten das halbe britische Königreich in die Luft, vergaßen aber nie, *Gott schütze dich* hinzuzufügen.

An der Sixth Avenue winkte Max ein Taxi heran und instruierte den Fahrer, ihn zur Fifty-fourth, Ecke Madison zu bringen, wo Jack Haywood arbeitete. Aus reiner Gewohnheit merkte sich Max den Namen des Fahrers –

Mohammed Siddique – und dessen Lizenznummer
– 679445. Als er ausstieg, sagte er: »Vielen Dank, Mohammed, Gott schütze Sie.«

Dann sagte er Mohammed, er solle in zweiter Reihe warten, ging in das Gebäude und rief Jack vom Empfang aus an. Während er draußen auf dem Bürgersteig wartete, bis Jack auftauchte, musste er unwillkürlich an den Einbruch denken.

Er hatte Deirdre weis gemacht, er wolle sie zum Abendessen ausführen, und sie solle auf jeden Fall um sechs zu Hause sein. Normalerweise hielt Deirdre Termine zuverlässig ein, aber nun machte sich Max doch Sorgen, dass etwas schieflaufen könnte. Deirdre hatte ihm gesagt, sie wolle am Nachmittag einkaufen gehen, und Max fragte sich, was wohl passieren würde, wenn sie zu früh heimkam oder gar nicht erst weggegangen war.

Ein Auto hupte. Das überraschende Geräusch versetzte Max einen Schock, sein Herz setzte einen Schlag aus. Er atmete tief durch und versuchte sich zu beruhigen. Wenn er heute Abend einen nervösen Eindruck machte und Jack Haywood oder sonst jemand das bemerkte, könnte das später zu enormen Problemen führen. Er musste Popeye einfach vertrauen. Immerhin war er ein Profi, und ein Profi musste ja wissen, wie er mit eventuell auftretenden Komplikationen umging.

Ein paar Minuten später kam Jack aus dem Gebäude geschlendert. Er hatte sich für den Abend in der Stadt umgezogen und trug Jeans und ein Sportsakko. Als Verantwortlicher für die Betriebsabläufe bei Segal, Russell & Ross, einer großen Anwaltskanzlei mit mehr als zweihundert Angestellten, war Jack einer von Max' wichtigsten Kunden. Er war nur wenige Jahre jünger als Max, hielt sich allerdings fit und sah aus wie fünfunddreißig. Er war verheiratet, hatte zwei Kinder und ein

Haus auf Long Island, aber nebenher fand er es auch ganz nett, ohne seine Frau loszuziehen und bei ein paar Drinks nackte Frauen anzuglotzen. Seit er ein Kunde von NetWorld war, spendierte Max ihm so viele Table- und Lapdances und Ausflüge ins Reich seiner intimsten Fantasien, wie er wollte. Hin und wieder bat er Max, ihm ein Callgirl zu besorgen. Jack erzählte dann seiner Frau, er müsse geschäftlich über Nacht verreisen, und Max buchte ihm ein Zimmer in einem der großen New Yorker Hotels. Jack mochte russische Frauen, und Max kannte zwei russische Callgirls, zwei Schwestern mit Megabrüsten, die für eine *ménage à trois* zweitausend Dollar berechneten. Das lag zwar über dem üblichen Preis, aber das Geld war gut investiert, wenn es Jack als Kunden bei der Stange hielt. Er herrschte über ein Netzwerk mit zweihundertfünfzig Nutzern und vier Fileservern, wofür Max drei Spezialisten in Vollzeit abgestellt hatte. Einschließlich Hard- und Softwareverkäufe brachte ihm Jack eine Million Dollar pro Jahr. Außerdem musste man einen Typen wie ihn, der wusste, wie man sich entspannte, einfach gern haben. Was nutzte es, sich den Arsch abzuarbeiten, wenn man sich gar keinen Spaß mehr gönnte?

Sobald Jack ins Taxi gestiegen war, schaltete Max auf Geschäftsmann um. Normalerweise hasste er Smalltalk und sinnloses Gelaber, aber wenn Geld im Spiel war, Mann, da konnte er genauso schwachsinnig drauflosquatschen wie alle anderen auch. Während der Fahrt zum *Legz Diamond's* plauderte er mühelos über Golf, Wein, Immobilien und die bevorstehende Bürgermeisterwahl. Zwar hatte er die Hälfte der Zeit keine Ahnung, wovon er da redete, konnte das aber zumindest gut kaschieren.

Das *Legz Diamond's* lag an der Forty-seventh Street,

nicht weit von der Eleventh Avenue. Es war eines der besseren Striplokale, dunkel und protzig, wie diese kitschigen Hochzeitssäle in den Vororten. Obwohl es noch früh am Abend war, war der Laden schon mindestens zur Hälfte voll. Alles Geschäftsleute, die ihre männliche Kundschaft glücklich machen wollten. So lief es nun mal in New York. Hast du ein Problem damit, Kumpel? Dann hau doch ab und geh nach Boise zurück.

Der Conferencier, der mit seinen geschniegelten Haaren wie ein Mafioso aussah, stand auf der Bühne und stellte die Mädchen vor, hielt ihre Hand und küsste sie auf den Mund oder auf die Wange, nachdem er ihren Namen genannt hatte. Max fragte sich manchmal, ob alle Frauen mit dem Conferencier herumvögelten. Bei denen, die ihn auf den Mund küssten, war er sich sicher. Max war hier ein bekannter Stammkunde, also bekamen er und Jack auch die besten Plätze, direkt vor der Bühne. Als erstes orderte Max für Jack einen Rum mit Cola und einen Tabledance mit dem Mädchen seiner Wahl. Jack entschied sich für eine Puerto Ricanerin mit breitem Lächeln und hübschen Brüsten, Größe 90 bis 95 F. Perfekt. So brachte man die Jungs in Stimmung.

Max sah zu, wie Jack sich amüsierte, als plötzlich jemand seinen Namen rief. Es war Felicia, eine schwarze Stripperin mit BH-Größe 110 F, bei der Max schon oft Tabledances bestellt hatte. Sie stand auf der Bühne und beugte sich vor, sodass ihre Implantate von ihrem knochendürren Tänzerinnenkörper weghingen.

»Wie geht's denn?«, fragte Max.

»Kleinen Moment, Baby, ich komm runter, dann können wir uns in Ruhe unterhalten.«

Sie stieg von der Bühne herab und setzte sich auf Max' Schoß. Ihm war klar, dass sie nur deshalb nett zu ihm war, weil er ihr schon öfter großzügige Trinkgelder spendiert hatte, dennoch stieg ihm die Vorzugsbehandlung zu Kopf. Mit diesem hübschen Mädchen auf dem Schoß fühlte er sich wie Hugh Hefner. Der würde sich wohl kaum so was wie Mozart anhören. Ein Kerl, der sein Leben in Seidenpyjamas verbringt und Pfeife raucht, stand doch sicher auf richtige Musik.

»Schon besser«, sagte Felicia und wackelte mit dem Hintern, als sie sich auf ihn setzte. »Und, wie läuft's so?«

»Gut.«

»Tatsache? Ich hab dich schon länger nicht mehr bei uns gesehen.«

»Ich hatte viel zu tun. Du weißt ja, wie das ist.«

Max fiel ein, dass er Felicia einmal von seinem Betrieb erzählt hatte, und wie beeindruckt sie gewesen war.

»Richtig«, sagte Felicia, »du hast so eine Art Firma, irgendwas mit Computern, stimmt's?«

»Stimmt genau.«

»Cool, Baby. Hat dir schon mal jemand gesagt, wie süß du bist?« Diese Frage brachte ihn in jeder Hinsicht hoch. Wer brauchte da noch Viagra?

»Niemand, der so aussieht wie du«, antwortete Max.

Felicia küsste ihn auf die Stirn, ihre harten Implantate drückten gegen seine Brust.

»Ich hab eine Idee«, sagte Felicia. »Schreib dir meine Nummer auf. Ruf mich mal an, wenn ich frei habe. Dann lassen wir es uns so richtig gut gehen. Oder ich kann auch bei dir vorbeikommen und wir feiern da 'ne Party.«

Max kritzelte Felicias Nummer auf die Rückseite einer Visitenkarte und lehnte sich dann zurück, um ihren anmachenden, langsamen Tabledance zu genießen. Zuerst kauerte sie sich mit dem Rücken zu ihm nieder, den Arsch hoch in der Luft, dann drehte sie sich um und tanzte, dass ihm die Brüste ins Gesicht hingen. Die Ballons waren so groß, dass sich die Haut spannte, und ihre

Nippel standen vor wie die kleinen Radiergummis hinten an den Bleistiften. Zwischendrin sah Max auf die Uhr, es war 18:08 Uhr. Wenn alles nach Plan verlaufen war, dann war Deirdre seit acht Minuten tot. Felicia bemerkte seinen Blick auf die Uhr. »Hast du heute Abend noch was vor, Baby?«

»Nein, ich hab bloß geschaut, wie spät es ist. Kurz nach sechs.« Daran würde sie sich erinnern, falls sie jemand fragen sollte.

»Kurz nach Sex?«

»Se-ch-s.«

»Ach, da muss ich was missverstanden haben, Baby.«

»Da vorne rechts ran«, sagte Max zu Asir Aswad, als das Taxi auf die East Eightieth Street bog. In der Mitte des Blocks ließ er das Taxi anhalten.

Das Taxameter zeigte 9,70 Dollar. Max gab Asir zwanzig und steckte das gesamte Wechselgeld von zehn Dollar und dreißig Cent ein. Taxifahrern hatte er noch nie Trinkgeld gegeben, und jetzt würde er ganz bestimmt nicht damit anfangen. Sonst bekam die Polizei am Ende noch den Eindruck, er hätte sich wenige Minuten, bevor er die Leiche seiner Frau entdeckte, in irgendeiner Weise ungewöhnlich verhalten.

Es war 22:27 Uhr. Zwanzig Minuten zuvor hatte Max Jack an der Penn Station abgesetzt. Jack hatte mitgekriegt, dass Max Felicias Telefonnummer notiert hatte, und das hatte ihn schwer beeindruckt.

»Willst du sie anrufen?«, fragte Jack.

»Wenn sich's ergibt.«

»Wenn ich du wäre, würde ich nicht so lange warten. Mir hängen diese russischen Zupfkuchen allmählich zum Hals raus. Möglicherweise hab ich in nächster Zeit auch mal Appetit auf einen Schokopudding. Wenn du die Nummer nicht brauchst, dann heb sie bitte für mich auf.«

Jack war zwar betrunken, aber nicht so betrunken, dass er sich nicht mehr erinnern würde, dass Max zur fraglichen Zeit mit ihm zusammen gewesen war.

Selbstverständlich hatte Max nicht die Absicht, Felicia anzurufen. Als ihm diese Rieseneumel vor dem Gesicht herumhingen, hatte er durchaus daran gedacht. Aber bevor er sich auf Sex mit einer billigen Stripperin einließ, müsste er erst einmal die Ergebnisse einiger Bluttests sehen. Er wollte Jack lediglich ein bisschen anspitzen und sich selbst als Swinger in allen Betten aufspielen, was dem offensichtlich zu gefallen schien. Das war Teil seiner Verkaufstaktiken, die er perfektioniert hatte – *lass einen Kunden nie spüren, dass du dich in irgendeiner Weise für was Besseres hältst*. Mit anderen Worten: Wenn dein Kunde mit billigen Nutten schläft, musst du als jemand rüberkommen, der selbst auch mit billigen Nutten schläft. Außerdem hatte er ja Angela, mit der er wahrscheinlich den Rest seines Lebens verbringen würde. Obwohl er zugeben musste, dass es schon schön wäre, wenn Angela Titten von Felicias Format hätte.

Max ging die Stufen zum Hauseingang hoch. Durch die Spitzenvorhänge der Vorderfenster konnte er sehen, dass drinnen kein Licht brannte. Als er den Schlüssel ins Schloss steckte, fiel Max wieder ein, was Popeye gesagt hatte, als sie sich in der Pizzeria getroffen hatten, dass er ihn auch töten würde, wenn er zu früh heimkäme. Er sah auf die Uhr – 22:29 Uhr. Popeye musste seit über vier Stunden weg sein. Der war sicher längst über alle Berge.

7

*»Können wir nicht woanders hingehen?«, fragte Mickey.
»Wie wär's mit einem dieser irischen Pubs oben an der
Second Avenue?« »Ein irischer Pub?«, fragte Chris.
»Was willst du denn da? 'Nen alten Mann ficken?«*

Jason Starr, *Tough Luck*

Nachdem Angelas Mutter gestorben war, kam ihr Vater plötzlich auf den Trichter, sie müsse sich auf ihre griechischen Wurzeln besinnen. Letzten Sommer dachte sie, auch damit ihr Vater endlich mal die Klappe hielt, warum eigentlich nicht. Sie buchte im Internet eine Pauschalreise und machte sich auf, ihre Verwandtschaft zu besuchen.

Keine gute Idee. Gar keine gute Idee.

Eigentlich wollte sie nur am Strand abhängen und sich bräunen lassen, doch die Reise entpuppte sich als wahrer Höllentrip. Jeder, aber wirklich jeder fragte sie, wann sie denn endlich heiraten wolle. Immerhin hatte sie schon achtundzwanzig Jahre auf dem Buckel und nicht einmal eine ernsthafte Beziehung. Einer ihrer Tanten musste sie versprechen, dass sie sich bei Spiros melden würde, wenn sie zurück in New York sei. Spiros war der Neffe von irgendjemandem auf der Insel und angeblich ganz nett. Nur um die Tante und auch sonst alle endlich vom Hals zu haben, steckte sie Spiros' Nummer ein und versprach, ihn anzurufen. Gott, wenn ein Grieche einmal beschlossen hat, dich zu nerven, dann erklärst du dich irgendwann mit allem einverstanden.

Ein paar Monate später, als sie wieder in New York war und gerade den letzten Idioten, den sie bei ihren Streifzügen durch die Clubs aufgegabelt hatte, zum Teufel gejagt hatte, fand sie den kleinen Zettel mit der Telefonnummer am Boden ihres Koffers und dachte, ach, was soll's.

Am Telefon war Spiros ziemlich merkwürdig. Er stellte alle möglichen Fragen – wer sie war, warum sie anrief, warum sie so lang gewartet hatte. Angela war kurz davor aufzulegen, als er ihr für Freitag ein gemeinsames Abendessen vorschlug. Da die Verehrer damals nicht gerade Schlange standen, willigte sie schließlich ein, sich nach der Arbeit mit ihm zu treffen. Zumindest würde eine kostenlose Mahlzeit herausspringen.

Spiros war klein, hatte Pickel, eine krumme Nase und einen buschigen Schnauzer. Ein bisschen ähnelte er Saddam Hussein. Am liebsten hätte Angela ihn auf der Stelle sitzen lassen, aber sie waren in einem sehr teuren griechischen Restaurant, deshalb nahm sie an, er müsse geradezu in Geld schwimmen. Während des Essens zeigte er sich sehr höflich, erzählte ihr dauernd, wie hübsch ihr Lächeln sei und dass ihre Augen die Farben des Ägäischen Meeres hätten. Richtig interessant wurde es aber, als die Rede endlich auf Geld fiel. Er sei im »Restaurantgeschäft« tätig, sagte er, wollte ihr aber weder den Namen des Restaurants verraten noch, wo es lag.

Immerhin gab er ein großzügiges Trinkgeld, worauf Angela, wie alle New Yorkerinnen, sehr genau achtete – ein gutes Zeichen.

Danach verabredeten sie sich noch einige Mal, und er gab viel Geld für sie aus und brachte ihr sogar Geschenke mit. Aber jedes Mal, wenn sie die Rede auf das Restaurant brachte, wich er aus und versprach ihr, sie dort irgendwann einmal hin auszuführen, was er aber nie machte. Eines Nachmittags spazierte sie die Sixth Avenue entlang und entdeckte plötzlich Spiros, der an einem Souvlakistand an der Ecke zur Fifty-third Street arbeitete. Als sie ihn zur Rede stellte, gestand er ihr seinen Plan, sie zu heiraten und hier Souvlaki verkaufen zu lassen. Er selbst wollte nach Chios zurückkehren. Da ging mit voller Wucht Angelas irisches Temperament mit ihr durch. Sie brüllte ihn an: »Du beschissenes Arschloch!« Als er murmelte, das sei ja eine schöne Ausdrucksweise für eine Dame, explodierte sie. »Ich bin keine Dame, ich bin 'ne Irin, du Scheißhaus!«

Danach hatte Angela die Schnauze gestrichen voll von griechischen Männern. Ein paar Wochen später ging sie mit ihrer Freundin Laura zu Hogs&Heifers, einer Bikerbar im Schlachthofviertel. Sie ließen es so richtig krachen, schütteten sich mit Bier und Kurzen die Hucke voll und ließen in der Jukebox alte Platten von Aerosmith laufen. In Steven Tyler war sie vor Jahren mal verknallt gewesen und hätte ihn immer noch rangelassen, ohne lange zu fackeln. Zum Teufel, so wie sie drauf war, hätte sie jeden mit Geld und ohne Mundgeruch rangelassen. Während »Walk This Way« lief, begannen ein paar Studentinnen, die von den mürrischen Bikern an der Bar aufgestachelt worden waren, oben ohne zu tanzen. Dass Mädchen in dieser Bar oben ohne tanzten, war ein inoffizielles Ritual, und so feuerten die Biker Angela und Laura an, sich an den anderen ein Beispiel zu nehmen. Tatsächlich stellten sich die beiden auf die Theke und begannen, sich langsam auszuziehen. Die Jungs waren begeistert. Während Laura bei den Kniestrümpfen aufhörte, zog Angela das volle Programm durch. Sie zog ihre Strümpfe aus und warf sie in die johlende Menge.

Nachdem sie etwa eine halbe Stunde getanzt hatte, kam Angela von der Theke herunter. Plötzlich fühlte sie sich erschöpft und schwindlig. Ein verschwitzter Puerto Ricaner kam zu ihr herüber und hielt ihr die Strümpfe hin. »Yo, ich heiß Tony. Ich glaub, du hast da was verloren.«

Angela war besoffen. Was sonst noch in dieser Nacht passierte, daran konnte sie sich nur verschwommen erinnern. Während sie Strümpfe, BH und den Rest ihrer Kleider anzog, bestellte ihr Tony einen Tequila und sagte: »Ich mag, wie du da oben getanzt hast, du bewegst dich echt klasse. Und dein Akzent gefällt mir auch. Du hörst dich an wie diese Schlampe in *Braveheart*.«

Sie fingen an rumzuknutschen, befummelten sich von oben bis unten. Schließlich nahm Tony sie mit zu sich nach Spanish Harlem. Sie blieb gleich das ganze Wochenende bei ihm.

Es stellte sich heraus, dass Tony als gewerkschaftlich organisierter Klempner ganz gut Kohle verdiente. Angela dachte, Sex, Geld, eine große Wohnung, ich hab's geschafft. Dann eines Nachts, sie sahen sich gerade eine Folge von 24 auf DVD an, drückte Tony auf Pause und sagte: »Yo, ich hab in San Juan eine Frau.« Einfach so, als wäre es ihm gerade eben eingefallen.

Angela sah ihn an. »Dann lass dich scheiden.«

»Nein, nein, so läuft das nicht. Ich hab außerdem drei Kinder, und die kommen alle nächste Woche nach. Tut mir leid, yo.«

Angela war sprachlos. Da hatte sie die ganze Zeit mit diesem Arsch verplempert, sich alle möglichen Schweinereien gefallen lassen – die Fesseln, die Natursektduschen – und auf einmal kommt er an und erzählt was von einer Scheißfrau und Bälgern. Sie verwandelte sich buchstäblich in ihre Mutter und ging auf ihn los, wie das nur eine Irin kann. Sie versuchte, ihm die Augen auszukratzen, rammte ihm das Knie in die Eier und riss ihm die Haare büschelweise vom Kopf. Nachdem sie ihm noch ein Armband vom haarigen Handgelenk gerissen hatte, zog sie Leine und ließ ihn weinend vor dem Fernseher zurück, wo im Standbild Kiefer Sutherland gerade jemanden zur

Sau machte. Ein paar Tage danach hatte Angela das Armband schätzen lassen. Sie hatte angenommen, es handle sich um ein Imitat, und war völlig von den Socken, als sie erfuhr, es sei aus Weißgold und stamme von Tiffany. Der geschätzte Wert betrug ein paar Tausend Dollar. Sie ließ den Verschluss richten, was nur fünf Dollar kostete, und Angela dachte schon, vielleicht würde sich ihr Schicksal nun wenden.

Wie sich herausstellen sollte, wendete es sich tatsächlich, wenn auch nicht unbedingt zum Besseren.

Die erste Wende war, dass Dillon aus Irland herüberkam, ihr einen silbernen Claddagh-Ring und eine Flasche Black Bushmills schenkte, das »Beste der Gerste«, wie er hinzufügte. Er setzte sein durchtriebenes Lächeln auf, zeigte seine unappetitlichen, dennoch unwiderstehlichen Lippen und sagte: »*Mo croi*, ich bin pleite.«

Den ersten Teil davon musste er übersetzen, sie sei »sein ganzes Herz«, und welche Frau konnte solch einem Gesäusel schon widerstehen? Einige Wochen später, als er bei ihr einzog, sagte er: »Vertrau mir, *allanna*, bald leben wir wie die Made im Speck.«

Dann die zweite Wende: Sie holte sich Herpes. Dillon schwor, er habe es nicht, also hatte sie es sich wohl bei Spiros oder Tony eingefangen.

Und schließlich die dritte Wende: Aus heiterem Himmel bekam sie ein Jobangebot. Schon vor Wochen hatte sie sich auf die Stelle beworben. Inzwischen hatte sie die Nase voll von potenziellen Arbeitgebern, die ihr Hauptaugenmerk auf ihre bescheidenen Schreibfähigkeiten (sie schaffte nicht mehr als vierundzwanzig Wörter pro Minute, ohne Fehlerkorrektur) und ihren Mangel an Erfahrung (etwas Anspruchsvolleres als Empfangsdame hatte sie in einem Büro noch nie gemacht) legten. Zur Hölle damit, diesen Job würde sie sich angeln, wie sie sich Männer angelte, mit Hilfe ihres Körpers. Zum Bewerbungsgespräch zog sie eine hauchdünne schwarze Seidenstrumpfhose, Stöckelschuhe mit besonders hohen Absätzen und einen Mörderminirock an.

Dillon, der in sein Zen-Buch vertieft war, blickte zu ihr hoch, lächelte und fragte: »Was sollst du denn da machen, tippen oder ficken?«

»Werden wir sehen, ich bin jedenfalls zu allem bereit.«

Ihr Vorstellungsgespräch mit Max Fisher, dem Chef von NetWorld, war für zwei Uhr angesetzt. Angela kam eine halbe Stunde zu früh. Die Frau am Empfang ließ sie auf der Couch in der Lobby glatt eine Stunde lang warten. Angela war so angefressen, dass sie gerade wieder gehen wollte, als Max kam. Sein Blick wanderte von Angelas Gesicht zu den Beinen und langsam wieder retour. Als seine Augen an ihren Brüsten hängen blieben, dachte Angela: Angebissen!

Und er hatte wirklich angebissen.

Während des Gesprächs starrte Max sie die ganze Zeit mit halb offenem Mund lüstern an. Er war mit ziemlicher Sicherheit der widerlichste und armseligste Typ, den sie je getroffen hatte. Wie er so vor ihr saß, den Blick starr auf ihre Titten gerichtet, beinahe schon hechelnd, hinter ihm das Foto mit der Blondine auf dem Porsche, wirkte er wie ein zu groß gewachsener Dreizehnjähriger. Nicht um alles in der Welt würde sie für diesen Penner arbeiten. Dann bot Max ihr ein Jahresgehalt von vierundsechzigtausend Dollar an, plus Krankenversicherung und drei Wochen Urlaub.

Schon vom ersten Tag an war ihr klar, dass Max ernsthaft auf sie stand. Es war mehr als nur dieses ständige Anstarren und Flirten. Wenn sie allein in seinem Büro waren, legte er hin und wieder die Hand auf ihr Bein, und einmal bat er sie, ihm die Schultern zu massieren, wegen seiner Verspannungen. Und wenn schon. Der Mann hatte Geld. Geld, an das sie nicht kommen würde, indem sie ihn vor den Kopf stieß. Aber ihr gefiel auch seine Aufmerksamkeit. Dillon war in letzter Zeit selten zu Hause. Er blieb immer lange weg und behauptete, er müsse sich unbedingt an die *Boyos* ranmachen. Die *Boyos* waren die Typen von der *Ra*, wie er die IRA nannte.

Doch nach nur wenigen Wochen fand sie Max schon wieder richtig eklig. Seinen alten Schwabbelleib konnte sie ebenso wenig ertragen wie sein ständiges Gejammer. Wenn er nicht gerade über seine Frau herzog, die er »am liebsten gegen ein neues Modell eintauschen« wollte, dann winselte er wegen seines Herzens oder sonstiger gesundheitlicher Probleme. Und dann noch diese Musik. Der reinste Müll. Eines Tages kam er damit an, ihr die »Nuancen der Komponisten« näherbringen zu wollen. »Nuancen« musste sie im Wörterbuch nachschlagen, doch danach war ihr klar, dass sie ihm komplett ins Hirn geschissen hatten.

Er kam ihr schon vor wie ein Großvater. Wieso hatte sie sich bloß mit ihm eingelassen? Nach Abzug der Steuern blieb von den vierundsechzigtausend auch nicht mehr so viel übrig, wie sie gedacht hatte. Max hatte zwar Kohle, war aber auch ein Geizhals. Klar, er besaß ein schönes Haus und einen Porsche, aber er nahm sie nie auf Reisen mit oder kaufte ihr nie hübsche Kleider. Und wenn es um Trinkgelder ging, stellte er sich an, als müsse er sich jeden Cent vom Mund absparen. Wenn sie aus dieser Beziehung einen anständigen Batzen herausschlagen wollte, dann sicher nicht, wenn sie nur mit ihm ins Bett ging.

Dillon hatte ihr immer noch keinen Verlobungsring gekauft oder über einen Hochzeitstermin gesprochen. Eines Nachts, als sie im Dunkeln nebeneinander im

Bett lagen, sprach sie das Thema an, doch Dillon wiegelte sofort ab: »*Mo croi*, ich hab dir einen Claddagh-Ring geschenkt, noch verheirateter geht gar nicht. Wenn wir genügend Moos beieinander haben, nehme ich dich mit nach Vegas, und wir leisten uns ein ›Britney Spezial‹, okay?«

Auf so eine protzige Hochzeit hatte Angela gar keinen Bock. Sie wollte schlicht aufs Standesamt, vielleicht noch ihren Vater, ihre Freundin Laura und ein paar Verwandte dazu einladen, das war's aber auch schon. Doch davon wollte Dillon nichts hören, bis sie, wie er sich ausdrückte, »ausgesorgt« hatten.

Bei ihm klang »ausgesorgt« immer wie »ausge-sargt«, und sie hatte sich schon hundertmal gefragt, ob der Typ sie in den Wahnsinn treiben wollte. Damit kannte sie sich aus, sie war schließlich Irin. Die machten das einfach so zum Spaß, andere in den Wahnsinn zu treiben war so was wie ein nationaler Zeitvertreib. Das erklärte auch den irischen Volkssport, Hurling, eine Mischung aus Hockey und Mord, das ohne Helm gespielt wurde, außer man war »voll die Schwuchtel« oder so. So viel zum Thema Hirnfick.

Aus Rache begleitete Angela Max auf einen Wochenendausflug nach Barbados. Dillon erzählte sie, sie müsse zur Beerdigung einer Tante nach Griechenland. Als sie zurückkam, war sie komplett durch den Wind. Max konnte sie nun auch nicht besser leiden, aber von Dillon hatte sie immer noch die Schnauze voll. Eigentlich wünschte sie sich eine harmonische Beziehung, aber sie wusste gleichzeitig, dass es dazu nie kommen würde. Wegen des Geldes. Er kannte gar kein anderes Thema mehr, quatschte dauernd nur davon, dass er sich teure Autos anschaffen, den ganzen Tag am Strand liegen und sich keine Gedanken mehr über Jobs machen wollte.

Eines Tages kam Max' Frau Deirdre ins Büro und fing wie üblich an, Max anzukeifen. Deirdre war eine miese, verzogene, reiche Hexe, die wahrscheinlich noch nie auch nur einen Finger krumm gemacht hatte. Dafür trug sie Designerklamotten und teuren Schmuck, und immer kam sie entweder von einer Maniküre oder ging gleich anschließend zu einer oder sie hatte einen Termin beim Hairstylisten. Angela wusste nicht, worüber die beiden diesmal stritten, aber das war auch egal, es ging immer um irgendwelchen Schwachsinn. Sie hörte, wie Deirdre Max beschimpfte, dann nannte Max sie eine »bescheuerte Kuh«, danach war endlich Ruhe. Max hatte Angela erklärt, dass Deirdre manisch-depressiv war und Medikamente nehmen musste. Aber sie hielt Max für ebenso erbärmlich, weil er sich die ganze Zeit mit seiner Frau zoffte. Deirdre war immerhin krank, welche Entschuldigung hatte er?

Auf ihrem Weg nach draußen blieb Deirdre an Angelas Schreibtisch stehen und fauchte sie an, sie solle Orlando bei Orlo anrufen und den Termin um drei Uhr bestätigen. Deirdre benutzte das gleiche Parfum, das Max Angela geschenkt hatte, aber sie hatte sich so damit eingenebelt, dass sie das ganze Büro verpestete. Ebenso übergewichtig wie selbstbewusst wackelte sie mit ihrem fetten Arsch und stolzierte auf ihren acht Zentimeter hohen Absätzen vorbei. Durch den Push-up-BH sah ihre Brust aus wie bei einer überzeichneten Comicfigur. Ihr kurz geschnittenes Haar war so blond gefärbt, dass es beinahe orange aussah. Zudem legte sie stets eine volle Ladung Make-up auf, so, als hätte ihr jemand das Zeug ins Gesicht geklatscht und da kleben lassen, wo es eben gerade hängen blieb.

»Wieso rufen Sie ihn nicht selber an?«, rief Angela ihr hinterher. Den Zusatz *Du blöde Fotze* schluckte sie herunter.

Schlagartig blieb Deirdre stehen. Ihr Mund klappte auf wie nach einem Elektroschock. Sie drehte sich zu Angela um. »Was haben Sie gerade gesagt?«

»Rufen Sie ihn gefälligst selber an. Ich bin nicht Ihre Hausssklavin.«

»Ich würde Ihnen dringend empfehlen, nicht in diesem Ton mit mir zu reden, falls Ihnen an Ihrem Job etwas liegt. Ihr jungen Dinger kommt hier herüber und glaubt, weil eure irischen Cousins bei den Cops sind und ihr diesen affigen Akzent sprecht, fliegen euch hier die gebratenen Tauben in den Mund. Ich will Ihnen mal was verraten: Maureen O'Hara ist nicht Halle Berry, wenn Sie verstehen, was ich meine.«

Mit einem schnippischen Lachen rauschte Deirdre davon.

»Leck mich doch«, murmelte Angela vor sich hin. Ihr irisches Blut war am Kochen. »Du miese, abgetakelte Hurenfotze.«

Angela wusste, dass Deirdre sie nicht feuern lassen konnte – Max würde bloß lachen, sollte sich seine Frau bei ihm beschweren –, aber sie wollte sich nicht von so einem arroganten Miststück herunterputzen lassen. Es war einfach nicht gerecht, dass Deirdre und Max das viele Geld besaßen und in diesem schönen Haus wohnten. Angela war überzeugt, sie an ihrer Stelle wäre großzügig, würde ihre Untergebenen mit Respekt behandeln, die Armen unterstützen und ihre abgetragenen Sachen von Donna Karan oder sonst wem immer zu Oxfam geben. Sie würde alle möglichen wohltätigen Dinge tun, und alles würde direkt von Herzen kommen.

Es war so frustrierend – wenn sie nur Max' Geld haben könnte, dann würde auch ihre Beziehung mit Dillon gut laufen. Damals stellte sie sich zum ersten Mal die Frage: Warum *konnten* sie Max' Geld eigentlich nicht haben? Er hasste Deirdre ohnehin, da konnte er sich doch gleich von ihr scheiden lassen. Und dann würde sie ihn heiraten. Irgendwann bekam Max dann sicher einen tödlichen Herzinfarkt, und Angela und Dillon hätten ihre Schäfchen im Trockenen. Aber als sie am nächsten Tag Max die Idee mit der Scheidung präsentierte, sagte der nur, so was käme überhaupt nicht infrage. Er war so geizig, dass er lieber mit einer Frau zusammenblieb, die er hasste, als wegen einer Scheidung auf sein halbes Vermögen zu verzichten.

Was konnte man schon von einem Wichser erwarten, der nicht einmal Trinkgeld gab?

Und so kam Angela schließlich auf den Gedanken, Deirdre zu ermorden. Ihrer Ansicht nach war dies der einzige Weg, wie sie die Beziehung mit Dillon auf die Reihe kriegen konnte. Der entscheidende Punkt war, Dillon die Sache schonend beizubringen. Sie konnte ja schlecht sagen: *Ich bumse seit drei Monaten meinen Boss. Hilfst du mir, seine Frau umzubringen?* Da musste sie sich schon was Besseres einfallen lassen: *Ich weiß, wie wir uns das Geld von meinem Boss unter den Nagel reißen können. Hilfst du mir?* Natürlich wäre er dabei, wenn er erst mal spitzkriegte, wie viel Geld dabei für ihn herausspringen konnte. Auf der Stelle würde er sein Zen-Buch fallen lassen und zur Pistole greifen, so viel war klar. Danach würde sie noch erwähnen, dass sie dazu ein bisschen mit Max herumblödeln müsse. Diesen Ausdruck würde sie mit voller Absicht gebrauchen, weil es sich dann nicht nach einer ernsten Sache anhören würde.

Als Angela Dillon dann von ihrem Plan erzählte, fand der ihn großartig. Er hatte nicht einmal ein Problem mit dem »Herumblödeln«, er sagte nur: »Aber du darfst ihm nicht erzählen, dass ich es tun werde. Sag ihm, es wäre irgendein Freund von dir oder sonst irgend so'n Scheiß.«

»Ich sage ihm, du bist der Freund eines Cousins, aber ich brauche einen Namen.«

»Sag ihm, ich heiße Popeye.«

»Warum Popeye?«

»Weil er immer Spinat gegessen hat, und wir wollen doch, dass alles im grünen Bereich bleibt.«

Angela lachte.

»Was ist denn so lustig?«

»Ich stelle mir nur gerade das Gesicht von meinen Chef vor, wenn er erfährt, dass ein Kerl namens Popeye demnächst seine Frau umlegt.«

»Es war dumm, zehn Riesen von ihm zu verlangen«, sagte Angela zu Dillon. »Du hättest bei den acht bleiben sollen.«

Die beiden saßen in der Essecke ihres Appartements und verdrückten Kellog's Apfel-Zimt-Toppas und Milch. Die Wohnung hatte vielleicht sechsunddreißig Quadratmeter, und es gab keine separate Küche, nur einen kleinen Bereich für Herd, Spüle, Spülmaschine und eine Arbeitsplatte. Der Rest war gerade groß genug für ein Bett, eine Kommode, einen kleinen Tisch und Klappstühle von *Bed Bath & Beyond* sowie einen 36-Zentimeter-Farbfernseher.

»Er war einverstanden, oder etwa nicht?«, sagte Dillon. »Du solltest mir dankbar sein. Immerhin habe ich uns zweitausend Dollar zusätzlich verschafft. Hast du eine Ahnung, wie viele Protestanten ich für eine solche Summe umlegen müsste? Eine Menge.«

»Beinahe hättest du alles kaputt gemacht.«

»Dinge kaputt machen ist mein Beruf, mein Geburtsrecht. Dieser Volltrottel gibt uns das Geld. Du hättest sein Gesicht sehen sollen, was der für Muffensausen hatte.«

Als er dies sagte, sahen Dillons Lippen noch hässlicher aus als sonst. Als würde er es genießen, anderen eine Heidenangst einzujagen.

»Er hatte Angst?«

»Und wie!« Dillon lachte. »Weißt du, was ich zu ihm gesagt habe? Ich habe gesagt, dass es besser für ihn wäre, nicht zu Hause aufzutauchen, solange ich noch da bin, sonst niete ich ihn gleich mit um.« Dillon lachte noch lauter. »Ich hätte echt fast losgelacht. Aber ich habe ihn die ganze Zeit so angesehen ...« Dillon machte ein ernstes Gesicht, mit seinen kaputten Lippen wirkte es noch schrecklicher. »Ich bin mir vorgekommen wie Michael Collins, als er die Ermordung der britischen Agenten vorbereitet. Du solltest dir den Film mal anschauen. Er ist toll gemacht. Es war fast so, als könnte ich ihn denken sehen. *Oh je, der Kerl meint es ernst.* Es ist schon seltsam, wie jemand, der so reich ist, so blöd sein kann.«

»Dumm ist er vielleicht schon«, sagte Angela, »aber sicher nicht so dumm, wie du glaubst. Nur durch Dummheit verdient man nicht so viel Geld und baut sich eine solche Firma auf.«

»Falsch. Schau dich doch bloß um. In dieser Stadt gibt es eine Menge dummer Leute, und eine Menge von denen sind stinkreich.«

Dillon schob sich den letzten Löffel Toppas in den Mund und schlürfte die bräunliche Milch hinterher, dann griff er zur Whiskeyflasche. Er goss sich einen Schluck Jameson ein, seinen Wachmacher, und kippte ihn sich hinter die Binde. Er wartete, bis der Alkohol im Magen landete und schüttelte sich dann in, wie er es ausdrückte, *wohligem Schauer.*

Angela war leicht erschrocken, als Max davon angefangen hatte, er mache sich vor allem wegen dieser Popeye-Type Sorgen. Alles war wie am Schnürchen gelaufen, doch jetzt bekam sie Angst, er könnte ihr auf die Schliche kommen.

Ein paar Stunden später erschrak sie wieder, als Diane aus der Buchhaltung zu ihr an den Kaffeeautomaten kam und leise zu ihr sagte: »Kann ich dich mal was Persönliches fragen?«

Angela wusste, wenn eine Frau einer anderen diese Frage stellte, war mit ziemlicher Sicherheit irgendeine Gehässigkeit im Anmarsch.

»Klar«, sagte sie.

Diane versuchte permanent abzunehmen – zurzeit stand eine Kohlsuppendiät auf ihrem Speisezettel. Vielleicht wollte sie einen Diättipp haben oder eine fiese Bemerkung machen in die Richtung, dass Angela diese Diät doch auch mal versuchen solle. Nicht, dass sie es nötig habe abzunehmen oder so, wo sie doch *soooo gut* aussah. Ja, sicher.

Doch stattdessen fragte Diane: »Läuft da was zwischen dir und Max?«

»Max?«

»Du weißt schon ... Ich meine, du gehst immer in sein Büro, schließt die Tür zu ...«

»Wer hat dir das erzählt?«

»Niemand. Mir ist es eben aufgefallen, und ich habe mich gewundert. Das ist alles.«

»Zwischen Max und mir läuft *nichts*«, antwortete Angela in einem Ton, als würde ihr schon allein bei dem Gedanken übel. Aber, um sicherzugehen, legte sie die Hand auf den Bauch, als müsse sie sich übergeben. »Das ist ja widerlich. Sag mal, geht's vielleicht noch ekliger? Könntest du dir vorstellen, jemandem mit so einem Schwabbelbauch einen zu blasen?«

»Ich hab ja gewusst, dass nichts dran ist. Es ist ja schon schlimm genug, für ihn zu arbeiten. Aber auch noch mit ihm zu schlafen?«

Angela hoffte, Diane würde ihre Vermutung schnell

vergessen, dennoch musste sie für alle Fälle ein Auge auf sie haben. Als sie an ihren Arbeitsplatz zurückging, dachte sie noch: *Und, Schätzchen, deine Diät, die bringt wohl nichts.*

Abends sagte Angela zu Dillon: »Weißt du, was dieses Arschloch heute zu mir gesagt hat? Ich soll meinen Busen um eine Nummer vergrößern lassen.«

Sie lagen im Bett und rauchten gemeinsam einen Joint. Dillon nahm einen tiefen Zug, reichte den Joint Angela und sagte: »Und?«

»Und? Was meinst du mit *Und*?«

»Ich meine, *Und*? So wie in *Na und*.«

Mein Gott, der Mann wusste wirklich, wie man jemanden auf die Palme bringt.

»Was? Gefallen dir meine Brüste auch nicht mehr?«

»Das hab ich nicht gesagt. Zufällig mag ich deine Titten. Aber dein Arsch ist mir lieber.«

»Na, vielen Dank.«

»Keine Ursache.«

Angela setzte sich aufrecht hin und sah auf ihre Brüste hinab. »Es ist mir egal, was andere Leute sagen, ich mag sie so, wie sie sind.«

Dillon setzte sich ebenfalls auf und drehte im Licht der Nachttischlampe einen neuen Joint. Angela beugte sich zu ihm hinüber und küsste ihn auf Rücken und Bauch. Er roch nach Torf, doch sie mochte diesen Geruch der Moore. »Weißt du, was er noch gesagt hat: Er will mich heiraten.«

»Und? Du musst ihn doch heiraten, wenn wir an sein Geld kommen wollen. So hatten wir es doch geplant, oder?«

Sie hatte gehofft, Dillon würde ihr in absehbarer Zeit auch einen Antrag machen. Träum weiter.

Dillon leckte das Papierchen ab und klebte die Ränder

zusammen. Dann zündete er den Joint an, nahm einen tiefen Zug, gab dann Angela den Joint und sagte: »Ich weiß gar nicht, warum ich diesen Scheiß überhaupt rauche. Seit den Achtzigern hat das bei mir keine Wirkung mehr. Wenn du mir jetzt einen doppelten Bushmills gibst, pfeife ich dir die amerikanische Nationalhymne vorwärts und rückwärts vor.«

Angela amüsierte sich jedes Mal köstlich, wenn Dillon behauptete, Hasch habe keine Wirkung auf ihn. Erst rauchte er den Joint, dann goss er sich einen Schuss Bushmills ein und versuchte, ihn sich ins Ohr zu kippen.

Seine Stimme klang schon richtig müde, als er fragte: »Weißt ... du, ... was ... ich ... meine?«

Am Tag des Mordes gab Angela Dillon einen Kuss, bevor sie zur Arbeit ging, in dem Wissen, dass sie ihn erst wiedersehen würde, wenn Deirdre Fisher tot war. Dillon saß auf einem Stuhl in der Essecke und las in seinem Buch.

Er hielt einen Finger hoch. »Hör dir das mal an.« Dann intonierte er mit möglichst voller, mitreißender Stimme: »Das stammt von Shunryu Suzuki ... Wozu willst du Erleuchtung? Sie könnte dir nicht gefallen.«

Das kapierte sie nicht. »Ich kapier das nicht.«

»Das geht den meisten so«, sagte er lachend.

Dillon behauptete, er liebe New York und nannte es immer seine *verkorkste Stadt*. »Klar, passt zu deinen Lippen«, lag ihr dann immer auf der Zunge, aber sie sagte es nie laut, aus Angst vor seinem Jähzorn. Dillon hatte sie zwar nie geschlagen, Angelas Auffassung nach war er aber genau der Typ dafür. Eine latente Aggression brodelte bei ihm unter der Oberfläche. Sie war immer da, nahm nur hin und wieder eine Auszeit.

»Ich packe diese Stadt an den Eiern«, sagte er.

»Viel Glück.«

Er stand auf und förderte eine grüne Smaragdbrosche zu Tage. »Zu Hause tragen wir am St. Patrick's Day immer was Grünes.« Als er sie ihr an die Brust steckte, stach er sie leicht, doch sie zuckte nicht mit der Wimper. Sie fand, Dillon war eben wie alle seine Landsleute komplett durchgeknallt, und außerdem hätte ihr Schmerz ihn einen Scheiß interessiert.

Er setzte eine todschicke Sonnenbrille auf. »Als ich einmal in Lizzies Puff in Dublin war, haben U2 gerade Hof gehalten. Dabei hab ich Bonos Brille geklaut. Findest du, ich seh ihm ähnlich?«

Er sah aus wie ein Pferdearsch, aber immerhin war sie eine Frau, also sagte sie: »Soll das ein Witz sein? Im Vergleich zu dir sieht Bono aus wie Shrek.«

Dillon lächelte. »Den Satz solltest du dir merken, *allanna*.«

Eins musste man dem Burschen lassen.
Er war hartnäckig.
Ich musste ihn gut im Auge behalten.
Typen wie der konnten sich leise anschleichen
und einen in den Arsch beißen.
Reed Farrel Coleman, The James Deans

Als er vor sechzehn Jahren von der Operation *Desert Storm* zurückgekommen war, hatte Bobby sich auf einer Schauspielschule irgendwo am Broadway eingeschrieben. Nicht, dass er Schauspieler werden wollte – nein, dieser ganze *Hamlet-*, *Endstation Sehnsucht-* und *Tod eines irgendwas-*Scheiß war vielleicht was für Weicheier, aber nichts für ihn. Er wollte nur lernen, eine Rolle zu spielen, um den Leuten gleich von Anfang an klarzumachen, dass mit ihm nicht gut Kirschen essen war.

Dass er dringend ein paar Stunden Schauspielunterricht brauchte, war eine Lehre aus seinem ersten Überfall auf eine Filiale der Chase Manhattan Bank in Astoria. Er war zur Kassiererin gegangen, hatte ihr unter der Glasscheibe einen Zettel durchgeschoben und versucht, zu schauen wie ein Typ, der nicht lange fackelt, so wie Ray Liotta in *Gefährliche Freundin*. Aber die Frau sah ihn nur eine Sekunde lang an, als hielte sie das für einen Scherz. Bobby glaubte sogar, sie habe ganz kurz gelächelt, als würde sie ihm gar keinen Überfall zutrauen. Er und die Jungs hatten sich zwar mit dem Geld aus dem Staub gemacht, gar kein Problem, aber die Reaktion der Kassiererin ging Bobby tierisch auf den Senkel. Er wollte mit gebührendem Respekt behandelt werden.

Vor seinem nächsten Job sah sich Bobby bestimmt zehnmal *Scarface* an und zog sich dieses ganze Gangstergebaren à la Pacino rein. Er dachte schon, er hätte es ganz gut drauf, doch als er bei der Bank zur Glasscheibe hing, nahm die Tussi ihn genauso wenig ernst wie beim letzten Mal. Vielleicht lag es an den Nerven oder so. Bei kleineren Überfällen auf Lebensmittelläden oder Supermärkte war es sogar noch schlimmer. Er zog die Pistole und rief, »Das ist ein Überfall«, aber sein Mund war wie ausgetrocknet, und er hörte sich an wie ein Waschlappen.

Genug war genug, und so schrieb er sich an der Schauspielschule ein. Zwischen all den pseudointellektuellen Gestalten fühlte er sich ziemlich fehl am Platz, so als wäre er uneingeladen bei einer Party aufgetaucht. Er hätte sich auch umgehend wieder ausgeklinkt, wäre da nicht die Lehrerin gewesen, ein gut aussehendes kleines Ding namens Isabella. Sie hatte irgendwo am Broadway Bühnenerfahrung gesammelt und ein paar Jahre lang auch bei irgendeiner Soap mitgespielt. Von der Schauspielerei hatte sie jede Menge Ahnung und auch davon, wie man einem Kerl einen bläst. Bobby ging nicht mehr zur Schule, sondern nahm bei Isabella Privatunterricht. Wenn sie ihm nicht gerade einen abkaute, brachte sie ihm bei, seine Gefühle auszudrücken, seine Erfahrungen einzubringen, solchen Scheiß eben. Manchmal spielten sie auch Rollen aus Theaterstücken nach. Es brauchte seine Zeit, aber schließlich wurde er ganz gut. Als Isabella ihm vorschlug, er solle doch mal zum Vorsprechen gehen, war ihm klar, dass es Zeit war, sie zum Teufel zu jagen. Wenn er seither ein Ding abzog, brauchte er die Ärsche nur noch anzuschauen, und sie wussten, was gespielt wurde. Wahrscheinlich hätte er jeden Laden ausrauben können, ohne überhaupt die Waffe zu ziehen.

Seit Bobby gelähmt war, hatte er die Schauspielerei

vernachlässigt. Doch ihm war klar, für den Plan mit Victor und dem Hotel musste er Topleistung bringen, sonst war alles von vorneherein zum Scheitern verurteilt.

Bobby schlug irgendeine Szene aus *Macbeth* in seiner alten Shakespeare-Ausgabe auf. Ein paar Minuten ließ er sich Zeit, um sich die Verse einzuprägen, dann sah er in den Spiegel, versuchte auszusehen wie DeNiro in *Taxi Driver* und sagte: »Kommt an die Weibesbrust, / Trinkt Galle statt der Milch, / ihr Morddämonen, / Wo ihr auch harrt in unsichtbarem Wesen / Auf Unheil der Natur!

Er warf das Buch beiseite. Reine Zeitverschwendung. Er hatte es noch genau drauf wie früher.

Das Haus war ein gutes Stück größer, als Dillon erwartet hatte. Dass es groß war, hatte er ja gewusst, aber dass es derart riesig war, fast wie ein Scheißpalast, damit hatte er nicht gerechnet. Es gab drei Stockwerke, und überall stand teurer, hässlicher Krempel herum – Sofas, Tische, Stühle, Spiegel, und an allen Wänden hingen potthässliche Bilder. Dillon konnte es gar nicht mehr erwarten, bis er endlich in diesen Schuppen einzog. Dann wären ein paar drastische Änderungen fällig. Als Erstes würde er diesen ganzen scheußlichen Scheiß raushauen. Dann würde er im Erdgeschoß eine illegale irische Kneipe aufmachen und einen dieser Riesenfernseher reinstellen, wie sie in den Bars stehen, wo die Sportsendungen laufen. Danach würde er seinen eigenen Privatclub gründen. Einen Namen hatte er auch schon: »A Touch of the Green«. Jede Nacht müsste ihm dann sein privater DJ die Pogues auflegen. Er würde die *Boyos* einladen, und dann ginge die Post erst richtig ab, Jigs und Reels bis zum Abwinken. Vielleicht könnte er sogar irgendeinem Arsch beibringen, mit Löffeln zu spielen. Und was das Zocken anging, da wusste er ja eh schon Bescheid.

Dillon konnte immer noch nicht glauben, dass das alles ihm gehören würde, nur weil er eine reiche Alte umlegte. Mein Gott, er hatte schon Wichser für ein Pint abgeknallt.

Es war schon komisch. Vor dieser neuen Entwicklung hatte er von Angela allmählich genug gehabt und schon daran gedacht, mit ihr Schluss zu machen. Dann kam sie mit dieser Riesenidee daher. Erst hatte er es noch für einen Scherz gehalten, alles kam ihm zu einfach vor. Sie behauptete, sie müsse lediglich mit diesem Typen »herumblödeln« und ihn dazu bringen, sie zu heiraten. Das Lustige war: Es kümmerte ihn einen Dreck, ob sie mit dem Typen in die Kiste stieg und mit zehn seiner Freunde noch dazu. Hauptsache, Dillon kam an die Kohle ran.

Er hatte keine Ahnung, warum sich Angela einbildete, er würde sie eines Tages heiraten. Sicher, er hatte in diese Richtung überlegt, aber was hatte das schon zu bedeuten? Er hatte schon einem Haufen Mädels einen Antrag gemacht. So was tun Jungs nun mal, damit die Frauen endlich die Klappe halten. Er hatte einen ganzen Vorrat an silbernen Claddagh-Ringen. Außerdem wollte Angela auch noch Kinder, ein Haus irgendwo auf dem Land und dieser ganze Scheiß. Dillon hatte schon drei Kinder, soweit er wusste, und vier verschiedene Brieftaschen mit Fotos von ihnen. Wenn er tatsächlich Frau und Kinder hätte haben wollen, dann wäre er mit Siobhan zusammengeblieben, dem Mädchen, das er in Ballymun geschwängert hatte. Das war mal eine Frau, die richtig Feuer hatte, und vertragen konnte die auch ganz schön was. Und kochen. Für ihre Blutwurst hätte er sterben können.

Mit Angela war er überhaupt nur noch deshalb zusammen, weil ihm ihre Art damals im Pub imponiert hatte.

Normalerweise bevorzugte er dumme Frauen, aber es hatte ihn schwer beeindruckt, wie Angela dem hässlichen Barkeeper übers Maul gefahren war. Ursprünglich hatte er nach ein paar Wochen die Fliege machen wollen, aber bis jetzt konnte er sich nichts Eigenes leisten, also blieb er bei ihr, bis er einen anständigen Coup landen konnte.

Er hatte Angela einen Haufen Lügen aufgetischt aus Angst, dass sie ihn hinauswerfen würde, sollte sie die Wahrheit erfahren. Er hatte ihr erzählt, er sei ein Späher für die *Ra*, weil er dachte, günstige Gelegenheiten für die *Boyos* auszuschnüffeln, wäre eine patriotische Aufgabe, die sie verstehen würde. In Wahrheit war er das, was in Irland unter dem Begriff *Prov-een* bekannt war. Ein *Provo* war ein Angehöriger der Provisional Irish Republican Army, kurz, der *Ra*. Aber wenn die Iren etwas verkleinern wollen, dann hängen sie ein *-een* dran. Wenn sie einen Mann *man-een* nennen, halten sie ihn für einen Bekloppten, einen Möchtegern. Es gab viele Typen, die sich im Umfeld der *Ra* herumtrieben und für die *Boyos* Gelegenheitsjobs übernahmen, aber nie ernsthaft als Teil der Bewegung betrachtet wurden. Sie waren hauptsächlich Kanonenfutter, das man benutzte und dann fallen ließ. Und wenn so einer tatsächlich mal einen großen Treffer landete, umso besser. Dillon hatte für die *Boyos* sogar ein paar Morde ausgeführt, aber auch das brachte ihn nicht in den inneren Kreis, dahin, wo die Musik gespielt wurde. Er wusste zwar, wo sie sich in New York trafen, aber er hatte keine Ahnung, welche Art von Operationen sie durchführten. Sie erzählten ihm nur das unbedingt Notwendige, und was so eine geisteskranke, tickende Zeitbombe wie Dillon unbedingt erfahren musste, war ziemlich wenig.

Es gab noch zwei Punkte, in denen er Angela belogen hatte, einen kleinen und einen großen. Beim Kleinen handelte es sich um den Herpes. Er hatte ihr gesagt, er habe es von ihr, tatsächlich schleppte er den Scheiß aber schon eine halbe Ewigkeit mit sich rum, seit den Achtzigerjahren. Die große Lüge war, dass er nicht nur ein paar Leute umgebracht hatte, sondern mindestens siebzehn. Einige hatte er längst vergessen, andere nicht. Wie alle seine Landsleute war auch Dillon zutiefst abergläubisch. Der viele Regen auf der Insel verdarb den Charakter und türmte Berge von religiösen Schuldgefühlen auf. Das Ergebnis waren völlig durchgeknallte Fälle, reif für die Klapsmühle oder, wie man in Dublin sagte, *head-a-balls*, was sich in keine andere der bislang bekannten Sprachen übersetzen lässt.

Am nachhaltigsten war Dillon ein Zigeuner, den er getötet hatte, in Erinnerung geblieben. Nicht, dass der Typ es nicht verdient gehabt hätte, das schon. Aber mit einer Sippe, die das eine oder andere von Verwünschungen verstand, legte man sich nicht so gern an. Es war in Galway gewesen, einer Stadt, wo es richtig viel regnete. An dem Abend hatte es geschüttet wie aus Kübeln, als hätte der Wettergott persönlich was gegen die Stadt. In Galway gab es Schwäne und Zigeuner, und es war praktisch eine Bürgerpflicht, Jagd auf beide zu machen. Einmal hatte es einen Fall gegeben, in dem Schwäne *und* Zigeuner getötet worden waren, und die Einwohner waren schwer entrüstet, und zwar wegen, na klar, *der Schwäne*. Es war die Woche der Galway Races, der berühmten Pferderennen. Dillon war völlig durchnässt. Er hatte einen Batzen Geld auf einen todsicheren Sieger gesetzt und verloren. Im Garavans hat sich dann dieser Zigeuner an ihn rangeschleimt und ihn vollgesülzt, *Wie geht's denn so, bist du am Gewinnen, ist das nicht ein Scheißwetter*, das volle Programm. Er hatte ihm kiloweise Zucker in den Hintern geblasen, dann seine Brieftasche geklaut und sich aus dem Pub davongemacht. Erwischt hatte Dillon ihn am Kanal. Der Typ war so damit beschäftigt, seine beschissene Beute zu durchwühlen, dass er Dillon nicht mal kommen hörte. Ein schneller Blick über die Schulter, keiner in der Nähe, also hatte Dillon ihm die Stangenbehandlung verpasst, eine Spezialität in Galway. Man pfeffert den Kopf eines Mannes so lange an die Geländerstangen am Kanal, wie man braucht, um zehn Ave Maria zu beten, so bekam das Ganze noch einen religiösen Anstrich. Das Problem war nun: Wenn man einen Zigeuner umbringt, wird man verflucht. Irgendwie finden sie heraus, wer's war, und dann verdammen sie dich und alles, was dir gehört. Dillon schauderte es immer noch, wenn er daran dachte.

Todd, so hieß der Zigeuner. Dillon hätte vieles in seiner Vergangenheit gern geändert, aber die Tatsache, dass er den Namen des Zigeuners kannte, stand ganz oben auf der Liste. Wenn man den Namen kennt, wird das Ganze irgendwie persönlich. Ein Mord sollte nie eine persönliche Sache sein, denn dann nahm man es irgendwann ernst und dachte, es habe tatsächlich was zu bedeuten. Irgendwann würde Todds Karma angekrochen kommen und ihn packen, wenn er es am wenigsten erwartete. Dieses Gruselzeugs hatte er natürlich nie jemandem erzählt, aber Todds Name war für immer eingegraben in das Stück Fleisch, das als Dillons Herz herhalten musste. War das nicht Fluch genug?

Ach ja, in New York hatte er auch schon einen umgelegt. Er hatte einem Kerl den Schädel an einer Wand eingeschlagen, weil der so einen affigen Tommyakzent hatte.

Eingelocht hatte man Dillon nur für einen dieser Morde. Er hatte einen Typen aufgeschlitzt, weil der seine Freundin schief angesehen hatte. Dafür saß er fünf harte Jahre in Portlaoise, wo sie die republikanischen Häftlinge wegsperrten. An seinem ersten Tag fand er das Zen-Buch auf der Pritsche, eine Hinterlassenschaft seines Vorgängers. Aus Langeweile blätterte er ein wenig darin herum und schrittweise freundete er sich damit an. Schnell freundete er sich auch mit den *Provos* an, die ihm den Arsch frei hielten, aber nicht einmal hier wurde er in ihre Beratungen eingeweiht. Sie passten zwar auf ihn auf, übertrieben ihre Fürsorge aber auch nicht gerade.

Er durchwühlte immer noch das Erdgeschoss des riesigen Hauses. Es machte wirklich Laune, alles durcheinander zu schmeißen, den ganzen Scheiß kaputtzuschlagen. Das war ein ähnlicher Kick wie damals, als er noch ein Teenager war und die Tommys mit ihren Gummigeschossen anrückten. Wenn man von den Dingern getroffen wurde, hatte man eine Woche lang Höllenschmerzen. Beim ersten Mal gelang es ihnen, einen Panzerwagen abzufackeln, die Soldaten krochen raus und schrien nach ihren Mamis. Ein Scharfschütze nahm sich die Arschlöcher vor, einen Tommy nach dem anderen. Fuck, beim bloßen Gedanken daran bekam er schon einen Ständer. Dieser britische Akzent, der sogar noch dann höflich klang, wenn sie brüllten. Dillon war damals der festen Überzeugung, er sei einer von den *Boyos*. Es gab allerdings in der Stadt kaum ein Kind, das nicht von einem Gummigeschoß getroffen worden war – das gehörte einfach dazu, wenn man in Belfast aufwuchs.

Als im Erdgeschoß das Chaos perfekt war, ging er nach oben. Er fand das Schlafzimmer, von dem Max gesprochen hatte, wo noch mehr von diesem alten, hässlichen Zeug rumstand. Es sah aus wie der Müll, den seine Großmutter immer gekauft hatte. Alles war aus Holz, und sie hatten ein abgefahrenes goldfarbenes Bett. Dillon stellte sich vor, wie das Zimmer mit ein paar Spiegeln an der

Decke aussehen würde, dazu ein paar Schilfgrasmatten wie zu Hause, ein Wasserbett und im Bad ein Whirlpool. Er zerschlug alles Glas auf der Kommode und auf dem Nachttischchen und leerte die Schubladen aus. Dann entdeckte er die Schmuckschatulle der Alten und packte alles, was nach Diamant und Gold aussah, in eine Plastiktüte, die er gefunden hatte.

An der Wand hingen ein paar Fotos von der fetten alten Kuh, wahrscheinlich Mrs. Fisher – außerdem ein Foto von Max Fisher an irgendeinem Strand. Er sah genau so aus wie in der Pizzeria und bei Modell's, nur, dass er noch ein paar Haare mehr hatte. Dillon konnte es kaum erwarten, bis er Max ebenfalls erledigen konnte. Nach dem Plan sollte er zwar warten, bis Fisher von selbst abkratzte, aber Dillon wollte sein neues Leben so schnell wie möglich anfangen. Er hasste diesen alten Sack mit dem schnieken Anzug. Max erinnerte Dillon an Pater Malachy, seinen Schuldirektor. Dillon hatte nie verstanden, was der Priester so verzapfte, aber alles, was mit der Schule zusammenhing, war sowieso nur ausgemachter Schwachsinn. Er war nur hingegangen, um sich das Jugendamt vom Hals zu halten. Aber Pater Malachy ließ ihn immer wegen irgendwas in sein Büro kommen, und gab ihm einen Verweis nach dem anderen. Malachy hielt sich für Gott den Allmächtigen, einfach weil er der Direktor war und tun und lassen konnte, was er wollte. Jetzt versuchte es Max Fisher auf die gleiche Tour und wollte alles selbst bestimmen, aber diesmal gab Dillon den Takt vor, jetzt saß er am Drücker, und Max Fisher war der kleine irische Schuljunge auf der anderen Seite des Schreibtisches. Als Dillon erfahren hatte, dass Malachy unter großen Schmerzen an Krebs gestorben war, hatte er nur gebrummt, *na hoffentlich ist er schreiend krepiert.*

Plötzlich hörte er Stimmen und ein Geräusch – ein

Schlüssel drehte sich im Schloss. Er zog seine 38er, die er sich im Laden der *Boyos* in der Nähe der Bowery besorgt hatte. Als er dort aufgetaucht war, hatten sie die Augen verdreht, als wollten sie sagen: Was will denn der nervige Penner schon wieder! Aber er hatte Geld für die Knarre dabei und außerdem eine schöne Flasche Jameson. Sie behandelten ihn immer wie einen kleinen Bruder, der zwar mit ihnen rumhängen durfte, aber nie, auf gar keinen Fall, in die Gang aufgenommen wurde.

Als er die Treppe hinunterstieg, fiel ihm dieser Spruch ein, den die Deutschen immer sagten. Er sagte ihn sich vor wie ein Stoßgebet, wenn auch ein finsteres: *Gewehr bei Fuß.*

Straight to Hell

The Clash

Als Max nach dem Lichtschalter tastete, rutschte er aus und fiel hin. Er knallte hart auf dem Boden auf, und dem Schmerz nach zu urteilen, der ihm in der Seite hochschoss, hatte er sich mindestens die Hüfte gebrochen. Aber als er sich langsam wieder aufrappelte, merkte er, dass ihm nichts fehlte, lediglich das kalte, nasse Zeug an den Händen irritierte ihn.

Aus irgendeinem Grund hatte Max die ganze Zeit, während er den Mord geplant hatte, nicht darüber nachgedacht, wie wohl die Leiche aussehen würde. Er hatte geglaubt, Deirdre würde sterben wie die Leute in den alten Western. In diesen Filmen sieht man nie Blut, Cowboys und Indianer stürzen einfach vom Pferd und bleiben ruhig liegen. In den modernen Streifen zeigten sie immer, wie das Blut aus dem Kopf spritzte und aus dem Mund sprudelte. Max hatte das immer für typische Übertreibungen à la Hollywood gehalten, aber jetzt wurde ihm klar, dass diese Filme nicht einmal halb so brutal waren wie die Wirklichkeit.

Hätte sie nicht diese kurzen blonden Haare gehabt, Max hätte Deirdre überhaupt nicht erkannt. Das Blut aus ihrem Kopf hatte eine siebzig, achtzig Zentimeter große Lache um den Körper herum gebildet. Obwohl sie auf dem Rücken lag, konnte Max kaum ihre Gesichtszüge erkennen. Das durfte doch alles nicht wahr sein. Das musste ein Albtraum sein – sicher klingelte gleich der Wecker los. Als es dann tatsächlich schrillte, dachte Max kurz, er habe wirklich geschlafen, merkte jedoch schnell, dass der Lärm nicht von einem Wecker herrührte, sondern von der Alarmanlage. Scheiße, beinahe hätte er einen Herzinfarkt bekommen, als ob sein Herz nicht eh schon in schlechter Verfassung wäre.

Nachdem er die Anlage abgestellt hatte, blickte er wieder zu Deirdre zurück und bekam wegen des vielen Blutes erneut einen Schock. Dann wurde ihm klar, dass die klebrige Masse an der Wand ein Teil von Deirdres Gehirn war, und er musste sich übergeben. Kein Mensch hatte ihn gewarnt, dass es so, so … grässlich sein würde.

Er ging ins untere Bad, wo er die blutverschmierte Kleidung auszog und sich das Blut von den Händen wusch. Noch immer konnte er nicht fassen, was passiert war. Welcher Teufel hatte ihn geritten, diesen Mord zu planen wie einer dieser Wahnsinnigen, über die die Boulevardpresse berichtete? Die *Daily News* hatte heute Zwillinge auf der Titelseite, die ihre Eltern getötet hatten, darüber die riesigen Schlagzeile ZWILLINGSMORDE. Wenn die erst mal Wind von dieser Sache hier bekam, dann ging es richtig rund.

Er fragte sich schon, ob er geisteskrank war. Er glaubte nicht, dass er geisteskrank war, aber was hatte das schon zu bedeuten. Geisteskranke hielten sich selbst nie für geisteskrank, woher sollte er also wissen, ob er es war oder nicht. Auf jeden Fall fühlte er sich fiebrig, außerdem brauchte er einen Drink. Eine ganze Bar voll könnte er austrinken.

Er musste sich zusammenreißen. Die Frage, ob er geisteskrank war oder nicht, konnte er später beantworten – jetzt musste er genau das tun, was alle von ihm erwarteten, sonst würde er den Rest seines Lebens im Knast verbringen, höchstwahrscheinlich im Todestrakt.

Ohne Deirdres Leiche noch mal anzusehen, ging er

wieder in den vorderen Teil des Hauses und dann die Treppe hinauf. Er wollte sehen, ob auch dort alles wie ausgemacht verwüstet war. Der Großteil von Deirdres Schmuck war verschwunden, dann entdeckte er, dass Dillon das Glas mit seinen Nierensteinen zerbrochen hatte. Mist, jetzt konnte er auf allen Vieren nach den beschissenen Dingern suchen. In der Mitte des Zimmers lag ein Haufen Kacke. Völlig entsetzt starrte Max ihn an. Dass dieses Tier seinen Teppich als Toilette missbraucht hatte, war irgendwie noch schlimmer als der Mord. Das war nun wirklich das Allerletzte. Mord war das eine, aber dies hier war eine gottverdammte Unverschämtheit.

Er ging wieder nach unten, um noch einmal zu überprüfen, ob alles in Ordnung war, bevor er die Polizei anrief. Er wollte gerade den Notruf wählen, als er etwas sah, das ihn erstarren ließ. Aus dem Flur ragten noch zwei Füße ins Wohnzimmer, Frauenfüße in Stöckelschuhen. Mein Gott, hier ging es ja zu wie im *Zauberer von Oz*. Ihm wurde wieder kotzübel, als er sich zitternd und mit der Hand vor dem Mund zentimeterweise dem Flur näherte. Als er die zweite Blutlache sah, fing er an zu würgen und Magensäure auszuhusten. Auch hier konnte er das Gesicht der Frau nicht erkennen, auch wenn ihm der Körper irgendwie bekannt vorkam. Sie war korpulent, trug Jeans und einen dünnen blauen Pulli. Auch ihr langes, lockiges braunes Haar erinnerte ihn an jemanden, an ...

Scheiße, das war Stacy Goldenberg, Deirdres Nichte. Sie wohnte in New York und studierte an der Columbia University. Manchmal gingen die beiden zusammen auf Einkaufstour, und aus irgendeinem Grund war Stacy heute Abend wohl mit hierher gekommen.

Max wurde ohnmächtig. Als er wieder zu sich kam, brachten ihn seine beiden schmerzenden Hüften beinahe um. Dann fielen ihm die Leichen ein, und dass er die Polizei holen musste. Er überlegte schon, ob er nicht ein Geständnis ablegen und sich einen Seelenklempner suchen sollte, der ihn für verrückt erklärte. Man würde ihn auf Medikamente setzen und ihn für eine Weile wegsperren, aber irgendwann kam er auch wieder frei. Oder er schob alles Angela in die Schuhe und behauptete, das Ganze wäre allein ihre Idee gewesen. Schließlich *war* es ihre Idee gewesen.

»Holt mich verdammt noch mal hier raus!«, schrie er.

Er konnte sich an nichts mehr erinnern. Sein ganzes Leben versank mit einem Mal im Nebel. Dann hörte er Popeyes Stimme, wie er ihm androhte, er würde ihn sich kaufen, sollte er ihn je verpfeifen. Dieser Popeye war der totale Psychopath, daran gab es keinen Zweifel. Max war überzeugt, der Typ meinte jedes Wort genau so, wie er es sagte.

Max ging in die Küche und kippte einen Wodka. Der Alkohol brannte wie die Hölle. Dann atmete er ein paar Mal tief durch, riss sich zusammen und wählte den Notruf.

Max starrte durch die Spitzenvorhänge nach draußen auf die roten Lichter der Streifenwagen und bekam die letzte Frage, die ihm Detective Simmons gestellt hatte, nicht mit.

»Entschuldigung, was haben Sie gesagt?«

»Die Alarmanlage«, wiederholte Simmons. »Könnten Sie mir bitte noch mal schildern, was damit war?«

Detective Simmons war ein kräftiger Schwarzer, etwa vierzig Jahre alt. Er trug ein verknittertes weißes Hemd, offensichtlich ein Sonderangebot, mit Schweißflecken unter den Achseln und eine locker gebundene Krawatte. Max hatte sich umgezogen, bevor die Polizei eintraf, und trug jetzt seinen marineblauen Jogginganzug. Es waren elegante Sportklamotten, und er sah schlank und durchtrainiert darin aus.

Weitere Polizisten, die Leute von der Spurensicherung und ein Polizeifotograf tummelten sich im Flur und sorgten für einen ziemlichen Lärmpegel und ein allgemeines Durcheinander.

»Wie ich schon Ihrem Kollegen gesagt habe«, entgegnete Max, »ich hab sie aus Versehen ausgelöst beziehungsweise, ich hab vergessen, sie abzuschalten.«

»Es war also definitiv kein Alarm ausgelöst, als Sie nach Hause gekommen sind?«

»Nein.«

Simmons blickte in ein Notizbüchlein. »Und das zweite Opfer, Stacy Goldenberg. Haben Sie gewusst, dass sie mit Ihrer Frau zum Einkaufen wollte?«

»Nein.« Max wurde erneut übel bei der Vorstellung, wie er seinem Schwager und seiner Schwägerin, Stacys Eltern, gegenübertreten sollte. Der Wodka in seinem Magen meldete sich lautstark, *Yo, Kumpel, schick mal noch ein paar Kurze runter.*

»Wann haben Sie zum letzten Mal mit Ihrer Frau gesprochen?«

»Wie ich schon dem anderen Polizisten gesagt habe – heute Morgen.«

»Sie haben den ganzen Tag nicht mit ihr telefoniert?«

Max schüttelte den Kopf und versuchte, sich so zu verhalten, als sei er am Boden zerstört.

»Hat Ihre Frau die letzten Tage von merkwürdigen Vorkommnissen rund ums Haus erzählt, zum Beispiel, dass Fremde an der Haustür geklingelt haben oder so etwas?«

Max schüttelte immer noch den Kopf. »Nein, gar nichts.« Er tat, als würde er vom Kummer schier erdrückt.

»Bis jetzt haben wir keinerlei Anzeichen für ein gewaltsames Eindringen finden können«, fuhr Simmons fort. »Was ist mit den Schlüsseln? Haben Sie vielleicht Nachbarn oder Freunden Ersatzschlüssel gegeben?«

»Nein«, antwortete Max mit leicht erstickter Stimme.

»Und der Code für die Alarmanlage? Kennt den jemand?«

»Kein Mensch kennt den Code außer mir, Deirdre und der Sicherheitsfirma.« Mist, wenn er doch nur ein paar Tränchen herausquetschen könnte. Wie machten denn diese Schauspieler das bloß?

»Ihnen ist doch klar, worauf ich hinaus will, Mr. Fisher? Es gibt nur zwei Möglichkeiten, wie der Mörder ins Haus kommen konnte. Entweder ist er eingebrochen, bevor die Frauen heimkamen, oder er hat die beiden gezwungen, ihn reinzulassen. Wenn er eingebrochen wäre, hätte er den Alarm ausgelöst, und wenn er die Frauen überwältigt hätte, wäre der Alarm immer noch losgegangen, außer er hat Ihre Frau gezwungen, ihn abzuschalten. Aber selbst dann erklärt das nicht, wie die Anlage wieder angestellt wurde, als er weg war. Und Sie haben mir gesagt, als Sie gekommen sind, war die Anlage eingeschaltet. Die einzige logische Schlussfolgerung ist, dass der oder die Mörder irgendwoher den Code kannten.«

Simmons musterte ihn mit einem Blick, als wolle er sagen: *Ich weiß, dass du es warst, und ich krieg dich dafür dran, du Sack.*

Max versuchte, den Blick zu ignorieren, und sagte: »Wissen Sie, ich fühle mich momentan nicht so besonders. Könnten wir das nicht auf morgen verschieben?«

Er wischte über seine trockenen Augen, als stünde er kurz vor einem hysterischen Heulkrampf.

»Ich kann Sie durchaus verstehen«, sagte Simmons, »aber es ist schon richtig, wenn es immer heißt, die meisten Täter würden innerhalb der ersten vierundzwanzig

Stunden nach dem Verbrechen gefasst. Wenn wir wenigstens ein paar Dinge klären könnten, würde uns das enorm weiterhelfen.«

Ein zweiter Polizist war hereingekommen und sprach mit Detective Simmons. Max schenkte dem keine Beachtung, sondern blickte wieder auf das Kommen und Gehen vor dem Haus, ohne wirklich etwas zu sehen.

»Reine Routine«, fuhr Simmons schließlich fort. »Aber können wir noch einmal durchgehen, wo Sie heute Abend überall waren, nur um sicherzugehen.«

Eine gewisse Schärfe in seiner Stimme verriet, dass es mehr als eine Bitte war.

»Ich habe einen Kunden ins *Legz Diamond's* eingeladen.«

»Um wie viel Uhr sind Sie dort eingetroffen?«

»Keine Ahnung. So um sechs.«

»Mit einem gewissen Jack Haywood?«

»Richtig.«

»Und wo arbeitet Mr. Haywood?«

Max sagte es ihm, und Simmons notierte es sich. »Und wie lange waren Sie im *Legz Diamond's*?«

Er betonte das Wort *Legz* auf eine Weise, die genau verriet, was er von dieser Art Etablissement hielt.

»Wie gesagt, ich bin so gegen zehn, halb elf nach Hause gekommen, also war ich wahrscheinlich bis etwa viertel vor zehn, zehn Uhr dort.«

»Und Sie haben von dort ein Taxi genommen?«

»Zuerst habe ich Jack an der Penn Station absetzen lassen.« Plötzlich fühlte sich Max wieder wie benommen, ein wenig schwindlig. »Ich glaube wirklich nicht, dass ich jetzt noch weitere Fragen beantworten kann. Tut mir leid.« Er konnte es gar nicht mehr erwarten, sich noch einen Wodka zu genehmigen.

»Soll ich Ihnen einen Arzt holen?«

»Nein, ist schon in Ordnung. Ich möchte einfach nur allein sein.« *Allein mit einem Wodka.*

»Vielleicht möchten Sie lieber bei einem Freund oder in einem Hotel übernachten. Wir sind sicher noch länger mit der Untersuchung des Tatorts beschäftigt.«

»Ist schon okay, aber ich bleibe lieber hier.«

Simmons sah ihn an, als fragte er sich, wieso um alles in der Welt er in der Nähe eines Blutbades bleiben wolle. Max fürchtete schon, dass er jetzt alles verdorben hatte.

Um das Ganze etwas abzumildern, fügte er hinzu: »Ich weiß schon, es ist natürlich nicht einfach, aber irgendwann muss ich ja doch damit klarkommen, oder?«

Mist, das machte die Sache auch nicht gerade besser. Na los, Hirn, streng dich an!

»Sind Sie sicher?«, fragte Simmons. »Die Reporter da draußen sind wie die Geier. Das wird eine Riesengeschichte, wissen Sie?«

»Ja, ich weiß.«

»Steht Ihre Nummer im Telefonbuch?«

Max schüttelte den Kopf.

»Gut, wenigstens etwas. Wenn es Ihnen lieber ist, bitte ich jemanden, bei Mr. und Mrs. Goldenberg anzurufen, damit Ihnen zumindest das erspart bleibt.«

»Lassen Sie nur, ich verständige sie selbst.«

Das war gut, der Bulle sollte nur wissen, dass er Stehvermögen hatte. Sicher würde es ein schwieriger Anruf werden, logisch, aber hey, schwierige Probleme waren Max Fishers Leidenschaft.

Aber klar doch.

Simmons stand auf und steckte seinen Block in die Hemdtasche. »Ich melde mich in Bälde wieder und halte Sie über die Untersuchungen auf dem Laufenden. Sie haben nicht vor, die Stadt zu verlassen oder so?«

Max dachte gründlich nach und antwortete dann in

einem Ton, als sei sein ganzes Leben bereits zu Ende: »Wo sollte ich schon hingehen?«

Der Anruf bei Claire und Harold Goldenberg entpuppte sich als Albtraum ganz anderer Art. Für Claire, Deirdres Schwester, waren die Morde eine doppelte Tragödie. Nachdem Max es ihr beigebracht hatte, rief sie: »Nein! Nein! Nein!« Dann brach sie mit einem hysterischen Schreikrampf zusammen. Mann, Max hätte sich erst den Drink genehmigen sollen. Was war bloß mit ihm los? Hatte er sich etwa eingebildet, sie würde das locker wegstecken?

Als dann Harold an den Apparat ging, musste Max wieder bei Adam und Eva anfangen. Die Goldenbergs taten ihm mehr leid als er sich selbst. Harold hatte in Boston eine eigene Praxis als Chiropraktiker, und Max hatte ihn immer gemocht. Auch gegen Claire hatte er nichts. Er hätte nicht mit ihr bumsen wollen oder so, aber sie war harmlos. Sie waren einfach nett und hatten es überhaupt nicht verdient, ihr einziges Kind in einer solchen Tragödie zu verlieren.

Stacy war auch nicht so übel gewesen. In ihrer Kindheit und Jugend hatte er sie nicht oft gesehen, aber als sie ihr Studium an der Columbia begann, hatten sie und Deirdre, ihre »reiche Tante aus der Stadt«, sich angefreundet. Es war schrecklich, dass sie hatte sterben müssen, vor allem auf diese Weise. Sie hatte niemandem das Leben zur Hölle gemacht, niemandem etwas zu Leide getan. Sie war nur eine unschuldige Studentin, die wahrscheinlich auf der ganzen Welt nicht einen Feind hatte. Herrgott noch mal, sie war erst zwanzig.

Max' Körper fühlte sich heiß an und zitterte. Er wollte Angela anrufen, um sich zu vergewissern, warum er diesen ganzen Mist überhaupt auf sich nahm. Doch nachdem er die ersten Ziffern eingetippt hatte, hielt er inne.

Darauf würde Detective Simmons nur warten. Max war klar, dass Simmons ihn für verdächtiger hielt, als er zugegeben hatte. Warum hätte er ihn sonst gefragt, ob er vorhabe, die Stadt zu verlassen? Vermutlich hatte die Polizei sein Telefon angezapft und einen Polizisten abgestellt, der jeden seiner Schritte überwachte. Wahrscheinlich wussten sie bereits Bescheid über Angela, ihren Cousin und diesen Popeye. Und jetzt lauerten sie nur noch darauf, dass Max sich selbst ein Bein stellen würde.

Max war überzeugt, dass ihnen die Geschichte mit der Alarmanlage zum Verhängnis geworden war. Dieser aufgeblasene Irenarsch war doch nicht der Profi, für den er sich hielt. Max hätte sich am liebsten in den Hintern gebissen, dass er Popeye nicht überprüft hatte, bevor er sich mit ihm eingelassen hatte. Er hatte mit dem Schwanz gedacht, und das war nie besonders schlau.

Er leerte die Wodkaflasche. Der Alkohol wirkte Wunder bei der Bekämpfung seiner Panik. Wahrscheinlich war er nur ein wenig paranoid, was normal sein dürfte, wenn man die eigene Frau gerade von einem Auftragskiller hat umlegen lassen. Im Grunde genommen hätte er die Lage doch gar nicht besser bewältigen können. Er brauchte jetzt nur ein wenig Ruhe.

Überraschenderweise schlief Max wie ein Baby und träumte von Felicia und ihrem Lapdance.

Am nächsten Morgen hatte er einen klaren Kopf und fühlte sich hellwach. Er musste jetzt nur seine fünf Sinne beisammen halten. Er duschte, rasierte sich und zog sich an. Das Schlafzimmer sah immer noch zum Fürchten aus, also räumte er ein bisschen auf – seine Nierensteinsammlung fand er komplett wieder. Später, oder auch früher, würde er die Putzfrau kommen lassen, die dann den Rest sauber machen konnte. Allmählich bekam er Hunger, deshalb ging er nach unten, setzte eine

Kanne Kaffee auf und machte sich Müsli. Mit einem Glas Wasser spülte er sein Mevacor und eine der kleinen blauen Viagra-Pillen hinunter. Die Polizei hatte spät in der Nacht noch jemanden besorgt, der das Blut weggewischt hat. Allerdings war an der Wand, an die Deirdres Hirn gespritzt war, noch ein matter Fleck zu sehen. Auch darum konnte sich die Putzfrau kümmern. Außerdem brauchte er jemanden, der die beiden Einschusslöcher in den Wänden zuspachtelte. Vielleicht würde er ja auch nur Bilder drüberhängen.

Während Max frühstückte, klingelte es ein paarmal an der Tür. Er spähte durch den Spion und sah draußen Reporter stehen. Als er fertig gegessen hatte, öffnete Max schließlich die Tür und gab vor den Fernsehkameras eine kurze Stellungnahme ab.

»Dies ist eine Tragödie. Niemand, der nicht selbst einen geliebten Menschen oder wie ich gleich zwei geliebte Menschen durch einen gewaltsamen Tod verloren hat, kann das nachvollziehen. Ich hoffe nur, dass die Polizei den Dreckskerl, der hierfür verantwortlich ist, findet, und dass er mit der ganzen Härte des Gesetzes bestraft wird.«

Er hatte die richtige Mischung aus Entsetzen und Trauer rübergebracht, er würde in den Nachrichtensendungen sehr gut aussehen. Ha, wahrscheinlich bekam er sogar Briefe von Frauen, die ihn heiraten wollten.

Die Reporter riefen Fragen, aber Max entschuldigte sich höflich und schloss die Tür. Er war stolz auf sich, dass er alles so perfekt hinkriegte. Er hatte genau so geklungen, wie sich das gehörte, und er hatte sogar ein paar Tränen zustande gebracht. Kurz vorher hatte er sich noch Augentropfen eingeträufelt, und das Zeug brannte nicht schlecht.

Wie es die jüdische Tradition verlangte, hatte er

Deirdres Begräbnis so bald wie möglich angesetzt. Max kümmerte sich in aller Ruhe um die Vorbereitungen, bestellte den Trauergottesdienst für Montagmorgen in der Riverside Memorial Chapel an der Amsterdam Avenue, wo vergangenes Jahr auch die Trauerfeier für seine Tante stattgefunden hatte. Billig war das nicht gerade, aber er war ja kein Geizkragen. Den Rest des Tages verbrachte er am Telefon. Freunde und Verwandte überbrachten Kondolenzgrüße und sprachen ihm ihr Mitgefühl aus.

Von der Polizei meldete sich den ganzen Tag niemand. Nur wusste Max nicht, ob das ein gutes oder ein schlechtes Zeichen war. Am späten Nachmittag überlegte er, ob er nicht Simmons anrufen sollte, um herauszufinden, was es Neues gab. Das wäre doch ganz normal, oder? Allerdings – würde ein gramgebeugter Ehemann das tatsächlich tun? Schließlich beschloss er, nicht anzurufen und die Dinge einfach auf sich zukommen zu lassen. Fundierte Entscheidungen treffen, das hörte sich schon eher wieder nach dem alten Max an.

Um sechs Uhr sah er sich die Nachrichten an. Auf allen Sendern waren die Morde die Spitzenmeldung. Immerhin kam es nicht alle Tage vor, dass zwei wohlhabende, weiße Frauen in New York City ermordet wurden. Er sah sich selbst im Fernsehen, immer noch stolz auf seine Darbietung. Den Berichten zufolge gab es noch keine Verdächtigen, aber die Polizei führe »gründliche Ermittlungen« durch.

Am nächsten Morgen stand Max früh auf, um sich auf die Gäste vorzubereiten. Sein Bruder Paul und dessen Frau Karen aus Albany hatten sich angekündigt, ebenso Harold und Claire Goldenberg. Die Goldenbergs wollten nur für eine Nacht bleiben und in ein Hotel gehen. Morgen früh würden sie an Deirdres Begräbnis teilnehmen und danach mit Stacys Leichnam nach Boston zurückfliegen, um sie dort am Dienstag zu beerdigen. Auf seinen Bruder und seine Schwägerin freute sich Max, aber den Goldenbergs ins Angesicht sehen zu müssen, davor graute ihm. Er gestand es sich nur ungern ein, wo sie doch jetzt in Trauer waren und so, aber die beiden waren stinklangweilig.

Die Goldenbergs kamen als erste an, glücklicherweise wollten sie jedoch nicht lange bleiben. Claire sagte, sie wolle die Stelle sehen, wo ihre Tochter gestorben war, doch als Max sie ihr zeigte, verlor sie die Fassung, und Harold musste sie ins Hotel zurückbringen. Etwa eine Stunde später kamen Paul und Karen. Max und Paul hatten sich nie sehr nahegestanden, doch Max hatte immer ein gutes Gefühl, wenn Paul in der Nähe war. Max war sechs Jahre älter als sein Bruder, und obwohl der Altersunterschied nun, da sie beide in den Fünfzigern waren, keine große Rolle mehr spielte, fühlte er sich seinem Bruder immer noch so überlegen wie damals, als er sechzehn und sein Bruder zehn war. Inzwischen war Paul Englischdozent an irgendeinem College in Albany. Er lehrte Shakespeare und Chaucer oder so was in der Art, und sie beide hatten überhaupt nichts gemein. Aber Max genoss es, wie hingerissen Paul von dem schönen Haus und der teuren Einrichtung war. Als verdammter Lehrer konnte man sich so was eben nicht leisten.

Das Telefon klingelte den ganzen Tag über. Verwandte und Freunde, von denen er jahrelang nichts mehr gehört hatte, riefen an, um zu kondolieren und sich wegen der Beerdigung zu erkundigen. Ein paar Reporter läuteten an der Tür, aber denen ließ Max durch Paul ausrichten, dass die Familie unter sich sein wollte. Karen kaufte irgendwo Lebensmittel und bereitete anschließend ein großes Essen mit Roastbeef und Kartoffeln. Max hatte ein schlechtes

Gewissen, weil er Fleisch aß, doch schließlich sagte er sich, pfeif auf das Gesundheitsbewusstsein, immerhin war dies ein besonderer Anlass. Und Mann, Appetit hatte er. Das viele Mitgefühl machte einen ganz schön hungrig. Zum Nachtisch gönnte er sich sogar ein Stück Kirschkäsekuchen. Der war ebenfalls köstlich, und er genoss jedes einzelne verdammte Milligramm Cholesterin.

Endlich spürte Max wenigstens ansatzweise die Erleichterung, die er sich von Deirdres Tod erhofft hatte. Mit Deirdre wäre ein Besuch von so vielen Leuten superanstrengend für ihn gewesen. Stundenlang hätte sie nur von sich und ihren Problemen gequasselt oder wäre wieder mal wie eine Irre auf irgendwelche Verwandten losgegangen. Zum ersten Mal seit Jahren konnte sich Max in seinem eigenen Haus entspannen. Wie er die Trauer bewältigt und überhaupt seine ganze Einstellung wirkte sich ebenfalls auf seine Stimmung aus. Bildete er es sich nur ein, oder hielt er sich tatsächlich aufrechter? Eine gerade Körperhaltung war schon immer sein Problem gewesen, aber hey, bring deine Alte um und du kannst dir den Chiropraktiker schenken. Eine etwas radikale Kur vielleicht, aber sie funktioniert.

Auch Max' Schuldgefühle wegen Stacys Ermordung ließen allmählich nach. Sicher, es war schrecklich, dass sie hatte sterben müssen, und sicher, es machte ihm schon was aus. Aber es war ja nicht so, als ob er sie getötet hätte. Popeye war der Wahnsinnige, er hatte abgedrückt. Stacys Tod war einfach ein Unfall, gerade so, als wäre sie auf der Straße von einem Bus überrollt worden. Die Tatsache, dass sie in Max' Haus von einem Killer ermordet worden war, den er angeheuert hatte, war ein unglücklicher Zufall, den er keinesfalls hatte vorhersehen können.

Und abgesehen davon: Sie starb, als all ihre Träume

und Sehnsüchte noch erfüllbar schienen, größere Enttäuschungen blieben ihr erspart. Wenn man es sich so überlegte, hatte er ihr letztlich einen Gefallen getan.

In den Abendnachrichten kamen Berichte über eine Frau in Brooklyn, die ihre beiden Kinder erwürgt und dann angezündet hatte, und über den Hausmeister einer Grundschule in der Bronx, den man beim Sex mit einem neun Jahre alten Mädchen ertappt hatte. Schön, dass es in New York von Irren nur so wimmelte, dachte Max. Die Morde an Deirdre und Stacy würden bald aus den Schlagzeilen verdrängt sein.

Am nächsten Tag, dem Montag, fand das Begräbnis statt. Max trug einen Hugo-Boss-Anzug, der ihm sehr gut stand. Harold und Claire waren mit dem Rest von Deirdres Verwandten und Freunden in der Kapelle. Auch von Max' Verwandten waren viele gekommen. Ebenso ein paar aus der Firma einschließlich des Finanzchefs und des Vizepräsidenten. Obwohl Max insgeheim gehofft hatte, Angela würde auftauchen, war es natürlich besser, dass sie nicht kam. Wahrscheinlich wäre es ja niemandem aufgefallen, aber etwas ungewöhnlich wäre es schon gewesen, wenn jemand, der noch nicht einmal ein Jahr in der Firma arbeitete, solch starkes Interesse an den persönlichen Angelegenheiten des Chefs zeigte. Außerdem hätten sie ohnehin keine Gelegenheit gehabt, sich unter vier Augen zu unterhalten.

Der Grabrede des Rabbi hörte Max kaum zu, doch als er bemerkte, dass alle in Tränen ausbrachen, musste natürlich auch er irgendeine Reaktion zeigen. Tränen konnte er sich keine herausquetschen, also setzte er seine Sonnenbrille auf und senkte den Kopf. Er wollte wenigstens ein paar laute Seufzer beisteuern, fürchtete aber, es würde sich womöglich anhören, als hätte er gefurzt.

Deshalb ließ er es bleiben. Die Sonnenbrille sprach eine deutliche Sprache, wie bei den Rockstars.

Nach dem Rabbi ging Claire ans Podium und hielt eine lange traurige Rede darüber, dass sie gleich zwei der wichtigsten Menschen in ihrem Leben verloren hatte. Da musste Max tatsächlich weinen. Er nahm die Sonnenbrille ab, damit es auch alle sehen konnten. Endlich würde er diese geschwollenen Augenlider bekommen, die Frauen offenbar so mühelos zustande brachten.

Deirdre wurde bei ihrer Familie auf Long Island bestattet. Max war froh, dass er keine gemeinsame Grabstätte gekauft hatte, so musste er nie wieder auch nur in Deirdres Nähe sein. Nachdem der Sarg ins Grab gesenkt worden war, warf jedes Familienmitglied eine Schaufel Erde hinterher. Max spürte eine neue Woge der Erleichterung, als die Erde auf den Sarg klatschte.

Dann war er an der Reihe, sein großer Auftritt. Er trat ans Grab, zuckte mit den Schultern, als würde sein Körper vor unterdrücktem Schmerz geschüttelt. Er nahm eine weiße Rose aus dem Jackett. Eigentlich wollte er sie mit einem tiefen Stöhnen ins Loch flattern lassen, aber, Scheiße, sie ging daneben. So musste er sich bücken, sein neuer Anzug wurde dreckig. »Teufel noch mal!«, murmelte er und warf das gottverdammte Ding hinunter.

Die *Shiva*-Feierlichkeiten fanden in seinem Haus satt. Während der nächsten paar Tage kamen dauernd Leute vorbei, brachten Essen mit und erzählten sich Geschichten von Deirdre. So sehr Max das Trauerfest zuerst genossen hatte, allmählich wurde es fad. Und die Kiefer taten ihm schon weh, weil er von morgens bis abends ein Gesicht wie vierzehn Tage Regenwetter aufsetzen musste.

Paul und Karen blieben bis Dienstagabend, dann fuhren sie zurück nach Albany. Am Mittwoch kam eine Beileidskarte aus der Firma zusammen mit einem Strauß

Blumen. Obwohl fast alle die Karte unterschrieben hatten, las Max nur Angelas Zeilen. Sie lauteten:
Herzliches Beileid, Angela
Gra go mor
Was zum Teufel war denn das, Griechisch oder was?

Ihre Handschrift zu sehen, weckte in Max schlagartig die Sehnsucht, sich mit ihr zu treffen. Wieder hätte er sie am liebsten angerufen, nur um ihre Stimme zu hören, ihren Akzent, den er so liebte. Aber er wusste, das war das Dümmste, was er tun könnte. Allmählich wurde er unruhig. Er konnte es nicht mehr erwarten, wieder zur Arbeit zu gehen, wieder ins Leben zurückzukommen.

Am Donnerstag kam Berna, Max' Putzfrau von den westindischen Inseln, und schrubbte Wand und Boden im Flur. Ein Handwerker verspachtelte die Einschusslöcher, und schon deutete nichts mehr darauf hin, was hier geschehen war. Kamal war aus Indien zurück und bereitete Max am Donnerstag makrobiotische Mahlzeiten für die nächsten Tage vor. Von den Morden hatte er noch nichts gehört, und als Max es ihm erzählte, brach er weinend zusammen.

Max war gar nicht klar gewesen, wie nahe sich Kamal und Deirdre gestanden hatten. Er hatte ihn erst vor ein paar Monaten eingestellt, nachdem sein Masseur im Fitnesszentrum ihn empfohlen hatte. Der Inder war oft gekommen, während er bei der Arbeit war.

Als Kamal sich wieder einigermaßen gefasst hatte, lud er Max ein, ihn doch mal in einen Aschram an der West Side zu begleiten, um dort zu meditieren. Max sagte zwar, er würde es sich durch den Kopf gehen lassen, aber er konnte sich nicht vorstellen, im Lotussitz herumzuhocken und Sprüche zu skandieren wie die Hippies.

»Denken Sie immer daran, die Menschen können gar

nicht sterben, weil sie gar nicht geboren wurden«, sagte Kamal. »Geburt und Tod sind nichts als Illusion. Alle Menschen und Dinge existieren jetzt und in alle Ewigkeit im universellen Unbewussten.«

Max starrte ihn an. *Was für ein Schwachsinn.*

Aber er liebte Kamals Kochkünste und hielt ihn generell für einen netten Kerl. Wenn er ihm allerdings weiter diesen esoterischen Bockmist auftischte, war er die längste Zeit bei ihm gewesen.

Am Freitag hielt Max es nicht länger aus. Er kam sich eingesperrt vor. Also fuhr er mit dem Taxi zu seinem Fitnesszentrum im Claridge House an der Ecke Eighty-seventh und Third. Dort schwamm er seine üblichen vierzig Runden, setzte sich anschließend in die Dampfsauna und las das *Wall Street Journal*. Nach dem Duschen wog er sich und war begeistert, dass er fast vier Pfund abgenommen hatte.

Er verbrachte ein ruhiges Wochenende zu Hause, aß Kamals Mahlzeiten und unternahm kurze Spaziergänge in der Nachbarschaft. Am Samstag war herrliches Wetter, gut zwanzig Grad, und so ging er in den Central Park, saß fast den ganzen Nachmittag über auf einer Bank im Schatten und las Fachzeitschriften, um sich über neue Entwicklungen der Netzwerktechnologie auf dem Laufenden zu halten. Weder die Zeitungen noch das Fernsehen brachten irgendwas über die Morde oder die polizeilichen Ermittlungen. Max fiel wieder ein, dass Detective Simmons versprochen hatte, sich »in Bälde« wieder zu melden. Seit den Morden war jetzt immerhin eine Woche vergangen. Max war froh darüber, dass das öffentliche Interesse an der Geschichte verebbte, doch ihm gefiel nicht, dass Detective Simmons sich nicht bei ihm meldete. Als Max den Park verließ und nach Hause schlenderte, hatte er das komische Gefühl, dass ihn jemand beobachtete.

*Es ist besser, etwas gar nicht erst zu beginnen.
Wenn man etwas begonnen hat, ist es besser,
es auch zu beenden.*

Buddhistische Weisheit

Bobby beobachtete, wie sich das Mädchen mit der blonden Mähne und dem tollen Vorbau am Empfang des *Hotels Pennsylvania* anmeldete. Sie war offensichtlich nervös, denn sie blickte sich andauernd um und drehte mit dem Zeigefinger in ihrem Haar. Sie trug tief sitzende Jeans, ein enges Schlauchtop und Stöckelschuhe. Bobby versuchte, sie sich nackt vorzustellen, und das Bild, das sich in seinem Kopf formte, gefiel ihm nicht schlecht. Am liebsten hätte er an Ort und Stelle seine Kamera gezückt. Sie wirkte ein wenig ordinär, gleichzeitig aber auch unschuldig, als hätte sie vor etwas Angst. Wie eine Nutte sah sie nicht aus, aber auch nicht wie eine Frau, die hierher gehörte.

Als sie am Tisch mit dem großen Gesteck aus roten Blumen vorbeikam, rollte Bobby zum Tresen des Oberpagen und sagte zu Victor: »Das Mädchen am Fahrstuhl. Schau mal nach, ob sie jemanden erwartet.«

Victor warf einen prüfenden Blick auf den stetigen Strom der Gäste. »Meinst du die magere Puppe mit dem Riesenbusen und der aufgedonnerten Frisur? Die hab ich in meinem ganzen Leben noch nicht gesehen.«

»Ich hab nicht gefragt, ob du sie schon mal gesehen hast. Ich hab gesagt, du sollst nachsehen, ob sie jemanden erwartet.«

Victor ging zur Rezeption hinüber. Kurz darauf kam

er zu Bobby zurück. »Sie trifft sich mit ihrem Mann. Die beiden wollen über Nacht bleiben.«

»Ich fahr hoch«, sagte Bobby.

»Bist du taub? Die Frau ist verheiratet.«

»Das glaubst du doch wohl selbst nicht. Sie hatte keinen Ehering am Finger, bloß so einen merkwürdigen Klunker.«

»Das heißt ja nicht automatisch, dass sie nicht verheiratet ist.«

»Irgendwas stimmt da nicht, sag ich dir.«

»Hör mal, warum warten wir nicht auf einen richtigen Begleitservice?«

Bobby betrachtete Victor in seiner Deppenuniform und fragte sich, ob nicht doch irgendwas mit den Eiern dieses Burschen passiert war, vielleicht bei der Chemo abgefallen oder so. »Gib mir einfach nur den Schlüssel zu ihrem Zimmer.«

»Ach komm! Ich glaube wirklich nicht, dass das so eine gute Idee ist.«

»Hör zu, wenn unser Plan klappen soll, musst du mir schon vertrauen. Du weißt doch, dass ich keinen Blödsinn anstelle, oder?«

»Moment, ich hab nicht gesagt, dass du blöd bist. Aber es war ausgemacht, dass wir uns an Professionelle halten.«

»Ich hab bei dem Mädchen so einen leisen Verdacht. Sie sah irgendwie ängstlich aus, wie sie an den Haaren rumgefummelt hat. Wenn sie keine Professionelle ist, dann gehe ich jede Wette ein, dass entweder sie ihren Alten oder ihr Typ seine Alte betrügt. Mit einem guten Foto könnten wir eine Menge Geld machen. Ich riech das, wenn was faul ist, und das hier stinkt zum Schweinehimmel. Irgendjemanden betrügen die.«

»Also von mir aus. Aber ich glaube trotzdem, du machst da einen Riesenfehler.«

Als Victor mit der Schlüsselkarte eines Zimmermädchens zurückkam, fragte Bobby: »Unter welchem Namen sind sie denn abgestiegen?«

»Brown.«

»Na bitte. Du willst mir doch nicht weismachen, dass das ihr echter Name ist. Ich sag dir was: Halt dich an mich, und du wirst es noch zu was bringen.«

Bobby fuhr mit dem Aufzug in den elften Stock. Er schob sich den Gang entlang und schnappte sich ein paar Handtücher vom Wagen eines Zimmermädchens. Dann fuhr er in die entgegengesetzte Richtung zu Zimmer 1812. Mr. Browns Gestöhne konnte er schon zwei Zimmer vorher hören. Mann, wahrscheinlich hörte man sein beschissenes Gestöhne bis rauf nach Queens. Als die Luft rein war, steckte er die Schlüsselkarte ins Schloss und öffnete vorsichtig die Tür.

Zimmer 1812 war lang und schmal. Das Bett stand am hinteren Ende des Raums. Die Nachttischlampe brannte, sodass Bobby klare Sicht hatte. Das war auch nötig, denn das Licht vom Flur drang nicht sehr weit ins Zimmer. Bobby rollte halb über die Schwelle und lehnte die Tür sanft gegen seinen Rollstuhl. Dann hob er die durch ein Handtuch getarnte Kamera. Das Objektiv schaute unten heraus.

Mr. und Mrs. Brown waren voll bei der Sache, die Geräusche stammten allerdings allein von Mr. Brown. Mrs. Brown gab keinen Piep von sich. Während Bobby schnell ein paar Bilder knipste, wurde er das Gefühl nicht los, dass er den Mann von irgendwoher kannte. Dann fiel ihm ein, dass er ihn vorher unten in der Lobby gesehen hatte. Aber da hatte der Typ blonde Haare gehabt und jetzt war er fast vollkommen kahl. *Was zum Teufel ist denn mit dir passiert*, hätte er beinahe laut vor sich hingebrummt.

Mr. Brown musste das Klicken der Kamera gehört oder Bobby aus den Augenwinkeln heraus gesehen haben, denn er blickte plötzlich hoch, starrte Bobby einige Sekunden lang an und sagte dann: »He, was zum Teufel wollen Sie denn hier?«

Bobby warf schnell das Handtuch über das Objektiv.

»Himmel, tut mir leid, Mister. Wirklich, das tut mir jetzt schrecklich leid. Ich wollte Ihnen bloß neue Handtücher ... «

»Verpiss dich!«, brüllte Mr. Brown

Bobby rollte weiter zum Badezimmer. »Es dauert nur eine Minute, Mister. Ich muss zweimal am Tag frische Handtücher in alle Zimmer bringen, sonst wird mein Chef sauer ... «

»Hau endlich ab!«

»Sie wollen keine neuen Handtücher?«

»Raus, du Trottel!«

»Und Ihre Seife?«

»Raus!«

»Bitte, Mister«, flehte Bobby, als er wieder Richtung Flur rollte. »Lassen Sie mich nicht rauswerfen. Ich brauche den Job. Ich brauche ihn unbedingt.« Er warf einen letzten Blick auf die Blondine, die sich inzwischen die Decke über ihre Titten gezogen hatte und ihm den Rücken zukehrte. »Es tut mir wirklich leid, dass ich so bei Ihnen reingeplatzt bin. Ich hab nichts gesehen ... « Zügig rollte er aus der Tür und ließ sie hinter sich zufallen.

Als er im Aufzug nach unten fuhr und die Kamera in seiner Tasche verstaute, lächelte Bobby, stolz auf seine Vorstellung. Er war besser als Dustin Hoffman in *Rain Man*. Vielleicht hätte er auf Isabella hören und zu einigen Vorsprechterminen gehen sollen. Vielleicht war es ja noch nicht zu spät. Es musste doch auch Rollen geben für Burschen im Rollstuhl.

Ach was, schauspielern war doch scheißlangweilig. Er brauchte den Kick, die Action. Verbrechen – das war's, da spielte die Musik.

Als er im Aufzug zurück zur Lobby fuhr, dachte er über Mrs. Brown nach.

Sie sah wirklich gut aus. Also war sie doch eine Prostituierte – warum sonst sollte sie für einen mittelalterlichen Typ mit Glatze und bescheidenem Äußerem die Beine breit machen?

Bobby traf sich mit Victor am Seitenausgang zur Thirty-second Street und sagte: »So weit, so gut.«

»Ja, schön.« Victor war total panisch, als glaubte er ihm keine Sekunde lang. »Was zum Teufel ist passiert?«

»Hör auf, dir in die Hose zu scheißen, Mann. Ich hab ein paar echt gute Fotos. Und jetzt fahren wir die Kohle ein.«

Bobby stieg in den Bus, der die Eighth Avenue hochfuhr. In seiner Wohnung entwickelte er sofort den Film. Zwei Bilder waren unscharf, und bei einem war das Handtuch im Bild, aber die anderen beiden waren scharf wie Rettich. Auf dem einen, das er verwenden wollte, starrte Mr. Brown mit offenem Mund in die Kamera, während Mrs. Brown gerade ihre Riesenneuter bedeckte. Bobby dachte kurz über einen guten Tarnnamen nach, dann schrieb er auf die Rückseite des Fotos, Mr. Brown solle an der Rezeption zehntausend Dollar für »Tommy Lee« hinterlegen. Er steckte das Foto in einen Umschlag und klebte ihn zu.

Als er wieder ins Hotel zurückkam, sagte Victor: »Ich hab schlechte Nachrichten. Die beiden sind schon weg.«

»Scheiße! Seit wann?«

»'Ne halbe Stunde, nachdem du fort warst. Wieso hast du dein Scheißtelefon ausgeschaltet? Diese verdammten Dinger, jeder hat eins, aber keiner lässt es an.«

»Ich dachte, die wollten die ganze Nacht bleiben.«

»Das haben sie dem Mädchen am Empfang erzählt. Aber das heißt nicht, dass sie es tatsächlich tun. Sie sind ja nicht dazu *verpflichtet*.«

»Scheiße.«

»Und das ist noch nicht alles. Die Cops waren da.«

»Die Cops?«

»Gibt's hier ein Echo?«

Am liebsten hätte Bobby Victor eine gescheuert. »Was zum Teufel wollten die Cops?«

»Frag mich was Leichteres. Ich hab schon gedacht, das war's, ich bin gefeuert. Gefeuert und am Arsch.«

Bobby fiel der große Schwarze mit dem grauen Anzug ein, den er in der Lobby gesehen und der auf ihn wie ein Bulle gewirkt hatte. Bobby hatte schon immer einen guten Bullenriecher.

»Hat er sich nach uns erkundigt?«

»Das hätte mir gerade noch gefehlt. Es ging um das Pärchen. Er hat alles Mögliche gefragt. Wer sie sind, ob sie schon öfter hier waren, wie die Frau heißt, so'n Scheiß.«

»Die Frau? Nicht der Mann?«

»Das ist alles, was ich weiß. Und als das Mädchen dann rausging, ist ihr der Bulle nach. Jetzt hör mal, Bobby, ich arbeite gern wieder mit dir zusammen und so, aber so 'nen Mist können wir nicht mehr bringen. Wenn jetzt noch die Cops hier aufkreuzen, dann ist das der pure Wahnsinn. Ich darf diesen Job nicht verlieren. Das hat nichts mit dir zu tun, aber ich darf diesen Scheißjob nicht verlieren. Auf das Gehalt bin ich einfach angewiesen.«

Bobby rollte davon. »Das Ganze war eh 'ne blöde Idee. Vergiss es einfach.«

»He, nun komm schon. Sei doch nicht so. Nun wart doch mal eine Sekunde.«

Auf der Busfahrt nach Hause dachte Bobby über den Cop nach. Warum hatte er wohl Fragen über die Frau gestellt? Und warum hatte Mr. Brown bei seiner Ankunft im Hotel eine blonde Perücke getragen? Aber letztlich war es egal. Viel geändert hätte sich sowieso nicht, auch wenn der Typ für die Fotos gezahlt hätte. Momentan hatte Bobby ausreichend Geld. Die Wohnung gehörte ihm und war schuldenfrei. Ein paar Ersparnisse hatte er sicher bei diversen Kredithaien angelegt. Was würden ihm zehn Riesen mehr schon groß bringen? Auch mit der Kohle saß er immer noch im Rollstuhl, er konnte nicht aufstehen und in einen Coffeeshop oder sonst wo hingehen. Wegen des Geldes tat er das nicht, die Asche war sozusagen nur ein Bonus. Er wollte schlicht und ergreifend beweisen, dass er nicht völlig nutzlos war.

Ein paar Monate, nachdem er sich die Querschnittlähmung geholt hatte, fragte ihn eine Berufsberaterin im Mount Sinai Hospital, ob er vorhabe, wieder zu arbeiten, und Bobby hatte geantwortet: »Aber klar doch.«

Die Frau hatte ihm die verschiedenen Möglichkeiten runtergebetet, wie er den Umgang mit Computern lernen und vielleicht irgendeinen beschissener Bürojob ergattern konnte. Und Bobby hatte gesagt: »Na, *die* Art von Job interessiert mich doch gar nicht. Ich will wieder in meinem *alten* Job arbeiten. Könntet ihr mir dabei helfen?«

»Was haben Sie denn beruflich gemacht, Mr. Rosa?«, hatte sie gefragt.

Bobby hatte etwas wie *Vergessen Sie's* vor sich hingemurmelt und war dann so schnell wie möglich aus dem Laden verduftet.

Ganz in Gedanken versunken merkte Bobby plötzlich, dass der Bus gerade an seiner Haltestelle an der Eightyninth Street vorbeifuhr. Er brüllte den Fahrer an: »He, was ist denn los mit dir, du Arschloch! Hast du nicht gehört, dass ich die beschissene Klingel gedrückt habe? Meine Fresse, was muss man denn heutzutage noch alles tun, damit man aus einem Scheißbus rausgelassen wird.« Er hätte den Wichser einfach abknallen können, wenn er nur eine Knarre dabeigehabt hätte.

Als ihn der Fahrer mit dem Rollstuhllift langsam auf die Straße ließ, fluchte Bobby immer noch, und der Fahrer rief ihm hinterher: »Gern geschehen!«

Jetzt hätte ihn Bobby ganz sicher umgelegt.

Zu Hause versuchte er, sich auf seinem Behindertenstuhl unter der Dusche ein wenig zu entspannen. Danach zappte er durch die Fernsehkanäle, fand aber nichts Interessantes. Also verdrückte er einige Tütensuppen und haute sich schließlich in die Falle.

Am nächsten Tag fuhr Bobby mit dem Bus Richtung Norden, um seine Mutter im *Jewish Home for the Aged* zu besuchen, einem Altenpflegeheim an der 106th Street. Letztes Jahr hatte er seine Mutter aus einem anderen Pflegeheim in Brooklyn hierher verlegen lassen, weil es nur siebzehn Blocks von seiner Wohnung entfernt lag und er sie öfter besuchen wollte.

Eine Zeit lang kam er jeden Tag, brachte ihr Eiscreme und chinesisches Essen mit und überredete einen der Pfleger, sie in den Garten zu fahren, damit sie frische Luft bekam. Doch dann hatte sie ihren zweiten Schlaganfall, einen schlimmen diesmal, und jetzt schlief sie fast die ganze Zeit. Bobby besuchte sie immer noch drei-, viermal pro Woche, und er wäre auch öfter gekommen, aber es deprimierte ihn, sie so jenseits von Gut und Böse daliegen zu sehen. Auf keinen Fall wollte er sich so an sie erinnern, wenn ihre Zeit kam und sie starb, so mit geschlossenen Augen und dem geöffneten, zahnlosen Mund.

Wie gewöhnlich schlief seine Mutter auch diesmal. Ihr Körper war geschrumpft, vor allem die linke Seite. Klein war sie immer gewesen, aber nun sah sie unter der Bettdecke aus wie ein Meter zwanzig. Schläuche hingen aus ihren Armen, was auf eine weitere Infektion schließen ließ. Himmel und Hölle hätte Bobby in Bewegung gesetzt, um herauszufinden, warum ihn niemand verständigt hatte, aber es war ja doch sinnlos. Er regte sich nur auf, und seine Mutter lag trotzdem im Bett als wäre sie hirntot. Manchmal dachte er, seine Mutter wäre tot besser dran, und er hatte schon überlegt, sie mit nach Hause zu nehmen und zu erschießen.

In letzter Zeit wollte er immer öfter jemanden erschießen oder richtig Amok laufen, damit alle mal mitkriegten, wie verdammt wütend er war.

Er hätte seine Mutter tatsächlich umgelegt, allerdings war sie katholisch, und ihm war klar, dass sie das nicht gewollt hätte. Wahrscheinlich war sie schon angefressen, weil er sie in ein jüdisches Pflegeheim gesteckt hatte. Nun ja, über das Stadium, wo sie sich noch hätte beschweren können, war sie längst hinaus.

Bobby rüttelte seine Mutter so lange am Arm, bis sie die Augen aufschlug. Lächeln konnte sie nicht mehr, aber er wusste, dass sie sich immer freute, ihn zu sehen. Der Speichel im Mundwinkel könnte ein Zeichen dafür sein, dachte er. Vielleicht versuchte sie ja wenigstens zu lächeln.

Nachdem er eine Weile neben ihr am Bett gesessen hatte, fuhr Bobby mit dem Lift nach unten und kaufte einen kleinen Becher Eis. Dann fuhr er wieder hoch und weckte seine Mutter auf. Sie drehte sich zu ihm um, doch diesmal öffnete sie nur ein Auge.

»Sieh mal, Mama, dein Lieblingseis, Vanille.«

Seine Mutter drehte sich weg, als ob sie wütend wäre,

doch Bobby hielt ihr das Holzlöffelchen mit einem kleinen Bissen Eis vors Gesicht, bis sie sich ihm wieder zuwandte und das Zeug hinunterschluckte. Ein paar Tropfen fielen auf ihr Kinn, und Bobby wischte sie mit seinem Hemdsärmel weg. Er probierte auch ein wenig und musste zugeben, der Scheiß schmeckte gar nicht mal so übel.

Nachdem sie alles aufgegessen hatte, blieb Bobby noch eine Zeit lang sitzen und sah ihr beim Schlafen zu. Dann bemerkte er, dass bereits ein Uhr vorüber war und ihre Soaps angefangen hatten. Er stellte den Fernseher vor ihrem Bett auf Kanal 7 und drehte die Lautstärke auf. Dann beugte er sich über sie, gab ihr einen Kuss und verließ leise das Zimmer.

Erst als Bobby wieder zu Hause war, wurde ihm bewusst, dass er nichts mehr zu tun hatte. Er hätte ja mit seiner Kamera in den Central Park fahren und nach neuen Kandidatinnen Ausschau halten können, aber es war ziemlich bewölkt, und Regen lag in der Luft. Vielleicht sollte er zur Videothek fahren, sehen, was neu auf DVD rausgekommen war, sich im Supermarkt noch was zu essen holen, dann nach Hause fahren und es gut sein lassen.

Gesagt, getan. Als er vom Supermarkt zurück war, machte er sich etwas zu essen – weiße Bohnen mit Tomatensauce, Kartoffelbrei und zwei Dosen Makkaroni mit Rindfleischeinlage. Nicht einmal Def Leppard konnten ihn aus seinem Tief holen. Wenn die Defs ihn jetzt schon kalt ließen, dann war es wirklich höchste Zeit, jemanden zu erschießen.

Beim Essen starrte er dauernd auf die Fotos von Mr. und Mrs. Brown. Irgendwie glaubte er immer noch, den Typen von irgendwoher zu kennen. Vielleicht bildete er es sich ja nur ein – er schaute die Fotos jetzt schon so lange an, da musste der Mann ihm ja logischerweise früher oder später bekannt vorkommen. Aber nein, da steckte mehr dahinter. Das Gesicht hatte er schon einmal gesehen. Dann fiel der Groschen. Er rollte auf den Korridor hinaus und weiter zum Müllraum mit dem Verbrennungsofen, und als er da nicht fand, wonach er suchte, fuhr er mit dem Aufzug in den Keller. In einer Ecke stapelten die Pförtner die alten Zeitungen, die sie aus den Recyclingtonnen der einzelnen Stockwerke holten. Einmal im Monat banden sie das Papier zusammen und transportierten es ab. Aber das schien schon eine ganze Weile her zu sein, der Stapel war ziemlich hoch. Bobby wühlte sich durch die Zeitungen, bis er die eine Woche alte Ausgabe der *Daily News* fand. Genau an die hatte er sich erinnert. Richtig aufregend wurde es aber erst, als er Seite drei aufschlug und das große Bild von Mr. Brown und den Bericht über den Mord an zwei Frauen in diesem sehr luxuriös aussehenden Haus an der Upper East Side fand. Laut Artikel war Max Fisher Gründer und Hauptgeschäftsführer von NetWorld ...

Bobby nahm die Zeitung mit in seine Wohnung. Plötzlich hörten sich die Leppards wieder prima an. Dank eines Millionärs namens Max Fisher war Bobby wieder im Geschäft.

11

Sutter blickte ihn an. »Stark, reich und an jedem Finger
'ne Frau, die auf mich abfährt, wäre mir lieber.«
»Als Bulle kannst du immerhin auf zwei von den
dreien kommen.« Sutter lächelte und sagte:
»Man weiß ja nie.«

James O. Born, *Walking Money*

Am 12. Mai 1989 führte Alexis Morgan, ein sechsunddreißig Jahre altes ehemaliges Model, auf einem abseits gelegenen Weg nahe Belvedere Castle im Central Park ihre beiden Chihuahuas spazieren, als sie von einem unbekannten Angreifer brutal erstochen wurde. Die Wunde an ihrem Hals war so tief, dass sie beinahe geköpft worden wäre. Die Polizei glaubte, sie sei von hinten gepackt und dann mit einem großen Messer oder einer Machete aufgeschlitzt worden. Es gab keine Augenzeugen, aber mehrere Personen berichteten, einen »verdächtigen Weißen« nur wenige Minuten vor dem Mord in der Nähe des Tatortes gesehen und die Chihuahuas kurz darauf bellen gehört zu haben.

Obwohl er nicht der Beschreibung des »verdächtigen Weißen« entsprach, war Mrs. Morgans Mann, ein wohlhabender Immobilienmogul, Verdächtiger Nummer eins. Die Morgans hatten eine stürmische zweijährige Ehe voller lautstarker Auseinandersetzungen in aller Öffentlichkeit hinter sich. Außerdem hatte Mr. Morgan seiner Frau vorgeworfen, eine Affäre zu haben. Zwar wurde bei dem Überfall Mrs. Morgans Handtasche gestohlen, doch die Polizei war der Auffassung, das sei nur ein Ablenkungsmanöver, um Raub als Motiv für die Tat vorzutäuschen.

Mr. Morgan hatte ein unerschütterliches Alibi. Er spielte zum fraglichen Zeitpunkt mit einem Freund Tennis im Wall Street Racket Club. Der Freund und die Angestellten des Clubs bestätigten dies. Dennoch strich die Polizei Morgan nicht von der Liste der Verdächtigen. Sie glaubten, er könnte jemanden für den Mord an seiner Frau bezahlt haben. Sie erstellten ein Phantombild des Verdächtigen und starteten in der ganzen Stadt eine groß angelegte Fahndung. Ein paar Wochen später folgte die Polizei Morgan zu einem Treffen mit Vinny »The Blade« Silvera, einem Mörder mit Verbindungen zur Mafia. Noch am selben Abend wurde Silvera zum Verhör mitgenommen, stritt jedoch alles ab. Morgan wurde gesondert verhaftet. Nach intensivem Verhör erzählte die Polizei Morgan – der selbst Geschäftsbeziehungen zum organisierten Verbrechen unterhielt –, dass Silvera alles zugegeben habe. Morgan fiel auf den Trick herein und legte prompt ein umfassendes Geständnis ab, in dem er Silvera ebenfalls belastete. Sowohl Morgan als auch Silvera wurden vor Gericht gestellt und verurteilt. Ein paar Monate später fand man Morgan erschlagen im Duschraum des Gefängnisses auf Riker's Island.

Natürlich gab es deutliche Unterschiede zwischen dem Fall Alexis Morgan und den Morden an den beiden Frauen im Haus an der East Seventy-fourth Street, aber es gab da ein paar Parallelen. In beiden Fällen war Raub das offensichtliche Motiv. In beiden Fällen waren die Opfer so brutal getötet worden, als wäre der Mord das eigentliche Ziel des Überfalls gewesen. Und in beiden Fällen hatten die Ehemänner geschickterweise wasserdichte Alibis.

Kenneth Simmons, Ermittlungsbeamter im 19. Revier, hatte mit dem Fall Alexis Morgan seinerzeit nichts zu tun gehabt. 1989 war erst sein zweites Jahr bei der Truppe, und die meiste Zeit verbrachte er damals noch im Büro mit Schreibarbeiten. Aber, wie jeder andere in der Stadt, hatte er die Geschichte in den Nachrichten genau mitverfolgt. Einige Jahre später lernte er bei einer Beförderungsfeier in One Police Plaza, dem NYPD-Hauptquartier, Lieutenant Anthony Santana kennen, der den Fall geknackt hatte, und Santana erzählte ihm viele weitere Details. Am meisten beeindruckte ihn Santanas Schilderung, dass er den Fall ohne die ganze Medienhysterie viel früher hätte lösen können. »Es war wie im Zoo«, sagte der Lieutenant. »Die Verdächtigen wussten die ganze Zeit, dass sie vierundzwanzig Stunden am Tag unter Beobachtung standen.« Wenn eine unauffällige Beschattung möglich gewesen wäre, hätte Morgan sie seiner Auffassung nach viel eher zu Silvera geführt. »Man kann Wild nicht erlegen, wenn es einen kommen hört, man muss sich leise ranpirschen, wenn Sie verstehen, was ich meine.«

Kenneth hatte verstanden.

Er ließ zwar auch andere Möglichkeiten nicht außer Acht, doch war er sich zu neunzig Prozent sicher, dass »seine« Morde eine Wiederholung des Morgan-Falles waren. Max Fisher hatte jemanden beauftragt, seine Frau zu töten, und Stacy Goldenberg war zur falschen Zeit am falschen Ort gewesen. Als er Max in dessen Haus befragt hatte, war er das Gefühl nicht losgeworden, dass Max ihm etwas verschwieg, und sein Instinkt trog ihn nur selten. Aber er wusste auch, dass es entscheidend war, Max nicht unter Druck zu setzen. Wie Santana gesagt hatte – das Wild durfte nicht hören, wenn man sich ranpirschte.

Kenneth hoffte, dass diese Geschichte sein großer Fall werden würde, ein Fall, wie er nur einmal im Leben eines Detectives daherkommt. Wenn er die Morde an den weißen Frauen aufklärte, war das tolle PR und für ihn sprang vielleicht schon in wenigen Jahren eine Beförderung zum Sergeant oder gar Lieutenant dabei heraus. Kenneth war seit acht Jahren verheiratet, und vor fünf Jahren hatte er einen Sohn mit Downsyndrom bekommen. Die Behinderung des Babys hatte das Leben seiner Frau beinahe zerstört. Und durch die Kommentare der Leute wie

mongoloid
zurückgeblieben
unterbelichtet
behindert

hatte sich in Kenneth eine Wut aufgebaut, die immer nur knapp unter der Oberfläche lauerte. Er musste sich irgendwo abreagieren, und auch deshalb schoss er sich auf Max Fisher ein. Er konnte den Arsch ohnehin nicht ausstehen, mit seinen grätzigen Designeranzügen, den falschen Haaren, seiner Klugscheißerei und seiner Sammlung klassischer Musik. Kenneth war ein heimlicher Opernnarr – nicht, dass er sich als Polizist in New York dieser Tatsache gebrüstet hätte –, aber als er Fishers Klassiksammlung sah, hatte er sofort gewusst, der Kerl war blöd wie die Nacht finster. Er warf zwar mit all den großen Namen um sich, als wolle er damit die Leute beeindrucken, aber es war offensichtlich, dass er für die Musik im Grunde nichts übrig hatte.

Und dann dieser marineblaue Jogginganzug, den er während der ersten Befragung getragen hatte, als wäre er dadurch irgendwas Besonderes. Kenneth wollte ihm einen ganz anderen Anzug verpassen – einen mit Streifen.

Wenn er Fisher festnageln konnte, hatte er die Beförderung so gut wie in der Tasche. Er war mit dem Ziel bei der Polizei eingetreten, es bis zum Lieutenant zu schaffen, bis er vierzig war, und mit fünfundvierzig in

Rente zu gehen. Jetzt war er neununddreißig, die Zeit wurde knapp. Er hatte bereits eine Eigentumswohnung auf Timesharing-Basis an der Küste von Jersey, aber er konnte es gar nicht mehr erwarten, bis er pensioniert war und den ganzen Tag auf dem Golfplatz verbringen konnte.

Zwei Tage nach den Morden saßen Kenneth und sein Partner, Detective Louis Ortiz, in Kenneth' Büro. »Gluckmann von der Ballistik hat gerade angerufen«, sagte Louis. »Sie haben die Kugeln und Hülsen durch die Datenbanken von Bulletproof und Brasscatcher gejagt, aber keinen Treffer gelandet.«

Kenneth nahm einen großen Schluck Kaffee. »Aber sie bleiben dabei, dass es ein Kaliber .38 war, oder?«

»Ja, aber stell dir vor: Sie glauben, es war ein Lady Colt .38. Unser Killer dürfte nicht allzu clever sein, wenn er sich auf der Straße eine Weiberwaffe hat andrehen lassen.«

»Außer der Killer ist eine *sie*.«

»Glaubst du das wirklich?«

»Ehrlich gesagt, nicht. Aber vielleicht hat der Typ ja absichtlich Scheiße gebaut. Stellt den Alarm wieder an und kauft eine Tussiknarre, damit wir was zum Grübeln haben.«

»Du glaubst, dass es sich so abgespielt hat?«

»Du weißt, was ich glaube. Der Job war Pfusch. Der Typ war kein Profi. Er war ein Freund oder sonst jemand, den Fisher irgendwie kennengelernt hat. Ist die Waffe sauber?«

»Bis jetzt haben wir nichts finden können.«

»Irgendwelche Gerüchte auf der Straße?«

»Sie haben jeden ausgequetscht, den sie reingebracht haben, auf allen Revieren von Manhattan, aber nichts bisher. Von der Gerichtsmedizin genausowenig. Die Frauen sind zwischen 17:30 und 19:30 Uhr gestorben, wahrscheinlich näher an 17:30 Uhr, und beide etwa zur gleichen Zeit. Auch keine Ergebnisse beim Blut, stammt alles von den Opfern. Der Gerichtsmediziner sagt, dem Täter habe das Ganze Spaß gemacht. Einige der Wunden waren nicht nötig, da die Opfer bereits tot waren. Overkill hat er dazu gesagt.«

»Und Fishers Alibi?«

»Niet- und nagelfest. Eine Stripperin hat sich an ihn erinnert. Hat um die Zeit einen Lapdance für ihn hingelegt, sagt sie. Sie hat mir übrigens ihre Visitenkarte gegeben. Angeblich macht sie es für Cops gern umsonst. Du hättest seinen Freund mal sehen sollen, diesen Kunden, den er eingeladen hatte. Der Typ hat sich regelrecht in die Hose geschissen. Hat die ganze Zeit gejammert: ›Sie müssen mir versprechen, dass meine Frau nichts davon erfährt. Sie wird doch nichts davon erfahren, oder?‹ Mann, und ich hab gedacht, ich steh unterm Pantoffel.« Lächelnd fügte er noch hinzu: »Aber vielleicht haben wir Glück und bekommen eine DNS von dem Scheißehaufen, den der Kerl dagelassen hat.«

Kenneth stand auf und streckte sich. Am Abend vorher hatte er seiner Frau beim Möbelrücken geholfen und sich dabei den Rücken verrenkt. »Warten wir mal ein paar Tage und schauen, was passiert. Zumindest interessieren sich die Medien weniger für den Fall, als ich gedacht hätte. Das verschafft uns ein wenig Luft.«

»Genau«, sagte Louis. »Zum Glück hat diese Irre in Brooklyn ihre beiden Kinder abgefackelt.«

»He, mir ist jede Ablenkung recht.« Kenneth bewegte die Hüften, um den Rücken zu lockern. »Ein großes Problem bleibt uns allerdings: das Motiv. Warum wollte Max seine Frau loswerden?«

»Lass mich raten: Sie hat einen andern gebumst.«

»Das wäre die offensichtliche Antwort. Also, wo ist

dieser andere? Und wie kommt es, dass sie nicht einer einzigen Freundin oder Verwandten irgendwas von einem Liebhaber erzählt hat? Ich sag dir, da stimmt was nicht. Wir müssen nur noch rausfinden, was.«

Wie immer, wenn er geistesabwesend war oder wütend oder frustriert, strich Kenneth über die Goldnadel an seinem Revers. Sie zeigte zwei Hände, die sich einander entgegenstreckten, sich aber nicht berührten und es wohl auch nie schaffen würden. Es war das Symbol für das Downsyndrom, und er war ganz begeistert gewesen, als er eines abends auf CNN sah, dass Bill Clinton auch eine solche Nadel trug. Kenneth hatte ein wenig gegoogelt und herausgefunden, dass Clinton die Nadel von irgendeinem obskuren Krimischreiber geschenkt bekommen hatte. Als er es seiner Frau erzählte, war ihr einziger Kommentar: »Ich lese keine Krimis.«

Kenneth blickte auf und sah, dass sein Partner beobachtete, wie er mit der Nadel spielte.

»Du bist wirklich scharf darauf, dieses Arschloch ans Kreuz zu nageln, was?«, fragte Louis.

»Das kannst du laut sagen.«

Die nächsten Tage brachten neue Entwicklungen. Man fand heraus, dass Max Fisher wenige Tage vor den Morden diverse Beträge von seinen Konten abgehoben hatte, insgesamt allerdings nur ein paar Tausend Dollar. Sicherlich ein bedenkenswerter Umstand, die Summe war jedoch zu gering, um damit einen Profikiller für einen Auftragsmord zu bezahlen. Die Ballistikabteilung konnte mit Hilfe der Brasscatcher-Datenbank dem Lady Colt .38 möglicherweise den bislang ungeklärten Mord an dem Besitzer eines Schuhgeschäfts in Queens vor eineinhalb Jahren zuordnen. Im ersten Moment hielt Kenneth dies für den großen Durchbruch, leider konnte Brasscatcher aber keine hundertprozentige Übereinstimmung feststellen. Und selbst wenn, hieß das noch lange nicht, dass die Waffe in der Zwischenzeit nicht einmal oder sogar öfter unter der Hand den Besitzer gewechselt hatte. Die Polizei hatte den Verdacht, dass die *Boyos* von der IRA, die einen Tarnladen an der Bowery betrieben, diese Waffen unter die Leute brachten, nur war es praktisch unmöglich, ihnen etwas anzuhängen. Schlimmer noch, sie genossen Sympathien, weil jeder den Film *Im Namen des Vaters* gesehen hatte und glaubte, was dort gezeigt wurde, entspräche der Wirklichkeit. Ein IRA-Mitglied zu verhaften, war so ähnlich wie einen Mafioso einzubuchten – man legte sich mit den romantischen Vorstellungen der Öffentlichkeit an.

Louis befragte die Leute in Max' Firma, Freunde und Verwandte von Deirdre Fisher und von Stacy Goldenberg, doch es gab keinerlei neue Spuren. Eventuelle Spuren wurden schon jetzt langsam kalt.

Die beiden Partner saßen beim Mittagessen an einem der hinteren Tische des *Pick-a-Bagel* an der Second Avenue, als Louis sagte: »Wir sollten allmählich andere Möglichkeiten ins Auge fassen.«

Kenneth schluckte einen Bissen Bagel mit einer Tofu-Frühlingszwiebel-Frischkäse-Paste hinunter. »Und was zum Beispiel?«

»Dass es zum Beispiel genau das war, wonach es von Anfang an ausgesehen hat. Ein Typ plündert ein Haus, die Frauen kommen nach Hause, er kriegt die Panik und erschießt sie.«

»Jemand hat die Alarmanlage wieder eingeschaltet«, wandte Kenneth ein. Er hatte in den letzten beiden Nächten kaum mehr schlafen können, so nagte der Frust an ihm. »Fisher hat den Alarm ausgemacht, als er nach Hause kam. Wenn er nicht lügt ... und ich halte es für unwahrscheinlich, dass er bei der Sache lügen sollte, weil er sich so nur verdächtiger macht. Wenn er also nicht lügt, dann muss er demjenigen, der die Frauen umgebracht hat, den Code verraten haben.«

Hundert Mal war er die Sache schon durchgegangen, bis ihn seine Frau angebrüllt hatte: »Du bist besessen.«

Sie hatte recht.

»Ja, das leuchtet mir ein«, sagte Louis. »Wieso knöpfen wir uns Max Fisher dann nicht vor?«

»Wenn ich der Meinung wäre, das würde was bringen, würde ich nicht hier auf meinem fetten Arsch sitzen und mir Bagels reinstopfen, da kannst du Gift draufnehmen. Wir müssen ihn in dem Glauben lassen, er sei aus dem Schneider, damit er leichtsinnig wird. Jeden Tag, an dem er nichts von mir hört, wird er ein bisschen nervöser. Gerade jetzt im Moment fragt er sich wahrscheinlich, wieso ich ihn nicht anrufe, obwohl ich es ihm versprochen habe. Aber recht bald wird er denken, wir hätten ihn aus den Augen verloren, und dann kommen seine Big-Boss-Allüren wieder zum Vorschein. Der denkt doch, er steht über dem Gesetz, er hält sich doch für was Besonderes. Wenn er so drauf ist, macht er einen Fehler. Und dann komm ich und versetze ihm den K.-o.-Schlag. Dann kriegt er einen neuen Jogginganzug.«

»Jogginganzug?«

»Ich sag dir was: Wir lassen ihn noch ein paar Tage in Ruhe und beschatten ihn. Wer weiß? Vielleicht läuft's tatsächlich wie bei Alexis Morgan, und er schaufelt sich sein eigenes Grab.«

Kenneth ordnete eine Rund-um-die-Uhr-Überwachung von Max Fisher an, aber auch das brachte keine neuen Hinweise. Fisher ging in den Park, den Supermarkt, das Fitnesszentrum und an andere, ganz gewöhnliche

Orte. Dann, als es schon aussah, als sei der Fall in einer Sackgasse gelandet, kam der Durchbruch. Ein Teil des in Fishers Haus gestohlenen Schmucks tauchte bei einem Pfandleiher in Chinatown auf. Der Ladenbesitzer, Mr. Chen Liang, sprach kein Wort Englisch, aber mit Hilfe eines Dolmetschers schwor er Kenneth, dass er den Mann, der ihm den Schmuck verkauft hatte, nie zuvor gesehen hatte. Angeblich war der Mann Samstagnachmittag, am Tag nach den Morden, in sein Geschäft gekommen, hatte den Schmuck auf den Tresen geknallt und gesagt: »Wie viel?« Liang habe ihm fünftausend Dollar geboten, obwohl die Ware das Zehn- oder Zwanzigfache wert sei. Offenbar hatte der Mann keinen blassen Schimmer von Schmuck, denn er hatte sich nicht beklagt und nicht einmal versucht zu handeln. Zufrieden hatte er das Geld eingesteckt und den Laden verlassen.

Liang lieferte eine gute Beschreibung des Mannes: 1,80 groß, 65 Kilo, ungepflegte graue Haare, komischer Mund. Er trug eine Lederjacke mit einem Riss, der aussah wie ein Einschussloch. Liang war sehr kooperativ und höflich, bis ihm klar wurde, dass er den Schmuck abliefern musste. Von da an schrie er wie ein Verrückter auf Chinesisch herum und führte sich auf, dass Kenneth ihm beinahe noch Handschellen angelegt hätte.

Kenneth ließ eine stadtweite Fahndung anlaufen. Der Mann musste nicht zwangsläufig der Mörder sein – vielleicht war er nur ein Hehler oder einfach jemand, dem der Mörder den Schmuck verkauft hatte. Aber wenn sie ihn fanden, war das mit Sicherheit schon mal ein guter Anfang. Außerdem wusste Kenneth jetzt ganz sicher, dass hier keine Profis am Werk waren. Ein Profi wäre niemals so blöd, Schmuck, den er bei einem zweifachen Mord hatte mitgehen lassen, auf diese Art zu verscherbeln. Vor allem hätte ein Profi den Schmuck nie so weit unter Wert losgeschlagen. Die Sache mit der Alarmanlage bewies zudem, dass es kein Zufallsverbrechen gewesen sein konnte. Die einzig logische Schlussfolgerung war, dass Fisher einen Amateur angeheuert hatte, um seine Frau abzumurksen – entweder jemanden, den er kannte, oder einen kleinen Ganoven. Fisher hatte es auf die billige Tour versucht, das würde ihn teuer zu stehen kommen.

Später am selben Tag erfuhr Kenneth von dem Polizisten, der zur Überwachung eingeteilt war, dass Fisher zur Arbeit gegangen sei. Kenneth fuhr in seinem hellbraunen Coup-de-Ville zur Fortieth Street und löste den Kollegen ab in der Hoffnung, dass Fisher nun endlich den entscheidenden Fehler beging.

Nach sieben Uhr abends verließ Fisher endlich das Bürogebäude. Er wirkte nervös – wie ein Mann, der durch und durch schuldig ist, dachte Kenneth –, sah sich nach allen Seiten um und ging dann Richtung Fifth Avenue. Kenneth selbst bog trotz roter Ampel nach rechts ab und schaffte es gerade noch zur Ecke Fifth und Fortieth, um mitzukriegen, wie Fisher in ein Taxi stieg. Das Taxi fuhr auf der Fifth weiter Richtung Downtown, offenbar wollte Fisher zumindest nicht direkt nach Hause. An der Thirty-third bog das Taxi rechts ab, kroch dann zwei Blocks lang durch die verstopfte Straße und hielt schließlich vor dem Seiteneingang des *Hotels Pennsylvania*.

Kenneth hielt in zweiter Reihe etwa vier oder fünf Wagenlängen hinter dem Taxi. Es wurde schon dunkel, deshalb konnte er den Rücksitz des Taxis nicht deutlich erkennen. Er staunte nicht schlecht, als Fisher ausstieg und eine blonde Perücke trug. Er sah so lächerlich aus, dass Kenneth beinahe losgelacht hätte. »Was soll denn der Scheiß?«, sagte er laut.

Er stieg ebenfalls aus und folgte Fisher ins Hotel.

Max stand an der Rezeption und checkte ein. In der

Lobby war ganz schön was los, aber Kenneth hielt dennoch sicheren Abstand. Nachdem Fisher zu den Aufzügen gegangen war, wartete Kenneth ab, was passieren würde. Er fragte sich, ob Fisher sich wohl mit dem Killer traf, um die letzte Rate zu übergeben, so wie Henry Morgan. Er sah sich schon vor Mikrofonen und Kameras stehen und Erklärungen abgeben, wie er den Fall gelöst hatte. Dann sah er sich, *Lieutenant Kenneth Simmons*, auf dem Podium in One Police Plaza, wie er dem Bürgermeister die Hand schüttelte. Das goldene Abzeichen passte perfekt zu seiner goldenen Nadel.

Nachdem er etwa eine Viertelstunde gewartet hatte, ging Kenneth zur Rezeption, wo er ein paar Fragen stellte. Die kleine Frau mit den dicken Brillengläsern hinter dem Tresen schien sich unwohl zu fühlen, als hätte sie was zu verbergen. Er erkundigte sich, ob der Mann mit der blonden Perücke auf seinem Zimmer jemanden erwarte, und die Frau deutete auf eine gut aussehende Weiße mit hochtoupierter Frisur, die gerade in den Aufzug trat. Sie kam Kenneth irgendwie bekannt vor und Sekunden später wusste er, woher. Er hatte sie vorhin aus Fishers Firma kommen sehen. Also war Max Fisher derjenige, der eine Affäre hatte, nicht seine Frau. Jetzt wurde es wirklich interessant.

Kenneth fragte die Frau an der Rezeption, ob die beiden häufiger im Hotel abstiegen. Die Frau zuckte mit den Achseln. »Ich glaube nicht. Jedenfalls nicht in meiner Schicht.«

Sie sagte Kenneth, dass die beiden unter dem Namen Brown eingecheckt hätten und eine Nacht bleiben wollten.

Kenneth dachte: *Brown? Soll das ein Witz sein?*

Ungefähr fünfundvierzig Minuten später kam die Frau mit der aufgedonnerten Frisur aus dem Aufzug und ging auf den Ausgang zur Seventh Avenue zu. Kenneth überlegte kurz, ob er sie anhalten und befragen sollte, entschloss sich dann aber, ihr lieber zu folgen. Wer weiß? Vielleicht hatte sich Fisher hier im Hotel mit ihr getroffen, um ihr das Geld zu übergeben, und sie war jetzt unterwegs, um dem Killer die letzte Rate zu bezahlen. Am Ende war gar sie der Killer beziehungsweise die Killerin.

Auf der Seventh winkte die Frau ein Taxi heran, das in Richtung Downtown unterwegs war. Kenneth hatte keine Zeit, seinen Wagen zu holen, also winkte er ebenfalls einem Taxi, zeigte dem Fahrer seine Dienstmarke und befahl ihm, dem Taxi mit der Frau nachzufahren. Es fuhr quer durch die Stadt zur First Avenue, bis es an der Ecke East Twenty-fifth Street hielt. Die Frau stieg aus und ging rasch zur Second weiter. Kenneth folgte ihr auf die andere Straßenseite. Er musste sogar laufen, um mit ihr Schritt zu halten.

Etwa in der Mitte des Blocks ging sie einige Stufen hoch und verschwand im Korridor eines Mietshauses. Schon ganz außer Atem rannte Kenneth hinterher und folgte ihr ins Gebäude. Aufgeschreckt drehte die Frau sich um. Kenneth kannte diese Reaktion von weißen Frauen in Korridoren und Aufzügen.

Sie griff in ihre Handtasche, vielleicht nach ihrem Pfefferspray, als Kenneth sagte: »Keine Angst, ich bin Detective. NYPD.« Er zeigte ihr seine Marke. Immer wieder ein prickelnder Moment.

»Mein Gott«, sagte die Frau. Sie keuchte jetzt ebenfalls. »Sie haben mir eine Heidenangst eingejagt.«

Kenneth bemerkte den irischen Akzent und dachte an die mögliche Verbindung der Mordwaffe zu den *Boyos*.

»Hätten Sie was dagegen, wenn ich Ihnen einige Fragen stelle?«

»Worüber?«

»Wohnen Sie hier?«

»Ja. Warum?«

»Könnten Sie mir bitte Ihren Namen sagen.«

»Worum geht's denn überhaupt?«

»Würden Sie mir bitte sagen, wie Sie heißen.«

Immer noch keuchend sagte die Frau: »Angela. Angela Petrakos.«

»Ich hab Sie vorher im *Hotel Pennsylvania* gesehen. Sie waren mit Max Fisher verabredet, stimmt's?«

»Nein.«

»Lügen ist zwecklos. Ich habe Sie beide gesehen. Er ist Ihr Chef?«

Angela gab keine Antwort, er wiederholte seine Frage.

»Ja, er ist mein Chef.«

»Wie lange läuft das schon zwischen Ihnen?«

»Da läuft nichts zwischen uns.«

»Ihnen ist schon klar, dass seine Frau und seine Nichte letzte Woche ermordet wurden? Ich behaupte nicht, dass das eine mit dem anderen zusammenhängt, aber früher oder später werden Sie meine Fragen beantworten müssen. Wir können das entweder hier hinter uns bringen oder auf dem Revier. Suchen Sie es sich aus. Vielleicht liege ich ja falsch, aber eine schöne Frau wie Sie, ich glaube kaum, dass es Ihnen auf dem Revier gefallen wird, da geht es etwas ... rau zu.«

Angela ließ sich ein paar Sekunden Zeit, sie sah aus, als fürchtete sie sich zu Tode. Kenneth bekam beinahe Mitleid mit ihr. Sie sah wirklich gut aus mit den blonden Haaren und dem Riesenvorbau, und Kenneth fragte sich, warum sie sich mit Max Fisher eingelassen hatte, was sie in diesem Schmierlappen sah.

»Können wir drinnen weiterreden?«, fragte sie. »Ich muss dringend auf die Toilette.«

»Nichts dagegen. Ich müsste selbst mal aufs Klo. Falls es Ihnen recht ist.«

Als er ihr die Treppen hinauffolgte, dachte er, netter Akzent, aber was sollte denn dieser griechische Name? Dann sah er sie die Hüften schwingen. Einen schönen Hintern hatte sie auch, so viel stand fest. Kenneth war seiner Frau treu und hatte sie in den acht Jahren ihrer Ehe nie betrogen, aber gucken war ja nicht verboten. Außerdem hatte er mitgekriegt, wie die Jungs im Umkleideraum über die Irinnen redeten. Die sollten im Bett ja richtige Furien sein.

Das Gebäude war eine typische Mietskaserne. Die Farbe blätterte von den Wänden ab, und es roch leicht nach Ammoniak. Schließlich blieb sie zwei Etagen weiter vor Appartement 5 stehen und sperrte die Tür auf. »Ich verstehe immer noch nicht, was ich damit zu tun haben soll, dass man diese Leute umgebracht hat. Das ist doch verrückt.« Dann ging sie weiter zum Küchenbereich. Im Appartement brannte Licht. Kenneth ging hinein und sah sich um.

»Möchten Sie was zu trinken?«, fragte Angela.

»Nein, danke.«

Dann bemerkte Kenneth die geschlossene Tür am anderen Ende des Raums und das Licht, das darunter durchschien. Er wollte Angela gerade fragen, ob sie allein lebe, als die Tür aufgerissen wurde und ein dürrer, blasser Kerl mit langen grauen Haaren herauskam und aus einer Pistole feuerte. Kenneth erkannte den Mann. Die Beschreibung des Verdächtigen, der Deirdre Fishers Schmuck in Chinatown verhökert hatte, passte perfekt. Im Rückwärtsfallen wollte er noch seine Waffe aus dem Holster ziehen, doch es war zu spät. Er war schon tot.

12

Natürlich ging alles den Bach runter.
Ich hätte es mir denken können.

Victor Gischler, Gun Monkeys

Dillon sah sich *Familie Feuerstein* auf dem Zeichentricksender an. Es lief gerade eine seiner Lieblingsfolgen mit Galaxius vom Saxilus, und er lachte, als hätte er eine ganze Woche lang Gras geraucht. Gerade gönnte er sich noch einen kleinen Schluck Jameson, keine tödliche Dosis, da hörte er Stimmen im Korridor. Offenbar sprach Angela mit einem Mann, aber für so blöd hielt er sie nicht, dass sie jemanden in ihr Appartement mitbrachte.

Dillon schaltete den Fernseher ab, als er Angela sagen hörte: »Ich verstehe immer noch nicht, was ich damit zu tun haben soll, dass man diese Leute umgebracht hat. Das ist doch verrückt.«

Scheiße, dachte Dillon, *sie hat einen Greifer dabei.*

Fluchend holte er seine Waffe aus der Kommode und ging ins Bad. Die Eingangstür ging auf, und Angela fragte: »Möchten Sie was zu trinken?«

»Nein, danke.«

Dillon riss die Tür auf und schoss dem blöden Cop zweimal in die Brust. Der Fettsack fiel nach hinten, stieß sich den Kopf am Kühlschrank und landete auf dem Küchenboden. Wenn er nicht so sauer auf Angela gewesen wäre – was dachte sich die blöde Fotze eigentlich dabei? –, hätte er es vielleicht sogar lustig gefunden.

Angela legte die Hände auf den Mund, um nicht zu schreien. Dillon sagte ihr, sie solle ja keinen Muckser machen. Er wollte vermeiden, dass die Nachbarn auftauchten und an die Tür hämmerten. Aber eine Minute verging, dann noch eine, und kein Mensch tauchte auf. Vielleicht dachten sie ja, die Schüsse wären aus dem Fernseher gekommen oder so was. Weinend setzte sich Angela aufs Bett. Um den Polizisten hatte sich eine Blutlache gebildet. Dillon bemerkte die glänzende Goldnadel, die der Wichser am Revers stecken hatte. Er zog sie ab und steckte sie sich selbst an.

Irgendwas musste er unternehmen, um diesen Arsch loszuwerden, und zwar flott. Ihn allein auf die Straße zu schleppen, würde er nie schaffen, ohne sich das Kreuz zu brechen. Und wohin hätte er ihn auch bringen sollen. Da kam ihm eine großartige Idee. Entweder hatte er so was mal im Fernsehen gesehen oder in irgendeinem Scheißbuch davon gelesen. Ein Mann streitet mit seiner Frau, und er schlägt dermaßen zu, dass sie den Löffel abgibt. Damit die Cops nichts spitz kriegen, legt er sie in die Badewanne und kippt literweise Batteriesäure drüber. Sobald sich die Leiche aufgelöst hat, spült er sie den Abfluss runter.

Dillon hatte die Methode selbst nie ausprobiert, aber er hielt das für eine tolle Sache, auf diese Weise den Cop loszuwerden. Eine schöne, saubere Angelegenheit. Das einzige Problem war nur, dass er keine Ahnung hatte, woher er Batteriesäure bekommen sollte. Er überlegte hin und her und kam zu dem Schluss, wenn Batteriesäure Leute zersetzen konnte, müsste das eigentlich auch mit Rohrreiniger funktionieren. Er sah keinen Grund, der dagegen sprach. Aber er würde jede Menge Rohrreiniger brauchen und jetzt konnte er erst mal keinen besorgen. Vielleicht hatte ja doch jemand die Schüsse gehört, und bis er zurückkam, wimmelte es hier nur so vor Cops.

Angela flennte immer noch wie ein Tommy. Dillon

ging ins Bad, um zu pinkeln und nachzudenken. Ihm gefiel, wie die Nadel im Licht funkelte, als er vor dem Spiegel seine Haare zerzauste. Sah er aus, als hätte er eben erst einen Cop umgenietet? Der Fluch der Zigeuner fiel ihm kurz ein, doch den schüttelte er schnell wieder ab. »Wie ein Dichter siehst du aus, mein Freund.«

Als er wieder hinausging, starrte Angela auf den Polizisten, ihre Augen wurden immer größer. Dillon blickte hinüber. »Ja, leck mich doch am Arsch!«

Der Polizist hatte die Augen geöffnet, aus seinem Mund rann Blut. Er versuchte zu sprechen.

Dillon ging zum Küchenschrank, holte aus der Schublade ein großes Metzgermesser und rammte es dem Cop in die Brust. Das Hemd färbte sich rot, die Blutlache schwoll an, aber der Bulle schloss endgültig die Augen. Die Hartnäckigkeit, mit der dieser Mann sich ans Leben krallte, nötigte Dillon beinahe Bewunderung ab. Aber ein Metzgermesser duldet keinen Widerspruch.

Angela weinte immer noch, jetzt sogar richtig laut. Dillon schlug ihr ins Gesicht. »Gib endlich Ruhe, du abgetakelte Hurenfotze!« Dann ging er ins Bad und wusch sich die Hände.

Wie war es nur zu diesem Schlamassel gekommen? Nachdem er dem Schlitzauge den Schmuck verkauft hatte, hatte Dillon eigentlich vorgehabt, Angela und New York zu verlassen. Miami war angeblich ganz nett. Er sah sich schon in Florida die Ruhe genießen, Dope rauchen, am Strand liegen und Gedichte schreiben. Was sollte er im Haus dieses feinen Pinkels? Es war von Anfang an ein schwachsinniger Plan gewesen. Das hätte doch nie geklappt. Mit Angela wäre er nur noch so lange zusammengeblieben, bis die Lage sich etwas beruhigt hatte, und dann *slan, allanna*. Aber jetzt hatte diese dumme Kuh alles vermasselt, weil sie unbedingt einen Cop mit nach Hause bringen musste. Und plötzlich war Miami in weite Ferne gerückt.

Er verließ das Bad, ging zum Schrank und holte zwei Bettlaken hervor. Eins stopfte er unter den fetten Körper des Polizisten, dann rollte er ihn ein. Das Gleiche machte er mit dem zweiten Laken. Anschließend rief er Sean an, auch einer dieser *Prov-een*s, die ständig bei den *Boyos* herumhingen. Zum Glück war Sean zu Hause. Er war Ire in zweiter Generation, das hieß, er war irischer als die echten Iren. Früher hatte er mal bei der Feuerwehr gearbeitet, jetzt fuhr er Taxi. Er erklärte sich auch sofort bereit, von Queens rüberzufahren, um Dillon zu helfen.

»D-d-da lass ich m-m-mich nicht lange b-b-bitten«, stotterte er in den Hörer.

»Ist dein Kofferraum leer, Sean?«

»W- w-warum?«

»Wirst du schon sehen, mein Freund.«

Dillon legte auf, holte zwei Decken aus dem Wandschrank, zog das Laken vom Bett ab und schnappte sich die Bettdecke. Durch die Laken, in die er den Cop eingewickelt hatte, war bereits Blut gesickert. Er packte die Leiche an den Füßen und schleifte sie aus der Blutlache heraus zum Bett hin. Dann wickelte er sie ein, so gut er konnte. Es sah nicht besonders toll aus, aber zumindest kam kein Blut mehr durch. Als nächstes holte er einen Mopp und wischte auf. Das rot gefärbte Wasser goss er in die Küchenspüle. Aufwischen konnte er, im Knast lernte man solche Dinge. Das meiste Blut wurde er auf die Art los, allerdings blieb ein großer roter Fleck auf dem Boden zurück.

Nun konnte er nur noch auf Sean warten. Also kehrte er zu *Fred Feuerstein* zurück und danach sah er *Bugs Bunny*. Amerikanische Zeichentrickfilme waren wirklich das Allergrößte. Schließlich genehmigte er sich noch einen Schluck Jameson. Einen Schnaps brauchte doch jeder, wenn man gerade einen Greifer umgelegt hatte, oder nicht? Nach *Bugs Bunny* wechselte er zu den New York Knicks. Nach und nach brachte er sich die amerikanischen Sportarten bei, hauptsächlich, um sich die Zeit zu vertreiben. So hatte er schon gelernt, dass die Amis, wenn jemand einen Spielzug vermasselt, sagen, er habe ihn *abgewürgt*. Das gefiel ihm, *abgewürgt*. Oder noch besser: Wenn eine Mannschaft ein Spiel vergeigte, hieß es, *denen haben sie den Arsch nach vorne gebogen*.

Er blickte auf die verschnürte Leiche. »Dir hab ich den Arsch nach vorne gebogen, mein Junge.«

Endlich hörte Angela auf zu weinen. Sie ging ins Bad, holte sich ein Handtuch und wischte sich damit übers Gesicht. Dann setzte sie sich neben Dillon, nahm seine Hand und sagte: »Es tut mir leid. Es tut mir wirklich leid. Ich wollte das alles nicht. Er ist mir gefolgt, und mir blieb gar nichts anderes übrig. Das kommt wieder in Ordnung, oder? Ich meine, bis jetzt ist doch kein Mensch gekommen, vielleicht hat ja niemand die Schüsse gehört. Oder wenn doch, nicht gewusst, was das war. Vielleicht haben sie es für eine Fehlzündung gehalten oder Knallkörper oder sonst einen Scheiß. Unser Plan klappt doch immer noch, oder? Wir heiraten doch noch? Und wir kriegen immer noch das ganze Geld von meinem Chef. Du wirst schon sehen. Es sind nur noch ein paar Monate, oder?«

Er wunderte sich etwas, warum sie auf einmal redete wie die irische Version von Tony Sopranos Frau.

»Wird schon werden«, sagte Dillon. Nichts von alledem würde eintreten, aber er hatte noch nie einen Sinn darin gesehen, einer Frau zu sagen, was er dachte.

Während die Knicks nach dem Spiel die übliche Show abzogen, klingelte es. Dillon vergewisserte sich, dass es tatsächlich Sean war, dann drückte er den Türöffner und ließ ihn hochkommen.

Sean sah aus wie die Karikatur eines Iren: rote Haare, spindeldürr, bleich wie der Tod und Sommersprossen. Er stotterte, vor allem, wenn er betrunken war, also praktisch immer. Guinness kippte er weg wie Wasser und verfeinerte es noch mit Jameson. Wie selbstverständlich suchte er in den Pubs immer die heißesten Bräute aus, schmiss sich an sie ran und sagte: »I-i-ich f-f-fahr T-T-Taxi. W-w-willst du m-m-mit mir ausgehen?« Dann begann regelmäßig seine linke Gesichtshälfte zu zucken, sodass mit Sicherheit jede noch so schwache Hoffnung gleich die Toilette runterrauschte. Aber seine Skrupellosigkeit konnte mit der von Dillon durchaus mithalten. Wenn die Gerüchte stimmten, hatte er sogar mal einen Priester abgemurkst, die schlimmste aller Sünden. »Ich komme in die Hölle, so viel steht fest, also kann ich vorher wenigstens so richtig die Sau rauslassen«, war Seans Kommentar dazu. »Der Priester wartet schon auf mich da unten und sorgt für ein nettes, gemütliches Feuer.«

An der Tür begrüßte ihn Dillon mit den Worten: »Hast du in zweiter Reihe geparkt, wie ich es dir gesagt habe?«

»J-j-ja«, sagte Sean. Dann bemerkte er die Leiche auf dem Boden. »I-i-ist das eine N-N-Nonne?«

»Nein, das ist nichts. Nur ein Mieteintreiber.«

Wenn du einen Iren auf deine Seite ziehen willst, dann leg einen Spitzel oder einen Mieteintreiber um, damit sicherst du dir seine unerschütterliche Loyalität.

»G-g-gut gemacht.«

Angela schrubbte mit Schwamm und Scheuerpulver die Flecken auf dem Küchenboden weg. Sie begrüßte Sean mit einem Hallo.

»Sean, das ist Angela«, sagte Dillon.

»I-i-ich f-f-fahr T-T-Taxi. W-w-willst du m-m-mit mir ausgehen?«

Dillon schüttelte nur den Kopf und sagte zu Angela: »Wir fahren nur die Straße hoch und laden ihn irgendwo ab. Das war's dann.« Und zu Sean: »In einer halben Stunde bist du wieder zu Hause.«

Dillon und Sean hoben die Leiche hoch, Dillon packte den Kopf, Sean die Füße. Sie war gar nicht so steif oder schwer, wie Dillon gedacht hatte.

»W-w-was, wenn uns jemand s-s-sieht?«

»Wir müssen nur ruhig sein, das ist alles«, antwortete Dillon. Dann fiel ihm Lauren Bacall ein und er fügte hinzu: »Du kannst doch ruhig sein, oder? Du presst einfach die Lippen zusammen und hältst deine gottverdammte Schnauze.«

Mein Gott, er liebte diese Bacall, das war eine echte Dame, ein Rasseweib, die den Kerlen zeigte, wo's langging. Dillon rätselte, ob sie wohl was Irisches in sich hatte. Wenn nicht, würde er gern ein paar Spritzer nachliefern.

Dillon machte die Tür auf und lauschte, ob jemand im Flur oder auf der Treppe war. »Na los, gehen wir.«

Sie stiegen zwei Stockwerke hinab, als würden sie ein Möbelstück transportieren. Unten wurde Sean dann zu schnell, sodass der Kopf des Cops gegen die Wand knallte.

»He, du Trottel«, rief Dillon leise. »Pass gefälligst auf.«

Als sie die Tür zum Eingangsbereich öffneten, blieb Sean plötzlich wie erstarrt stehen. Dillon drehte sich um und sah einen Mann, der gerade die Stufen zum Eingang heraufkam. Es blieb keine Zeit, sich zu verdrücken, also rückten sie zur Seite, um ihn vorbeizulassen.

Dillon hatte den Burschen schon öfter im Haus gesehen: eine typische, weiße Tucke, ging jeden Morgen im Anzug zur Arbeit. Zu Dillon hatte er nie auch nur ein

Wort gesagt, doch ausgerechnet diesmal lächelte er und fragte: »Ziehen Sie aus?«

Offenbar war er betrunken, und er roch auch nach Alkohol. Einen Anzug hatte er auch diesmal an, aber die Krawatte hing ihm nur locker um den Hals.

»Nein«, sagte Dillon. »Wir bringen bloß den alten Teppich weg.«

»Cool.« Der Mann ging an Sean vorbei und verschwand im Treppenhaus.

»M-m-machen wir, d-d-dass wir ... «

»Halt dein Stottermaul und setz deinen Arsch in Bewegung.«

Sie trugen die Leiche auf die Straße. Weder Passanten noch Autos kamen vorbei. Rasch stopften sie die Leiche in den Kofferraum und stiegen in den Wagen, einen dunkelblauen Chevy Caprice. Als sie die First Avenue hochfuhren, fing Sean wieder an. »W-w-was, wenn der T-T-Typ die C-C-Cops holt?«

»Nein, der war stockbesoffen, außerdem ist er eine Schwuchtel, und die haben es nicht so mit den Cops, wenn du mir folgen kannst. Der hat einen Scheißdreck gesehen.«

»K-k-kein Mensch ist so b-b-blöd, dass er das da hinten für einen T-T-Teppich hält.«

»Fahr einfach zu, du Arschloch«, schnauzte ihn Dillon an.

Fluchend schüttelte Sean den Kopf, fuhr aber weiter in nördlicher Richtung. Dillon hielt die Stille nicht mehr aus, suchte im Radio einen netten irischen Lokalsender und drehte die Lautstärke hoch. Als sie auf die Eightysixth Street kamen, fragte Sean: »Wohin jetzt?«

»Nach Harlem, St. Nicholas Avenue.«

Dillon war in seiner freien Zeit viel in Manhattan herumgelaufen, deshalb kannte er die Stadt inzwischen wie seine Westentasche. An der 125th nahmen sie eine Abkürzung zur St. Nicholas und fuhren weiter bis zur 144th, wo Dillon sagte: »In Ordnung. Hier sieht's gut aus. Fahr mal langsamer.«

Sie bogen in die 144th ein und hielten vor einem unbebauten Grundstück voller Müll. Weit und breit brannte nicht eine Straßenlaterne.

»Na los«, sagte Dillon, »beeilen wir uns.«

Sean öffnete den Kofferraum, und sie hoben die Leiche heraus. Es war fast vollkommen still, nicht einmal den Verkehrslärm von der St. Nicholas Avenue konnte man hier hören. Die einzigen Geräusche waren ein bellender Hund und ein paar schreiende Kinder ein oder zwei Blocks weiter.

Über Müll und Schutt hinweg gingen sie in die Dunkelheit. Ein paar Mal rutschte Dillon aus und wäre beinahe gestürzt. Er fluchte vor sich hin. Sean fing an zu jammern. »Wie w-w-weit denn n-n-noch?«

»Halt die Klappe!« Als sie weit genug von der Straße entfernt waren, sagte Dillon schließlich: »In Ordnung, genau hier. Ab damit.«

Sie ließen die Leiche fallen und bedeckten sie mit allem, was gerade so herumlag. Sehen konnten sie nichts, aber Dillon schnappte sich alles mögliche Zeug, Holz, Farbeimer, Erde oder sonst was. Als die Leiche mit genügend Material bedeckt war, sagte er: »Das reicht jetzt. Wer soll hier schon nach einem toten Greifer suchen.«

»Eine toter w-w-was?« Sean blieb die Luft weg. »Bist du w-w-wahnsinnig?«

»Was?«

»D-d-du hast gesagt, das ist ein M-M-Mieteintreiber.«

Vive la difference, dachte Dillon. »Na und?«

»Mein G-G-Gott.« Sean war drauf und dran, auf Dillon loszugehen. »Ich g-g-glaub es nicht. Ich k-k-könnte dich u-u-umbringen. Die *Boyos* sagen uns doch immer, wir s-s-sollen uns von den G-G-Greifern fernhalten.«

»Das ist doch jetzt egal, oder?«

»A-a-aber ein Greifer. Das ist ja wie B-B-Blasphemie.«

Dillon trat einen Schritt zurück, und ein stechender Schmerz fuhr ihm plötzlich in den Fuß. Beinahe hätte er aufgeschrien, konnte sich aber gerade noch zurückhalten. Er musste in einen Nagel oder so was getreten sein, wollte aber lieber nicht nachsehen, ehe sie nicht wieder im Auto saßen. »Machen wir endlich, dass wir wegkommen von hier.« Er dachte: *Das wäre wieder typisch, dass ich mir diesen Tetanus-Scheiß einfange.*

Zurück im Auto wurde der Schmerz sogar noch schlimmer. Er machte das Innenlicht an. Aus der Sohle seines Tennisschuhs ragte der Kopf eines dicken Nagels. Er hatte keine Ahnung, wie tief er im Fuß steckte, dem Gefühl nach ging er bis auf den Knochen.

Als er die St. Nicholas Avenue hinunterfuhr, sagte Sean: »Sch-sch-schmier mir b-b-bloß kein B-B-Blut auf den B-B-Boden von meinem F-F-Fahrzeug.«

Dillon riss sich den Tennisschuh vom Fuß. Ein acht Zentimeter langer rostiger Nagel kam mit heraus. »So ein Mist! Die Scheißdinger hab ich ganz neu bei Modell's gekauft.«

*Er hatte jemandem das Leben zur Hölle gemacht,
und jemand hatte ihm das Leben zur Hölle gemacht.
Die Versorgungskette des menschlichen Leidens.*
Joseph Finder, *Company Man*

Sobald er im Taxi saß, setzte Max Fisher die Perücke mit den lockigen blonden Haaren auf. Er wusste, dass er lächerlich damit aussah – wie ein gottverdammter Clown –, aber das Teil war besser als nichts. Es machte ihm immer noch zu schaffen, dass sich Detective Simmons nicht mehr bei ihm gemeldet hatte. Fehlte nur noch, dass man ihn mit seiner Sekretärin in einem Hotelzimmer erwischte.

Am Morgen, als er zur Firma gefahren war, hatte er sich nie und nimmer vorstellen können, dass der Tag ausgerechnet hier enden würde. Er hatte vorgehabt, einen ganz normalen Tag im Büro zu verbringen, sich in die Arbeit zu knien und so auf andere Gedanken zu kommen. Allerdings hatte er nicht damit gerechnet, dass er bei Angelas bloßem Anblick – sie saß in einem dieser Röcke an ihrem Schreibtisch, die nur knapp den Hintern bedecken – derart in Versuchung geraten würde. Normalerweise hätte er einen Vorwand gefunden, sie in sein Büro zu rufen, und dann einen Quickie mit ihr durchgezogen, aber ihm war klar, dass so etwas heute auf keinen Fall drin war, vermutlich sogar auf längere Zeit nicht. Alle redeten nur davon, dass letzte Woche ein Detective da gewesen war und jedem Fragen nach ihm und Deirdre gestellt hatte. Außerdem hatte er wissen wollen, ob jemand irgendwelche »Theorien« zu den Morden hatte.

Immerhin hatte ihm das bestätigt, dass er sich zu Recht Sorgen machte – Simmons war wirklich hinter ihm her.

Angela jetzt zu vögeln, war völliger Wahnsinn, aber Max konnte sich einfach nicht beherrschen. Sie so nahe zu wissen, machte ihn völlig verrückt. Noch vor der Mittagspause rief er sie in sein Büro, ließ allerdings die Tür offen stehen. Während sie Max' Termine für den Tag durchgingen, blinzelte er ihr zu, schrieb *Wir müssen uns unbedingt treffen* auf einen Block und schob ihn über den Tisch. Angela lächelte und schrieb zurück: *Wie und wo?*

Wie zwei Schüler, die sich im Klassenzimmer Zettel zustecken, entwickelten Max und Angela ihren Plan, sich später im *Hotel Pennsylvania* zu treffen. Max hielt es für besser, ein großes Hotel zu nehmen, in dem eine Menge los war, kein kleines, wo man eher Notiz von ihnen nahm. Im *Pennsylvania* hatte er schon mehrfach Treffen zwischen Kunden und Callgirls arrangiert, und es hatte nie Probleme gegeben. Zusätzlich bauten sie eine Reihe Vorsichtsmaßnahmen ein: Sie würden getrennt und unter falschem Namen einchecken, außerdem würde er eine Perücke tragen. Die Perücke war seine Idee gewesen. Angela hatte geschrieben, sie könne ihm während der Mittagspause eine besorgen. Er hatte sie gleich im Büro anprobiert und sofort gedacht, dass er damit aussah wie Harpo Marx. Aber wenn er dadurch mit Angela ein paar Stunden allein sein konnte, war es ihm die Sache wert.

Als er die Eingangshalle des Hotels betrat, blickte er sich um, um sicherzugehen, dass ihm niemand gefolgt war. Erstaunlicherweise warfen ihm die Leute, die an ihm vorbeigingen, keine seltsamen Blicke zu – vielleicht sah die Perücke doch nicht so lächerlich aus, wie er glaubte. Er hatte vom Büro aus im Hotel angerufen und die Auskunft erhalten, es gebe genügend freie Zimmer, er könne problemlos auch kurzfristig eins bekommen. Am Empfang trug er sich unter dem Namen »Brown« ein und zahlte für eine Nacht im Voraus. Dann sagte er der Dame hinter dem Tresen, seine Frau komme auch bald und sie möge sie doch bitte gleich zu ihm raufschicken.

Max bekam Zimmer 1812 und machte es sich dort bequem. Er duschte, legte sich aufs Bett, streckte sich wohlig, machte den Fernseher an und ließ die rechte Hand langsam unter seine Boxershorts gleiten. Plötzlich ertastete er eine Stelle, an der sich die Haut irgendwie gereizt anfühlte. Rasch zog er die Unterhose aus, um die Sache gründlicher zu untersuchen. Die Haut war mehr als nur gereizt. Verdammt, das sah eher wie eine Blase aus, und daneben waren sogar noch ein paar kleinere. Sie juckten und taten tierisch weh. Wieso waren die ihm nicht schon eher aufgefallen?

Er stürzte ins Badezimmer, setzte sich auf die Toilettenschüssel, beugte sich zu seinen Genitalien hinunter und untersuchte sie sorgfältig. Je länger er die Blasen anstarrte, desto größer schienen sie zu werden. Er versuchte, sie auszudrücken wie Pickel, aber davon wurden Juckreiz und Schmerzen nur noch schlimmer. Innerhalb kürzester Zeit wurden sie schier unerträglich. Wie üblich stellte er sich sofort das Schlimmste vor, Ebola, Pocken, oder vielleicht hatte er sich auch diesen Virus eingefangen, der einem das Fleisch auffrisst. Auf jeden Fall irgendwas ganz Grauenhaftes.

Ein paar Minuten lang überwältigte ihn die Panik, dann wurde ihm allmählich klar, dass er wohl eher nicht im Sterben lag, und das Wort »Herpes« formte sich in seinem Hinterkopf.

Als Angela das Zimmer betrat, hockte Max immer noch im Bad. Er hatte geweint, und obwohl er sich kaltes

Wasser über das Gesicht hatte laufen lassen, merkte Angela sofort, dass etwas nicht in Ordnung war, als sie ihn aus dem Bad kommen sah.

Max' Lippen zitterten – er konnte das Wort einfach nicht aussprechen. Schließlich zog er die Unterhose runter und hielt Angela seinen Penis entgegen. Er wartete gespannt auf ihre Reaktion, aber sie fragte nur gleichmütig: »Was ist los?« Und dann fügte sie hinzu: »Oh, verstehe. Das soll jetzt so eine Art Witz sein, nicht wahr?«

»Sieh ihn dir genauer an«, sagte Max.

Angela kniete sich hin. »Ist das alles, worüber du dir Sorgen machst?«

»Es sieht aus wie ...« Max brachte das Wort immer noch nicht über die Lippen.

»Wie was?«

Er wurde rot, die Tränen liefen ihm herunter, und dann platzte es aus ihm heraus: »Herpes!«

»Herpes?«, fragte Angela, als wäre das eine total absurde Vorstellung. »Das ist doch bloß ein bisschen Ausschlag. So wie ich dich kenne, hast du das mit deiner blöden Kratzerei viel schlimmer gemacht, als es ist.«

»Für mich sehen die Dinger wie Blasen aus.«

Angela lachte. »Du solltest dich echt mal hören. Mach dir lieber Sorgen wegen deinem Herz. Kaum hast du ein bisschen Ausschlag, jammerst du rum wie ein kleines Kind.«

Max fingerte immer noch an den Blasen herum. »Die tun weh.«

»Was erwartest du denn, wenn du dich kratzt wie ein verdammter Affe?«

»Und du? Ich meine – du hast doch keine Symptome, oder?«

Angela hatte sich auf die Bettkante gesetzt und war gerade dabei, sich die Schuhe auszuziehen. Sie hielt mitten in der Bewegung inne und fragte: »Was willst du damit andeuten?«

»Ich will nur wissen, ob du auch schon mal Schmerzen oder irgendwelche Blasen hattest.«

»Willst du mir etwa unterstellen, ich hätte mir einen Scheißherpes eingefangen?« Als Angela hochsah, starrte Max sie ausdruckslos an. »Wag das ja nicht, du Arsch, sonst kannst du was erleben.«

Die Glut in ihren Augen, die vor Wut Funken zu sprühen schienen, konnte sie nur von ihren griechischen Vorfahren geerbt haben. Bisher hatte Max sich noch nie klargemacht, wie tödlich diese Kombination aus irischen und griechischen Genen sein konnte. Das war wirklich eine explosive Mischung.

Ihm war klar, dass er sie irgendwie beruhigen musste, also setzte er sich neben sie aufs Bett und legte ihr sanft einen Arm um die Taille. Dann hob er ihr Haar hoch und küsste sie auf den Nacken, bis sie zu kichern anfing.

»Tut mir leid, mein Schatz«, sagte er. »Ich bin wirklich froh, dass du da bist. Du glaubst gar nicht, wie schrecklich das war – die ganze Woche allein in diesem Haus. Ein paarmal war ich kurz davor, dich anzurufen. Als ich deinen Namen auf der Karte gesehen habe, die ihr mir vom Büro geschickt habt, musste ich die ganze Zeit auf deine Unterschrift starren. Und dann habe ich dich noch mehr vermisst.«

Max drehte Angelas Gesicht zu sich und küsste sie. Dann ließ er seine rechte Hand ihren Rücken hinabgleiten, runter zu ihrem klasse Hintern. »Du glaubst gar nicht, wie sehr mir das gefehlt hat.«

Angela befreite sich aus seinem Griff. »Ich muss aufs Klo.«

»Darf ich zusehen?«

»Du bist ja so komisch«, antwortete Angela, ohne zu

lächeln, und ging ins Bad. Und Max fragte sich: *War das ein Witz?*

Vom Bett aus rief er ihr hinterher: »Hast du was von Popeye gehört?«

»Wieso sollte ich?«

»Ich meine, über deinen Cousin.«

»Nein. Und ich glaube, es ist auch besser, wenn wir nichts hören.«

»Vermutlich hast du recht. Vor ein paar Tagen habe ich allerdings schon überlegt, ihm einen Killer auf den Hals zu hetzen.«

»Echt?« Angela hörte sich geschockt oder verwirrt an – Max war sich nicht ganz sicher. »Wieso denn?«

»Der Irre hat meine Nichte umgebracht. Sie war doch noch ein Kind. Als ich sie da am Boden liegen sah, hätte ich beinahe die Polizei angerufen und alles gestanden.«

»Ein Glück, dass du das *nicht* gemacht hast.«

»Da hast du recht. Nach der Beerdigung habe ich allmählich etwas klarer gesehen. Natürlich war es schlimm, dass sie sterben musste, aber Popeye hatte mich schließlich gewarnt. Wie war doch noch mal das Wort, das er gebraucht hatte? *Umnieten.* Er sagte, er würde mich umnieten, falls ich zu früh nach Hause komme, also musste er Stacey wohl auch umnieten, Gott sei ihrer Seele gnädig. Was ich damit sagen will: Wenn er sie nicht umgenietet hätte, säßen wir jetzt alle hinter Schloss und Riegel, nicht wahr?«

»Genau.«

»Aber was mir einfach keine Ruhe lässt, ist die Sache mit der Alarmanlage. Es hatte doch so aussehen sollen, als hätte er vor der Tür auf sie gewartet. Als ob er sie gezwungen hätte, die Alarmanlage abzustellen. Und was macht der Wichser stattdessen? Schaltet sie wieder ein, bevor er geht. Was hat er sich bloß dabei gedacht?«

»Vielleicht sollte es so aussehen, als wäre niemand zu Hause.«

»Mit zwei Leichen im Flur? Die Cops haben sofort vermutet, dass ihm jemand den Code verraten hat. Ich verstehe auch nicht, wieso er den Schmuck hat mitgehen lassen. Damit die Polizei das Ganze für einen Einbruch hält?«

»Vielleicht sollen sie glauben, deine Frau hat ihm den Code gesagt oder dass er sich ihn gemerkt hat, als sie die Anlage abgestellt hat.«

Max ließ sich das durch den Kopf gehen. »Tja, vielleicht hast du recht, aber schwachsinnig war's trotzdem. Und warum, frage ich dich, muss er auf meinen Orientteppich scheißen? Hast du eine Ahnung, was mich die Reinigung gekostet hat?«

»Jetzt hör endlich auf, dir dauernd Sorgen zu machen. Du wirst schon sehen, in ein paar Monaten, wenn wir beide erst mal verheiratet sind, blickst du auf das Ganze zurück und fragst dich, warum du dich so aufgeregt hast. Und was den Haufen auf deinem Teppich angeht – ich hab mal gehört, das hätte nichts mit Respektlosigkeit zu tun –, da ist das Adrenalin dran schuld.«

Die hat doch 'nen Knall, dachte Max und sagte: »Du hast doch 'nen Knall.«

»Nein, im Ernst. Ich hab das mal in einem Buch gelesen.«

Max, der Angela nie etwas anderes als Zeitschriften und die *New York Post* hatte lesen sehen, sagte: »Ich dachte, das hättest du gehört.«

»Nein. Ich hab das in einem Buch über Einbrecher gelesen. Da ging's um die Geschichte des Einbruchs in Amerika, und dem Thema ›Auf den Boden scheißen‹ war ein ganzes Kapitel gewidmet. Ein tolles Buch. Solltest du dir gelegentlich mal ausleihen.«

Jetzt war Max sicher, dass Angelas irische Seite wieder mal zum Vorschein kam, und sie eine dieser Geschichten zum Besten gab, die sie von Mal zu Mal weiter ausschmückte. Er konnte sich nicht vorstellen, dass Griechinnen so etwas taten. Er wusste zwar nicht viel über griechische Frauen und allmählich bekam er den Eindruck, dass er über Frauen generell nicht sonderlich viel wusste. Warum beschränkten sich die Weiber nicht einfach auf Lapdance und hielten ansonsten die Klappe?

Angela kam nackt aus dem Badezimmer, stieg ins Bett, drückte Max aufs Kissen und setzte sich auf ihn, sodass er die Arme nicht bewegen konnte. »Diese Nacht gehört dir. Du kannst alles haben, was du willst.« Bei dem Wort *willst* brach ihr irischer Akzent wieder durch, und das klang verdammt sexy.

»Ich *will* dich«, antwortete Max und versuchte, ihren Akzent zu imitieren.

»Und wie?«

Max drehte sie auf den Rücken und legte sich mit seinem ganzen Gewicht auf sie. »Du weißt doch, dass wir das nicht so bald wiederholen können. Eigentlich war es viel zu riskant, herzukommen.«

»Dann«, sagte Angela, »solltest du es heute richtig genießen.«

Max nahm sie erst in der Missionarsstellung, dann befahl er ihr, sich umzudrehen. Seine Blasen – oder was immer der Scheiß sonst war – taten weh, aber er beschloss, die Schmerzen zu ignorieren. Am liebsten vögelte er sie von hinten, griff ihr dabei in die Haare oder quetschte ihr die Arschbacken und stellte sich vor, sie sei die Frau, mit der er es gerade am liebsten treiben würde. Ein Zeit lang war sie für ihn Felicia, die Stripperin aus dem *Legz Diamond's*. Das funktionierte prima, vor allem mit geschlossenen Augen. Dann hörte er zu seiner Rechten ein Geräusch. Er drehte den Kopf zur Seite und sah im Dämmerlicht an der Tür einen Typen im Rollstuhl, der einen Stapel Handtücher auf dem Schoß hatte. »He, was zum Teufel wollen Sie denn hier?«, stieß Max aus.

»Mann, tut mir leid, Mister. Wirklich, das tut mir jetzt schrecklich leid ...«

Mein Gott, der Typ war nicht nur ein Krüppel, er hatte auch noch einen Dachschaden. Max fuhr ihn an, er solle sich gefälligst verziehen, und da fing der Typ doch wahrhaftig an zu stammeln, er müsse die Handtücher und die Seife auswechseln und noch irgendwelchen Quatsch.

»Raus, du Trottel«, schrie Max, und endlich haute der Typ ab.

Max wollte schon an der Rezeption anrufen und dafür sorgen, dass der Idiot gefeuert wurde, aber Angela sagte: »Lass ihn doch, schließlich ist er behindert.«

»Na und?«, fragte Max. »Deswegen kann er sich auch nicht alles erlauben.«

»Jetzt ist er doch weg. Und der sagt bestimmt nichts. Vermutlich hat er sich vor Angst fast in die Hose gemacht.«

»Na ja, wahrscheinlich hast du recht.« Max ließ sich wieder aufs Bett fallen. »Wo waren wir stehengeblieben?«

Angela drehte sich auf den Bauch. Max packte sie an den Schultern, schob ihr den Schwanz tief in die Möse und stellte sich vor, sie sei Felicia.

*Mach dich auf Schwierigkeiten im
Flugzeugrumpf gefasst, Frederick.*
  The Odd Couple

»Natürlich ist das Herpes«, sagte Dr. Alan Flemming am nächsten Morgen zu Max. »Simplex zwei.«

Dr. Flemming war Max' Hausarzt, und sie befanden sich in seiner Praxis in der Park Avenue. Der Arzt war vermutlich nur wenige Jahre älter als Max, aber Max hoffte inständig, dass er selbst nicht derart fertig aussah. Flemmings Haare waren weiß, sein Oberkörper nach vorn gekrümmt und sein Gesicht voller Falten. Ganz so, wie Angela mal ihren irischen Großvater beschrieben hatte: Sogar seine Falten hatten Falten.

Als Max nach dem Aufwachen festgestellt hatte, dass die Blasen an seinem Penis offensichtlich noch größer geworden waren, hatte er sich gleich einen Termin bei Flemming geben lassen. »Sind Sie sicher, dass es Herpes ist?«, fragte er jetzt. »Müssen Sie nicht erst die Laborwerte abwarten?«

»Natürlich muss die Diagnose noch durch einen Abstrich bestätigt werden, aber sie steht auch so zu neunundneunzig Prozent fest. Nur keine Panik – Herpes ist nichts Lebensbedrohliches. Sie müssen die betroffenen Stellen trocken halten und mit etwas Alkohol oder Hamamelisextrakt einreiben. Am besten tragen Sie möglichst lockere Kleidung. Falls Sie normalerweise enge Unterhosen tragen, sollten Sie überlegen, ob Sie nicht lieber auf Boxershorts umsteigen. Außerdem wäre es vermutlich besser, wenn Sie Ihre Genitalien mit dem Föhn trocknen statt mit dem Handtuch. Wie auch immer, Sie sollten sich auf keinen Fall Vorwürfe machen oder sich einreden, dass mit Ihnen was nicht stimmt, nur weil Sie sich damit angesteckt haben. Glauben Sie mir, Millionen von Menschen überall in der Welt haben das gleiche Problem, und es ist wirklich nicht so schlimm, wie manche Leute denken. Ich habe schon Patienten gehabt, die monatelang, ach, was sage ich, jahrelang nicht die geringsten Symptome hatten. In der Regel bricht die Krankheit nur aus, wenn man unter sehr großem Stress oder Druck steht. Kein Wunder, dass das jetzt, nach der Tragödie mit Ihrer Frau und Ihrer Nichte passiert. Übrigens ... waren Sie in letzter Zeit mit jemandem zusammen?«

»Wie meinen Sie das?« Er wusste genau, was der Arzt meinte, wusste aber auch, dass er sich das nicht anmerken lassen durfte.

»Ich frage nur deshalb«, sagte Flemming und lächelte ihn vertrauensvoll an, »weil Herpes ein Virus ist, das sexuell übertragen wird. Vermutlich haben Sie sich bei jemandem angesteckt, und in dem Fall wäre es ganz sinnvoll, denjenigen zu informieren.«

»Vielleicht hatte meine Frau Herpes und hat vergessen, es mir zu sagen.«

»Tja, sie hätte es nur haben können, wenn sie – aber das ist jetzt eigentlich unwichtig. Ich lasse Christine einen Abstrich machen, dann nehmen wir Ihnen Blut ab, und ich verschreibe Ihnen ein Medikament, mit dem das Virus unterdrückt wird, und ein weiteres gegen den Juckreiz und die Schmerzen. In ein paar Tagen sind Sie wieder ganz der Alte.«

Max bezweifelte das. Sehr sogar.

Flemming griff nach der Karteikarte und ging zur Tür, wo er sich noch mal umdrehte, Max anlächelte und sagte: »Übrigens sollten wir, falls Sie ungeschützten Sex mit jemandem hatten, vorsichtshalber auch einen HIV-Test machen.«

»HIV?« Max war so entsetzt, dass er das Wort kaum über die Lippen brachte. »Wieso? Sie glauben doch nicht etwa, dass ich ... «

»Nein, nein, ganz und gar nicht. Ich sage nur immer: Vorsicht ist die Mutter der Porzellankiste. Leute, die Herpes haben, sind auch eher HIV-positiv. Das bedeutet nicht, dass auch Sie HIV-positiv sind. Aber da Sie sich bereits eine sexuell übertragbare Krankheit zugezogen haben, wäre es vielleicht keine schlechte Idee, Sie auch auf weitere zu testen.«

»Also – ich glaube, das mit dem AIDS-Test lasse ich erst mal bleiben.«

»Wirklich? Je eher Sie Bescheid wissen ... «

»Ich mache diesen blöden Test nicht.«

Als Max danach im Taxi zur Arbeit fuhr, war seine Kehle wie zugeschnürt. Um nichts in der Welt würde er jemals einen AIDS-Test machen lassen. Er musste immer schon seinen ganzen Mut aufbieten, um seinen Kardiologen anzurufen und nach seinen Blutwerten zu fragen, wie sollte er da einen Anruf bewerkstelligen, der vielleicht sein Todesurteil bedeutete?

Max hatte irgendwo mal gehört, dass bei AIDS als Erstes die Lymphknoten anschwellen. Er war sich nicht ganz sicher, wo sich die Lymphknoten befanden, wahrscheinlich irgendwo am Hals. Er tastete an ihm herum und war sofort überzeugt, dass er überall Knoten fühlen konnte. *Verdammte Knoten!*, schrie er innerlich auf.

Als er im Büro ankam, hatte er sich immer noch nicht wieder beruhigt. Er ging am Empfangstresen vorbei auf Angela zu und sagte laut genug, dass alle in der Nähe es hören konnten: »Entschuldigung, kommen Sie doch bitte in mein Büro. Ich muss Ihnen einen Brief diktieren.«

Sobald Angela sein Büro betreten hatte, bat er sie, die Tür hinter sich zu schließen. Dann, nachdem sie sich mit ihrem Block hingesetzt hatte, sagte er leise: »Besten Dank, dass du mich mit Herpes angesteckt hast, du blöde Kuh.«

Angela schien überrascht, aber Max war sich ziemlich sicher, dass sie das nur spielte. »Herpes?«, fragte sie. »Wie meinst du das?«

»Du brauchst es gar nicht mehr abzustreiten. Ich war gerade beim Arzt. Hautreizung – dass ich nicht lache. Du weißt doch ganz genau, dass du Herpes hast, und hast mir nichts davon gesagt.«

»Du warst beim *Arzt*? Wann denn?«

»Heute Morgen. Hör zu, ich habe keine Zeit für so einen Mist. Gib es einfach zu.«

»Bist du sicher, dass er sich nicht irrt? Wie kann er das denn wissen, bevor er dein Blut untersucht hat?«

»Sie nehmen einem kein Blut ab, sie machen einen Abstrich, aber Herpes ist es auf jeden Fall. Er hat schon zig Patienten mit Herpes behandelt.«

»Tja, von mir ...« Angela senkte die Stimme und fuhr fort: »Von mir hast du das nicht.«

»Und woher hab ich's dann? Etwa von irgendeiner Klobrille?« Erst jetzt bemerkte Max, dass ihre linke Wange lila verfärbt war, und fragte: »Was ist denn mit dir passiert?«

»Ach, nichts Schlimmes. Meine Mitbewohnerin hat gestern Abend plötzlich die Badezimmertür aufgerissen, als ich gerade vorbeigegangen bin. Ich werd's überleben.«

Max, der ihr kaum zugehört hatte, sagte: »Also, wenn ich's nicht von dir habe, dann hast du es jetzt jedenfalls auch. Du solltest schleunigst zum Arzt gehen.«

»Vielleicht hast du es dir bei deiner Alten geholt, dieser blöden Nutte.« Ihr Temperament ging mal wieder mit ihr durch, und ihre Augen funkelten bedrohlich.

»Bei meiner Frau?«

»Ja. Woher willst du wissen, dass sie es nicht hinter deinem Rücken mit irgendeinem Arschloch getrieben hat?«

Max ließ sich das durch den Kopf gehen. Deirdre und eine Affäre? Das klang völlig absurd. Dann tauchte vor seinem inneren Auge ein Bild von Kamal auf, wie er nackt auf Deirdre lag, und ihm wurde schlecht. Soweit er wusste, war Kamal außer ihm der einzige Mann, mit dem Deirdre Kontakt gehabt hatte, und jetzt fiel ihm auch wieder ein, wie auffallend bestürzt Kamal gewesen war, als er von ihrem Tod erfuhr. Aber das war doch völlig irre. Bis jetzt hatte er Kamal über Frauen nie auch nur reden hören, und außerdem war er ziemlich sicher, dass der Typ sich gern von hinten einlochen ließ.

»Du spinnst doch komplett«, sagte Max. »Kein Mann hätte irgendein Interesse an Deirdre gehabt, und außerdem – Herpes bekommt man nur beim Sex, und Deirdre und ich hatten nicht gerade das, was man ein aktives Sexleben nennt.«

»Ich sage die Wahrheit. Wenn du mir nicht glaubst, ist das dein Problem, nicht meins.«

In dem Moment klopfte es leise an der Tür. »Was gibt's?«, rief Max.

Das Mädchen für den Empfang, das die Zeitarbeitsfirma diese Woche geschickt hatte, streckte den Kopf ins Zimmer. »Da ist jemand, der Sie sprechen möchte.«

»Wer denn?« Max warf Angela einen fragenden Blick zu. »Ich habe doch heute Morgen keine Termine, oder?«

Angela schüttelte den Kopf. Max fragte die junge Frau: »Hat dieser Jemand seinen Namen genannt?«

»Nein. Aber er sagt, es sei sehr wichtig.«

»Wahrscheinlich einer von diesen Scheißvertretern. Sagen Sie ihm, er soll seine Visitenkarte dalassen, und wenn wir Interesse haben, melden wir uns.«

»Er sagt, er ist kein Vertreter.«

»Das behaupten sie immer.«

»Ich glaube, bei ihm stimmt's. Er sitzt im Rollstuhl. Und er sagt, dass er erst geht, wenn er mit Ihnen gesprochen hat.«

»Rollstuhl? Scheiße, wahrscheinlich arbeitet er für eine dieser Behindertenorganisationen. Er ...« *Ein Rollstuhl. Verdammte Scheiße.* Max warf Angela einen kurzen Blick zu. »Ich komme.«

Während er auf den Empfangsbereich zuging, rieb er sich den Nacken, von dem plötzlich ein bohrender Kopfschmerz aufstieg. Nur mit Mühe konnte er den Drang unterdrücken, sich in der Leistengegend zu kratzen, aber es fiel ihm verdammt schwer.

Der Mann im Rollstuhl wartete in der Nähe des Empfangstresens. Er hatte einen dichten schwarzen Bart und dunkle, ernst blickende Augen, war groß und stämmig und sah aus wie ein Italiener oder Spanier. War es derselbe Mann? Max war sich nicht sicher. In der Dunkelheit hatte er den Behinderten im Hotel nicht deutlich erkennen können. Aber zwei Rollstuhlfahrer in einer Woche? Wie wahrscheinlich war das?

»Kann ich Ihnen irgendwie behilflich sein?«, fragte Max.

Der Mann streckte ihm die Hand entgegen. »Ganz bestimmt. Mein Name ist Bobby Rosa.«

»Was wollen Sie?«

»Mit Ihnen reden. Und ich habe so ein Gefühl, dass das, was ich zu sagen habe, Sie ziemlich interessieren wird.«

Es war tatsächlich derselbe Typ. Max hätte ihm am

liebsten die Zähne eingeschlagen, stattdessen sagte er: »Hören Sie, ich weiß nicht, warum Sie hergekommen sind. Jedenfalls haben Sie Glück, dass ich Sie gestern im Hotel nicht sofort habe feuern lassen. Ich hätt's gemacht, aber meine Frau hat Mitleid mit geistig Behinderten.«

Bobby strahlte vor Stolz. »Sie haben mir das echt abgenommen, oder?«

Mist, dachte Max. Wenn der Typ nicht schwachsinnig war, dann war er wahrscheinlich auch gar kein Hotelangestellter.

Bobby sah sich um. »'Nen netten Laden haben Sie da. Was sind das hier – dreitausend Quadratmeter? Wie viel Miete müssen Sie dafür hinblättern?«

Max warf einen Blick auf die Aushilfskraft, die offensichtlich mit Tippen beschäftigt war. Er trat ein paar Schritte von der Rezeption zurück und sagte leise: »Hören Sie: Wenn Sie nicht sofort verschwinden, lasse ich Sie vor die Tür setzen. Kapiert?«

»Dafür, dass Sie so klein sind, haben Sie ganz schön Mumm. Kein Wunder, dass Sie ein erfolgreicher Geschäftsmann sind.«

»Wenn Sie's unbedingt drauf anlegen, dass ich die Cops anrufe – das können Sie haben.«

»Sie rufen überhaupt niemanden an.« Beide sprachen sie inzwischen ziemlich leise, trotzdem konnte die blöde Aushilfe vermutlich jedes Wort hören. Aber wenn Max sie bitten würde zu gehen, würde das vermutlich nur noch verdächtiger aussehen.

»So?« Max beugte sich zu Bobby hinunter. »Und warum tue ich das nicht?«

»Weil ich hier ein paar Fotos habe. Und ich schätze mal, Sie wollen nicht, dass die Cops die in die Finger kriegen.«

Jetzt erst entdeckte Max den gelben Umschlag, der auf Bobbys Schoß lag.

»Gehen wir in mein Büro.«

Max ging schnurstracks zur Bar und mixte sich einen starken Wodka Tonic. Seine Leistengegend juckte höllisch. Hinter ihm rollte Bobby ins Zimmer und hielt kurz hinter der Tür an.

Ohne Bobby anzuschauen, sagte Max: »Was soll jetzt dieses Gelaber von Fotos? Ist das irgendein bescheuerter Witz? Wenn ja, finde ich ihn jedenfalls nicht lustig.«

»Setzen Sie sich«, sagte Bobby.

Max, der immer noch mit seinem Drink an der Bar stand, drehte sich langsam um.

»Was haben Sie gerade gesagt?«

»Ich sagte, Sie sollen sich setzen.«

»Jetzt hören Sie mal gut zu: Falls Sie glauben, ich höre mir noch mehr von diesem Mist an, nur weil Sie gelähmt sind, dann sind Sie auf dem Holzweg.«

Bobby zog einen 12×18 cm-Hochglanzabzug aus dem Umschlag und schob ihn über den Tisch. Max sah ein paarmal zwischen Bobby und dem Foto hin und her, dann ging er langsam zu seinem Drehstuhl. Ihm ging der Arsch auf Grundeis, aber er versuchte, es sich nicht anmerken zu lassen. Kaum dass er sich hingesetzt hatte, fingen seine Finger allerdings schon an zu zittern. Er sah Bobby prüfend an, doch der starrte nur ausdruckslos zurück. Wer war dieser Typ? Ein Privatdetektiv? Hatten Harold und Claire Goldenberg jemanden beauftragt, die Morde zu untersuchen?

»Wer zum Teufel sind Sie?«, fragte Max.

»Unter den gegebenen Umständen sollte wohl besser ich die Fragen stellen, meinen Sie nicht auch?«

»Sind Sie Privatdetektiv?«

»Nein.«

»Wer sind Sie dann?«

»Ich bin jemand, der ein Foto besitzt, auf dem Sie und Ihre Sekretärin beim Vögeln zu sehen sind, während die Leiche Ihrer Frau noch nicht mal kalt ist. Das könnte den einen oder anderen ins Grübeln bringen, falls Sie wissen, was ich meine.«

»Was wollen Sie?«

»Was glauben Sie wohl, was ich will?«

Max starrte Bobby ein paar Sekunden lang bloß an und fragte sich, ob der Typ verrückt war – glauben konnte man's, so wie er aussah. Dann stand er auf und ging wieder an die Bar, um sich einen weiteren Drink zu mixen. »Möchten Sie einen Wodka?«, fragte er in der Hoffnung, den Typen ein bisschen freundlicher stimmen zu können.

»Ich trinke nicht«, antwortete Bobby.

»Haben Sie Probleme mit der Leber?«

»Wie bitte?«

»Sie trinken nicht. Ist Ihre Leber im Arsch?«

»Nein, ganz und gar nicht. Ich mag es nur nicht, wenn der Alkohol mir das Gehirn vernebelt.« Er tippte sich mit dem Zeigefinger an den Kopf. »Ich will meine grauen Zellen nicht kaputtmachen.«

»Ich weiß, wovon Sie reden.« Max hatte beschlossen, in die Charmeoffensive zu gehen und mit dem Typen ein bisschen Konversation zu machen. »Ich trinke nur, damit meine HDL-Werte oben und die LDL-Werte unten bleiben – Befehl vom Doktor.« Max kippte die Hälfte seines Drinks in einem Zug hinunter. »Wie hoch ist Ihr LDL?«

»Mein was?«

»Der Wert Ihres schlechten Cholesterins.«

»Um so einen Mist mache ich mir keine Gedanken.

Aber Ihrer – ich nehme mal an, Ihrer ist jenseits von Gut und Böse. Stimmt's, oder habe ich recht?«

Max kehrte mit dem Drink an seinen Schreibtisch zurück. »Sie machen wohl Witze, Bobby. Sie dürften doch schon weit über vierzig sein, nicht wahr? Auch wenn ich vielleicht zehn Jahre älter bin als Sie, sollten Sie allmählich den einen oder anderen Gedanken an HDL und LDL verschwenden. Glauben Sie mir, das schleicht sich so nach und nach ein, vor allem, wenn Sie sich fettreich und ballaststoffarm ernähren. Und Sie als Behinderter müssen ganz besonders aufpassen. Sie haben vermutlich nicht oft Gelegenheit, Ihren Kreislauf in Schwung zu bringen.«

Bobby starrte ihn an. »Danke für Ihre medizinischen Ratschläge.«

»Gern geschehen.« Max stellte seinen Drink auf den Schreibtisch. »Also, Bobby. Sie merken doch, dass ich ein netter Mensch bin, nicht wahr? Mache mir Gedanken über Ihre Gesundheit und so. Und Sie scheinen mir doch auch ein netter Mensch zu sein. Beide sind wir nicht mehr die Jüngsten, beide haben wir schon so einiges erlebt – vermutlich haben wir mehr gemeinsam, als wir ahnen. Und jetzt würde ich gern wissen, warum Sie nicht ehrlich zu mir sind und mir einfach sagen, wer Sie sind und warum Sie das Foto gemacht haben.«

»Warum ich das Foto gemacht habe? Weil Sie mir sonst keine Viertelmillion zahlen würden.« Es schien ihn mächtig aufzugeilen, ein Druckmittel gegen einen erfolgreichen Geschäftsmann in der Hand zu haben. Vermutlich war das für diese Niete der absolute Höhepunkt seines Lebens.

Max' Hand zitterte, aber er sagte: »Wieso, zum Teufel, sollte ich Ihnen auch nur einen Cent zahlen? Sie haben ein Foto, auf dem ich meine Sekretärin vögle. Na und? Da hätte ich auch selbst einen Fotografen beauftragen können, wenn ich davon gern ein Foto gehabt hätte.«

Max rang sich ein Lachen ab, aber Bobbys Miene blieb unbewegt.

»Sie zahlen mir Montagmorgen, neun Uhr, eine Viertelmillion Dollar in bar. Wenn nicht, bekommt das NYPD einen Abzug.«

Max starrte Bobby an. Schließlich sagte er lächelnd: »Das soll jetzt ein Witz sein, oder?«

»Ich stehe Punkt neun auf der Matte. Packen Sie das Geld in einen Koffer. Meinetwegen auch in zwei. Wie Sie's da reinkriegen, ist Ihre Sache.«

Er wendete den Rollstuhl.

»Jetzt warten Sie doch mal«, sagte Max. »Das ist doch alles völliger Schwachsinn. Das kann doch nicht Ihr Ernst sein, oder?«

Bobby rollte zur Tür. Max fühlte sich plötzlich ganz leer im Kopf, und er fragte sich, ob das vom Alkohol oder von der Panik kam. »He«, rief er ihm nach. »Kommen Sie zurück.«

Bobby hielt an und drehte langsam um.

Mit gedämpfter Stimme sagte Max: »Schauen Sie, normalerweise würde ich Sie ja einfach rauswerfen, aber im Moment kann ich so einen Mist einfach nicht brauchen. Also mache ich Ihnen folgenden Vorschlag: Ich gebe Ihnen einen Tausender für das Foto.«

»Mein Preis ist nicht verhandelbar.«

»Ach kommen Sie, eine Viertelmillion? Sie haben doch völlig den Verstand verloren.«

»Ich weiß einiges mehr über Sie, als Sie ahnen. Ich lese die Zeitung, und ich gebrauche meine grauen Zellen. Und ich kann zwei und zwei zusammenzählen. *Trauernder Ehemann*, dass ich nicht lache.«

»Schauen Sie, selbst wenn ich Ihnen das Geld geben wollte – so viel habe ich gar nicht.«

»Montagmorgen, Punkt neun Uhr. Das Foto können

Sie übrigens behalten.« Bobby sah hoch zu dem Poster mit der Blondine auf dem Porsche. »Vielleicht wollen Sie es ja aufhängen.«

Nachdem Bobby weg war, gönnte Max sich noch einen Wodka Tonic. Ihm schwirrte der Kopf, sein Gesicht fühlte sich völlig taub an, außerdem war ihm schwindelig. Er öffnete die Tür und bat Angela, in sein Büro zu kommen. Als sie eintrat, lag er auf der Couch und hielt sich den Kopf.

»Was ist passiert?«

Max bat sie, die Tür abzuschließen, dann deutete er zitternd auf den Schreibtisch und das Foto. Angela hob es hoch, starrte es ein paar Sekunden lang an und sagte schließlich: »Dieser Arsch!« Dann lächelte sie plötzlich und fügte hinzu: »Ich sehe richtig gut aus, findest du nicht auch?«

Max schnappte sich das Foto. »Ich kann's echt nicht fassen. Erst Herpes, und jetzt das!«

»Wie viel hat er verlangt?«

»Das Schwein will zweihundertfünfzig Riesen, oder er geht zur Polizei.«

»Und?«

»Was, und? Hast du nicht gehört, was ich gerade gesagt habe? Bist du echt so bescheuert? Sobald die Cops über uns beide Bescheid wissen, machen die uns die Hölle heiß.«

»Das war jetzt nicht nett von dir.«

»Was?«

»Mich bescheuert zu nennen. Wenn wir in Irland wären, müsstest du jetzt schon was Härteres in der Hand halten als nur einen blöden Drink.«

»Mein Gott, ich glaube, ich muss kotzen. Was machen wir denn jetzt?«

»Ich hol dir erst mal einen Kaffee.«

»Scheiß auf den Kaffee! Es gibt nur eine Möglichkeit, wie wir da rauskommen.« Max schlug die Hände vors Gesicht. In was war er da bloß hineingeraten? »Ist dein Cousin heute zu erreichen?«

»Mein Cousin?«

»Ich glaube, wir haben einen weiteren Auftrag für seinen Freund Popeye.«

»Was ist mit dem Kaffee?«
»Scheiß auf den Kaffee.«
»Würde ich ja gern, aber ich hasse die
heißen Spritzer am Arsch.«
　　　　　　　Allan Guthrie, *Two Way Split*

Der Kaffee war so heiß, dass Dillon sich die Zunge verbrannte. Er saß im *Starbucks* neben der Penn Station, spuckte die kochend heiße Flüssigkeit aus und murmelte »Scheißzeugs«.

Ein Mann, der wie ein Yuppie aussah, sah ihn missbilligend an. Dillon sprang sofort darauf an, wie immer, starrte zurück und knurrte: »Was gibt's da zu glotzen?« Er war ganz begeistert, wie gut er den New Yorker Akzent inzwischen hinbekam und seine irische Herkunft trotzdem voll durchklang. Der Mann sah sofort weg. Aber Dillon war völlig überdreht, er wollte, er musste unbedingt jemandem ein paar reinhauen. Irgendein Arsch brauchte dringend eine Tracht Prügel, und zwar bald. Wenn er in dieser Stimmung war – was immer häufiger vorkam –, musste er irgendwo Dampf ablassen, den Kopf frei kriegen. Er ging zur Tür, und ein Kellner fragte: »Ist alles in Ordnung, Sir?«

Dillon blieb stehen. »Alles megapaletti, du Wichser.«

Daran würde der Typ erst mal zu knabbern haben.

Es war Abend, und die Dunkelheit rief die Raubtiere auf den Plan, Straßenkriminelle in Hülle und Fülle. Obwohl die Forty-second Street inzwischen eher eine Touristengegend als ein Ort für kriminelle Aktivitäten war, gab es immer noch gefährliche Ecken, und Dillon hatte schnell herausgefunden, welche das waren. Er postierte sich in einem Hauseingang in der Nähe der Ninth Avenue und wartete, bis er einen japanischen Touristen mit einer Kamera um den Hals und einem T-Shirt mit der Aufschrift *Giuliani ist der Größte* entdeckte, der sich offenbar verlaufen hatte.

Dillon stürzte sich mit dem Messer in der Hand von hinten auf den Typen und schnitt ihm die Kehle durch, bevor der Japse auch nur »Banzai« sagen konnte.

»So, mein Guter, jetzt sind wir quitt für Pearl Harbour.«

Aber Scheiße, verdammte, der Typ hatte nur Plastikgeld dabei. Wo waren bloß die Scheinchen? Außerdem trug er noch eine Schachtel nikotinarme Mentholzigaretten und ein Feuerzeug mit der Aufschrift *Kleingeld* bei sich. Welch wahres Wort. Dillon trat dem Japsen sicherheitshalber noch ein paarmal gegen den Schädel, dann ging er die Straße hinauf, zündete sich eine von den Mentholzigaretten an und spielte ein bisschen mit dem Feuerzeug herum. Johnny Cash und Einwegfeuerzeuge – wirklich ein tolles Land.

Er begann, die Sportausdrücke, die er gelernt hatte, aufzusagen wie ein Mantra, wobei er so sorgfältig artikulierte, als würde er erste Gehversuche in einer neuen Sprache machen. Wer in Irland aufwuchs, spielte unweigerlich Hurling; was es in Amerika an Spielarten gab, war völliges Neuland für ihn. Aber er liebte das Geplapper der Kommentatoren, es war wie ein Gebet, nur ohne Schuldgefühle und ohne diese ewige Feilscherei mit Gott. »Die Knicks brauchen dringend Verstärkung«, legte er los. »Auswechseln, einwechseln, die Verteidigung ist hoffnungslos überfordert, Isaiah Thomas sollte endlich aufhören zu pennen, damals, als Patrick Ewing und John Starks noch dabei waren, klappte das Zusammenspiel im

Team perfekt, und jetzt die Bulls, sie haben es geschafft, diese verdammten Lakers, bei denen liegen die Nerven blank, und die Sox, macht hin, Jungs.« Und immer so weiter. Er hatte keine Ahnung, was er da vor sich hin faselte, aber er fuhr total ab auf diese Litanei.

Niemand schenkte ihm auch nur die geringste Beachtung. Bloß noch ein weiterer durchgeknallter Spinner mit Mentholzigarette und Hummeln im Arsch.

New York musste man einfach lieben.

Während Angela die Fifth Avenue hinunterspazierte, ging ihr die ganze Zeit nicht aus dem Kopf, wie Bobby Rosa sie angesehen hatte. Auf dem Weg nach draußen hatte er ihr zugeblinzelt, gelächelt und »Auf Wiedersehen, Süße« gesagt. Eigentlich war er nicht ihr Typ. Der Rollstuhl störte sie nicht, aber Männer mit Bart fand sie immer ein wenig eklig. Sie erinnerten sie an ihren Onkel Costas aus Astoria, der sie, als sie dreizehn war, dauernd befummelt hatte. Aber Bobby schien kein schlechter Mensch zu sein. Sie fühlte sich nicht wohl bei dem Gedanken, dass er sterben musste.

Angela konnte einfach nicht begreifen, warum alles derart aus dem Ruder gelaufen war. Es war schon schlimm genug, dass das unschuldige Mädchen hatte sterben müssen, aber warum musste Dillon dann auch noch einen Cop umlegen? An Max' Geld zu kommen, entwickelte sich zu einem sehr viel schwierigeren Unterfangen, als sie sich vorgestellt hatte. In den Nachrichten hatte sie gehört, wie brutal Dillon mit den beiden Frauen umgegangen war. Und dem Cop hatte er das Messer in die Brust gerammt, als würde ihm dabei einer abgehen. Sie war sich nicht mehr sicher, ob sie ihn wirklich heiraten wollte. Wenn man einen Freak wie ihn heiratete, konnte man wohl kaum auf weiße Rosen hoffen. Tja, so war das eben. Sie fragte sich nur, wo diese ganze Wut bloß immer her kam. Einen Moment laberte er noch buddhistische Friedenssprüche vor sich hin oder zitierte Yeats, im nächsten knallte er ihr auch schon eine.

»Was habe ich denn getan?«, fragte sie dann immer.

»Nichts«, antwortete er und lachte. »Nur für den Fall, dass du auf die Idee kommst, mich in die Pfanne zu hauen. Und du kannst gern noch mehr haben. Betrachte es einfach als Appetithäppchen.«

Als nächstes pflegte er sein Messer rauszuholen, sich damit die Nägel zu säubern und Angela dabei mit mordlüsternen Blicken anzustarren.

Aber jetzt konnte sie unmöglich mit ihm Schluss machen. Sie musste abwarten, bis dieser Schlamassel vorbei war, und dann eine Entscheidung treffen.

Es fing an zu regnen. Angela hatte keine Lust, mit dem Bus zu fahren oder Geld für ein Taxi hinzublättern, also ging sie einfach weiter und bekam kaum mit, dass sie klatschnass wurde.

Zu Hause saß Dillon in Unterwäsche auf dem Bett und sah sich Musikvideos an. »Du hast hoffentlich was zu essen mitgebracht«, sagte er zur Begrüßung.

»Ich dachte, wir lassen uns was kommen.«

»Du hast gesagt, du bringst was mit, blöde Schnalle.«

»Dann habe ich es eben vergessen. Wo liegt das Problem?«

»Ich konnte den ganzen Tag nicht raus. Stell dir vor, ich hab Hunger – da liegt das Problem, also Abmarsch in die Küche. Mach mir 'nen Eintopf. Du bist schließlich Irin, Eintopf hast du doch schon mit der Muttermilch aufgesogen. Und hau ordentlich Kohl und Schinken rein, und vergiss die Kartoffeln nicht, kapiert, du Schlampe?«

»Ich bin keine Schlampe.«

Jetzt wurde seine Stimme wieder ganz sanft. »Was ist denn los, *mo croi?*«

»Halt die Klappe.«

Er lachte. »Echt lustig. Das gefällt mir, *mo croi.*«

Angela setzte sich an den Küchentisch und zog sich die Schuhe aus.

»Ich will sofort was zu fressen«, brüllte er los.

»Du hättest doch selber was bestellen können.«

»Damit der Junge, der das Essen bringt, hier raufkommt und mich erkennt? Es ist doch schon überall in den Nachrichten, verdammte Scheiße. Sie reden davon, dass dieser Bulle, den *du* hier angeschleppt hast, vermisst wird, und in der Zeitung ist so ein Bild von mir, das exakt aussieht wie ich. Dieser chinesische Hurensohn hat mich bei den Cops angeschissen, der, bei dem ich in Chinatown den Schmuck vertickt habe. Und was, wenn der Bulle, den ich abgemurkst hab, den anderen Cops gesagt hat, wen er gestern Abend beschattet hat? Ich hab den ganzen Tag hier rumgesessen und bloß drauf gewartet, dass die Cops vor der Tür stehen. Scheiße, das ist schlimmer als in der Falls Road, wenn du auf die Patrouille der Briten wartest.«

»Ich habe dir doch gesagt, du sollst den Schmuck nicht verkaufen.«

»Tja, hab ich aber. Und wann geht das endlich in deinen blöden Schädel, dass du mir nichts zu sagen hast? Du bist nur für zwei Dinge zuständig, und beide fangen mit F an. Eins davon ist Fressen.«

»Fick dich.«

»Genau, das ist das Zweite.«

»Wenn wir im Knast landen, dann nur, weil du den Schmuck verkauft hast.«

Er sprang auf – immer ein schlechtes Zeichen – und sagte: »Ich gehe nicht in den Knast, kapiert?«

Irgendetwas schwang in seiner Stimme mit. »Das war's«, sagte Angela. »Mir reicht's.«

Sie ging an Dillon vorbei ins Badezimmer und knallte die Tür hinter sich zu. Er schlug dagegen, forderte sie auf, rauszukommen und schrie: »Wo zum Teufel bleibt mein Abendessen?« Angela legte die Hände auf die Ohren, setzte sich auf die Klobrille und schloss die Augen.

Er hämmerte weiter auf die Tür ein. »Für dieses Rumgezicke bin ich einfach zu hungrig. Ich rufe jetzt irgendeinen Lieferservice an, aber du gehst an die Tür und zahlst. Das ist mein voller Ernst.«

Angela drehte die Dusche auf, um ihn nicht mehr hören zu müssen, aber erst als sie sich darunterstellte, gelang es ihr, ihn auszublenden. Solange sie den Kopf in den Strahl hielt, ging seine Schimpferei im rauschenden Wasser unter.

Als sie, eingewickelt in ein Handtuch, aus der Dusche kam, saß Dillon vorm Fernseher, immer noch in der Unterhose, und sah sich ein Basketballspiel an.

Sie bemerkte die Heftpflaster an der Sohle seines rechten Fußes und fragte: »Hast du Jodtinktur draufgetan, wie ich dir gesagt habe?«

»Redest du mit mir?«, fragte Dillon zurück.

»Ja, mit dir. Mit wem denn sonst?«

Dillon wandte sich wieder dem Fernseher zu und murmelte die Kommentare mit, »Beweg deinen Hintern, du Lahmarsch«, wobei er versuchte, wie ein New Yorker zu klingen.

»Also was nun?«, fragte Angela und zog ihren BH an. »Hast du Jodtinktur drauf getan oder nicht?«

»War mir zu lästig.«

Angela beugte sich vor und betrachtete den Fuß genauer. »Wahrscheinlich brauchst du eine Spritze. Sonst kriegst du noch Tetanus.«

»Eher wohl Magersucht, wenn ich nicht bald was zu fressen kriege.«

Angela zog eine Jeans an und ein schwarzes T-Shirt, auf dem in roter Schrift *Mein Freund ist auf Geschäftsreise* stand. Sie setzte sich neben Dillon aufs Bett und legte eine Hand auf seinen Schoß. Eine Weile war es still, abgesehen vom Gebrabbel des Sportreporters, dann sagte Dillon: »Ich habe vorhin *South Park* geschaut, und Kenny war wieder tot, hast du die Folge gesehen?«

»Ich glaube schon.«

Das Essen kam, und Angela und Dillon saßen zusammen auf dem Bett und aßen die Shrimps Lo Mein und die Spareribs vom Grill direkt aus den Kartons. Schließlich fand Angela, dass der Moment gerade günstig war, um Dillon die schlechten Nachrichten mitzuteilen.

»Heute ist etwas passiert«, fing sie an. »Aber bevor ich es dir erzähle, musst du mir erst versprechen, dass du nicht auf mich losgehst.«

»Was?«

»Versprich's mir.«

»Was ist passiert.«

»Du regst dich bestimmt auf. Ich merke es ja jetzt schon.«

»Sag einfach, was Sache ist, du verdirbst mir den Appetit.«

Gott, dachte sie, sie hatte noch nie jemanden gesehen, der so viel essen konnte und dabei so klapperdürr blieb.

Dillons Nasenflügel zitterten, seine Augen blitzten. Genauso hatte er ausgesehen, kurz bevor er den Cop erstochen hatte.

»In Ordnung«, sagte Angela. »Ich hab dir doch erzählt, dass ich gestern Abend mit meinem Chef im Hotel war.«

»Ja.«

»Tja, und da ist was passiert, mit dem wir nicht gerechnet haben. Etwas, das uns ganz schön reinreiten könnte.«

»Hör auf, rumzudrucksen, und spuck's endlich aus.«

»Also – da war so ein Typ, und der hat Fotos von uns gemacht.«

»Du meinst, ein Greifer?«

»Nein, kein Bulle. Eindeutig nicht. Er saß im Rollstuhl und ... Also, jedenfalls ist er heute mit den Fotos in Max' Büro aufgetaucht.«

»Was sind das für Bilder?«

»Von Max und mir, verstehst du ... im Bett.«

»So? Und was hat er damit vor, abgesehen mal davon, dass er sie als Wichsvorlage benutzt?«

»Wenn die Polizei sie zu sehen kriegt, wissen sie, dass Max und ich was miteinander haben. Dann könnten wir auch den Mord geplant haben.«

»Aber die Polizei hat die Bilder ja nicht. Die hat doch der Krüppel im Rollstuhl.«

»Die schlechte Nachricht kommt ja noch. Er will Geld dafür. Viel Geld.«

»Du meinst, er will dich erpressen?«

»Er will Max erpressen.«

»Und du bist sicher, dass der Arsch kein Greifer ist?«

»Ich weiß nicht, was er ist.« Angela fiel wieder ein, wie Bobby sie angesehen hatte. »Max hält das Ganze jedenfalls für ein großes Problem. Ich soll dich überreden, den Typen zu beseitigen.«

Dillon saß ein paar Sekunden lang ganz still, und Angela dachte schon, he, das ist ja gar nicht so schlecht gelaufen. Dann donnerte er plötzlich den Karton mit seinem Essen an die Wand und sprang auf. Angela hielt sich beide Hände über die Ohren, während Dillon dem Fernseher mit dem rechten Fuß einen Tritt gab und aufbrüllte, als ihm der Schmerz in die sowieso schon entzündete Fußsohle schoss. »Du kriegst jetzt die Prügel deines Lebens, du abgetakelte Hurenfotze«, schrie er.

Er schlug ihr mit der flachen Hand ins Gesicht. Irgendwie gelang es ihr, aus der Wohnung zu fliehen. Sie raste die Treppe hinunter, wobei sie mehrmals beinahe stürzte. Dann ging sie Richtung Second Avenue, und erst ein paar Minuten später merkte sie, dass sie barfuss war.

Sie betrat die *Rodeo Bar* an der Kreuzung Second Avenue und Twenty-eighth Street, setzte sich an die schmuddelige, halbleere Theke, und erst dann fiel ihr ein, dass sie kein Geld dabeihatte. Sie sagte dem Barkeeper, sie warte noch auf einen Freund, und starrte auf den Fernseher, wo gerade ein Hockeyspiel lief.

Auf einmal nahm sie den Mann wahr, der auf dem Stuhl neben ihr saß. Er war jung, vielleicht dreiundzwanzig, trug einen Straßenanzug, und hinter ihm standen noch ein paar Typen – seine Freunde – und alle waren sie am Kichern. »He, sind wir hier in Woodstock?«, sagte er.

Angela war kurzfristig verwirrt, aber dann kapierte sie, dass er sich über ihre bloßen Füße lustig machte.

»Lass mich ja in Ruhe, du beschissenes Arschloch!«, fuhr sie ihn an.

Der Typ sah sie entsetzt an und drehte sich wieder zu seinen Freunden.

Angela verließ die Bar und machte sich auf den Weg nach Hause. Sie hoffte, dass Dillon sich inzwischen wieder einigermaßen beruhigt hatte. Sobald er gegessen und ein bisschen Gras geraucht hatte, wurde er normalerweise ruhiger, aber ihr war klar, dass es nicht mehr lange dauern konnte, bis er völlig durchdrehte. Wieder musste sie an Bobby Rosa denken. Der Typ fuhr wirklich auf sie ab – das war offensichtlich. Und ja, er saß im Rollstuhl, aber irgendwie vermittelte er ihr trotzdem das Gefühl, dass er sein Leben im Griff hatte. Ob er wohl auch Dillon in den Griff bekam?

Angela hatte keinen Wohnungsschlüssel dabei. Immer wieder drückte sie auf die Klingel, aber Dillon machte nicht auf. Schließlich, nach fast einer Stunde, verließ jemand das Haus, sodass sie hineinschlüpfen und nach oben gehen konnte. Die Wohnungstür stand offen.

Dillon saß auf dem Bett, sah sich Videos an und las in seinem blöden Zen-Buch. »Wenn ich du wäre, würde ich nicht ins Badezimmer gehen«, sagte er. »Der beschissene Chinafraß war verdorben.«

Angela ging zum Kühlschrank und goss sich ein Glas Mineralwasser ein.

»Während ich auf dem Thron saß und mir die Eingeweide rausgeschissen habe«, fuhr er fort, »ist mir klar geworden, dass der Typ im Rollstuhl auch ein Problem werden könnte. Ich traue diesem Arschloch Max nicht. Wenn er nicht dicht hält für uns, sind wir auch geliefert. Das ist dir doch klar, oder?«

Angela gab keine Antwort.

»Also habe ich mich gefragt, wie viel ich verlangen kann.«

»Wofür?«

»Dafür, dass ich einen Rollifahrer über den Haufen knalle.«

16

*Wenn man auf der Straße überfallen wird,
ist das einfach gruselig.*

Duane Swierczynski

»Haben Sie schon mal Herpes gehabt, Kamal?«, fragte Max.

Sie saßen in Max' Küche, wo Kamal damit beschäftigt war, makrobiotische Mahlzeiten für den Rest der Woche vorzubereiten. Auf dem Herd kochten drei Töpfe vor sich hin, und Kamal schnippelte gerade Rote Beete und Kartoffeln.

»Herpes?«, fragte Kamal zurück und ließ das Messer in seiner rechten Hand ruhen. »Wie kommen Sie darauf?«

»Ach, nur so. Also nicht, dass Sie denken, ich hätte Angst, da könnten irgendwelche Erreger ins Essen kommen. Es ging mir nur gerade so durch den Kopf.«

»Nein.« Kamal sah immer noch verwirrt aus. »Ich habe keine Geschlechtskrankheiten.«

»Ah ja. Dann hat man Sie also nicht auf Herpes untersucht.«

»Nein, ich glaube nicht. Außer das wäre Teil meiner regelmäßigen Vorsorgeuntersuchung.«

»Interessant. Äußerst interessant.«

Max war sich jetzt fast hundertprozentig sicher, dass der kleine Inder Deirdre gevögelt hatte, wahrscheinlich sogar schon ziemlich lange. Max hatte zuletzt vor drei oder vier Monaten mit ihr geschlafen, und bei der Gelegenheit hatte er sich vermutlich das Virus eingefangen.

»Sie können es ruhig zugeben«, sagte er.

»Was soll ich zugeben?«

»Dass Sie und Deirdre ... Sie wissen schon, dass Sie was miteinander hatten. Keine Angst. Ich schmeiße Sie nicht raus.«

»Ich habe keine Ahnung, wovon Sie reden.«

»Jetzt kommen Sie schon. Glauben Sie, ich bin blind? Ich habe doch mitgekriegt, wie viel Zeit Deirdre und Sie zusammen verbracht haben. Dass Sie beide sich nahestehen, war doch nicht zu übersehen.«

»Ich habe Ihre Frau außerordentlich geschätzt, aber ich hätte mir nie vorstellen können, mit ihr eine Beziehung anzufangen.«

»Nicht mal ein einziges Mal? Einfach so, weil es sich gerade ergab?«

»Es kränkt mich, dass Sie so etwas überhaupt in Betracht ziehen können. Ich bin ein Sikh aus dem Punjab – wir sind sehr religiöse Menschen. Wir schlafen nicht mit den Frauen anderer Männer, auch dann nicht, wenn wir sie begehren. Und Ihre Frau habe ich nicht einmal begehrt. Ohne Sie beleidigen zu wollen – Frauen aus der westlichen Welt haben so einen seltsamen Geruch an sich. Vielleicht kommt das daher, dass sie Fleisch essen. Ich stehe auf den Geruch von Curry und Gewürzen, falls Sie das verstehen können.«

Max starrte Kamal ausdruckslos an und fragte sich, ob der Typ sie noch alle hatte. »Schwören Sie das bei Gott?«

»Wieso sollte ich ... «

»Wenn Sie nichts getan haben, sollten Sie doch keine Problem damit haben, bei Gott zu schwören.«

Kamal ließ die Kartoffeln und die Rote Beete in den Dampfkochtopf gleiten und sagte: »Ich glaube anders an Gott als Sie.«

»Ja natürlich. Von mir aus. Dann schwören Sie eben bei Buddha.«

»Im Buddhismus gibt es das nicht, dass man bei irgendetwas schwört. Buddha ist kein Einzelwesen oder ein Begriff. Buddha ist in allem.«

Max schnappte sich einen Teller und hielt ihn hoch. »Prima, dann stellen wir uns jetzt also vor, dieser Teller ist Buddha. Schwören Sie bei diesem Teller, dass Sie nie mit meiner Frau gevögelt haben?«

Kamal starrte Max an, als sei dieser jetzt völlig übergeschnappt. »Ich hatte nichts mit Ihrer Frau. Ich gebe Ihnen mein Wort, und das muss genügen. Und hören Sie bitte auf, so respektlos von Buddha zu reden. Damit verletzen Sie mich wirklich sehr.«

Der kleine Reisfresser sah aus, als würde er gleich in Tränen ausbrechen.

Max starrte ihn ein paar Sekunden lang an und kam schließlich zu dem Schluss, dass er vermutlich wirklich die Wahrheit sagte. Aber wenn Kamal Deirdre nicht mit Herpes angesteckt hatte, konnte das nur heißen, dass Max es sich doch bei Angela geholt hatte.

»Ach, vergessen Sie's einfach. Ist ja auch egal.«

Max ging zum Kühlschrank und goss sich ein Glas Magermilch ein.

»Wissen Sie was?«, sagte Kamal und rührte den braunen Reis in dem großen Topf um. »Sie sollten mal darüber nachdenken, ob Sie mich nicht gelegentlich in den Aschram begleiten wollen. Ich glaube, das würde Ihnen sehr gut tun.«

»Ich bin Jude.«

»Unser Guru heißt Leute aller Religionen willkommen. Und Meditationen und Gesänge haben etwas sehr Reinigendes. Sie helfen einem, den inneren Frieden zu finden.«

»Ich hock mich doch nicht auf den Boden und singe wie ein dahergelaufener Hippie.« Kaum hatte Max das gesagt, schoss ihm durch den Kopf, ob man im Aschram nicht vielleicht ein paar tolle indische Frauen aufgabeln konnte. Verdammt, Reis schmeckte ihm doch, und für einen guten Fick würde er notfalls auch bis in alle Ewigkeit singen – oder in dem Fall wohl eher bis zur Wiedergeburt. Wieso war er eigentlich überhaupt mit Angela zusammen? Er hatte geglaubt, er würde sie lieben, aber in letzter Zeit war er sich da nicht mehr so sicher. Sie hatte eine tolle Figur, und der Akzent war wirklich sexy, aber viel mehr hatte sie nicht zu bieten. Was hatte er sich bloß dabei gedacht?

»Darf ich Sie mal was fragen?«, fragte Max. »Gehen auch Frauen in so einen Aschram?«

»Natürlich. Der spirituelle Weg ist nicht nur den Männern vorbehalten.«

Kamal versuchte, sich ein Lachen zu verkneifen. Was war jetzt daran so lustig?

»Und noch eine Frage: Sind die Frauen gut gebaut?«

»Wie bitte?«

»Gut gebaut. Haben sie große Titten?«

Kamal schwieg ein paar Sekunden, sah nach, wie weit das Gemüse war, und sagte schließlich: »Manche schon.«

»Vielleicht schaue ich mir diesen Hippieblödsinn doch mal an. Natürlich erst, wenn die Trauerzeit um ist.«

Dann vertiefte Max sich in die *Daily News*, die auf dem Tisch lag. Irgendeinem Japsen hatte man auf der Forty-second Street die Kehle durchgeschnitten. Die Polizei hatte noch keinen Verdächtigen. Max lachte leise vor sich hin und dachte: *Times Square ist eben doch nicht Disneyland.*

*Ich drehe allmählich durch, renne nervös
im Regen rum und gebe dem Hund einen Tritt.
Das habe ich nicht verdient. Verdammt,
dieses ganze Scheißpech und dieses ganze
Scheißleben habe ich einfach nicht verdient.*
Ray Banks, The Big Blind

Am nächsten Tag war der Aufmacher der Sechs-Uhr-Nachrichten ein weiterer Mord in Manhattan. Auf einem leeren Grundstück in Harlem hatten Kinder die von Ratten angenagte Leiche des 41-jährigen Detective Kenneth Simmons vom Morddezernat des neunzehnten Reviers entdeckt. Der Tote wies zwei Schusswunden auf sowie eine Stichwunde in der Brust. Die Polizei hatte die Phantomzeichnung eines Tatverdächtigen veröffentlicht; es handelte sich um einen etwa eins sechzig bis eins fünfundsechzig großen Weißen, der circa fünfundsechzig Kilo wog, graue Haare hatte und zuletzt mit einer alten Lederjacke, dreckigen Bluejeans und neuen Turnschuhen bekleidet war. Am Montag hatte der Verdächtige in einem Leihhaus in der Bayard Street Schmuck verkauft, der erst kürzlich bei der Ermordung zweier Frauen in der Upper East Side gestohlen worden war. Die Polizei ging davon aus, dass der Mann auch für diese beiden Morde verantwortlich war, zumal Detective Simmons gerade an diesem Fall arbeitete, als er umgebracht wurde. Hinweise wurden erbeten unter einer speziell eingerichteten Hotline oder unter der Nummer des Stoppt-Crime-Programms.

Max, der die Nachrichten in seinem Wohnzimmer sah,

hatte nicht den geringsten Zweifel, dass der Typ auf dem Phantombild Popeye war. Das Gesicht war etwas zu voll geraten, und auch die Augen und die Nase waren nicht hundertprozentig getroffen, aber ansonsten stimmte alles, bis hin zur Lederjacke. Max fragte sich, welchen Scheiß der Typ als nächstes bauen würde. Hatte der blöde Arsch etwa vor, ganz Manhattan auszurotten? Er hatte mal gelesen, dass die Iren alle völlig verrückt waren. Dem konnte er nur aus ganzem Herzen zustimmen.

Max saß im hinteren Teil der *Famiglia Pizzeria* Ecke Fiftieth und Broadway und sah Popeye den Gang entlang auf sich zuhumpeln. Nachdem er mit einem großen Becher voller Eiswürfel in der Hand schräg gegenüber von Max Platz genommen hatte, fragte der: »Was ist mit Ihrem Fuß passiert?«

»Das geht dich einen Scheißdreck an, du Sack im Frack.« Popeye sah sich nervös um. »Du hast doch aufgepasst, dass dir keiner folgt?«

Er fingerte an einer goldenen Nadel herum, die er an seine Lederjacke geheftet hatte, als sei es ein Talisman. Die Iren und ihr gottverdammter Aberglaube.

»Mir ist niemand gefolgt. Zumindest habe ich niemanden gesehen.«

»Wäre mir lieber, du wärst dir sicher. Ich dürfte eigentlich gar nicht hier sein. Ich sollte in Florida sitzen und Gedichte schreiben.«

Die Vorstellung, dass diese blutrünstige Bestie Gedichte schrieb, war zu viel für Max. Wie ging doch der alte Witz? Wenn du in Irland einen Stein wirfst, triffst du garantiert einen Dichter. Und meistens einen schlechten.

»Und, wie fangen deine Gedichte an?«, fragte Max lächelnd. »Rosen sind rot?«

Popeye hatte gerade den Becher zum Mund gehoben und saugte einen Eiswürfel heraus. Über den Becherrand hinweg starrte er Max an.

»Glotz mich nicht so an«, sagte der.

Popeye lutschte an seinem Eiswürfel herum. »Wie bitte?«

»Du hast mich genau verstanden, du mieser kleiner Schwanzlutscher.« Max lachte. »Sieh einfach nur geradeaus und glotz mich ja nicht an. Wenn du noch einmal zu mir rüberguckst, stehe ich auf und gehe, und du siehst mich nie wieder.«

»Das gefällt mir. Das kleine Arschloch macht einen auf Großmaul. Haben die dir was in den Tee getan? *Du* bist derjenige, der *mich* nicht anstarren darf.«

»Die Zeiten sind vorbei. Ab jetzt bestimme ich, wo's langgeht.«

»Da können wir uns ja gleich beerdigen lassen. Für so einen Scheiß hab ich echt keine Zeit.«

»Dann nimmst du sie dir eben. Du bleibst nämlich so lange hier, wie ich das will.«

»Und was machst du, wenn ich jetzt aufstehe und gehe? Noch ein bisschen blöd rumfluchen?«

»Dann hau doch ab. Du bist der gesuchte Verbrecher, nicht ich.«

»Wenn sie mich kriegen, gehst du mit mir unter.«

»Du hast keine Beweise. Was willst du denn machen? Behaupten, ich hätte dir den Auftrag gegeben, meine Frau umzubringen? Ich bezweifle, dass die Polizei dir mehr glaubt als mir. Ich bin ein angesehener Geschäftsmann. Und wer bist du? Ein kleiner Wichser.«

»Hast du gerade Wichser zu mir gesagt?«

»Du sollst mich doch nicht so anglotzen.«

»Du Arsch, ich hau jetzt ab.«

»Ich halte das nicht für so eine gute Idee.«

Popeye, der sich schon halb erhoben hatte, setzte sich wieder und fragte: »Wieso?«

»Denk doch mal drüber nach. Für dich ist es genauso wichtig wie für mich, dass dieser Typ von der Bildfläche verschwindet. Du weißt nicht, was die Polizei an Beweisen gegen dich in der Hand hat. Vielleicht hast du an dem Abend irgendwas bei mir vergessen. Oder sie haben Blut von dir gefunden oder Haare, vielleicht können sie auch was damit anfangen, dass du auf meinen Teppich geschissen hast – übrigens besten Dank auch. Was sollte *der* Scheiß eigentlich? Ist das deine Vorstellung von einem Gastgeschenk? Besonders schlau war es auch, wo es doch heutzutage DNS und all den Quatsch gibt. Keine Ahnung, wie sich das anfühlt, wenn die einem den tödlichen Cocktail spritzen, aber sonderlich angenehm stelle ich mir das nicht vor.«

Popeye schwieg. Dann lehnte er sich zurück und starrte stur geradeaus. Schließlich sagte er: »Und wo wohnt dieser Mistkrüppel?«

»Reden wir erst über das, was wirklich wichtig ist.«

Max versuchte, Popeyes irischen Akzent nachzuahmen, damit dieser merkte, wie bescheuert er klang. »Geld. Ich möchte den Betrag korrigieren, den ich heute Morgen am Telefon genannt habe.«

»Zwanzig Riesen hast du gesagt.«

Max war begeistert davon, wie dünn Popeyes Stimme mit einem Mal klang. Da fühlte er sich doch gleich wieder richtig obenauf.

»Tja, seitdem hat sich einiges geändert. Unter anderem hast du es inzwischen auf die NYPD-Liste der meistgesuchten Verbrecher geschafft, und allein dafür habe ich schon was gut bei dir.«

»Den Arsch hast du offen, sonst nichts.«

Max ignorierte das und fuhr fort: »Für dich steht genauso viel auf dem Spiel wie für mich. Du weißt genau, dass du nicht verschwinden kannst, bevor dieser Rosa nicht aus dem Weg geräumt ist.«

Popeyes Augen verengten sich zu Schlitzen. »Und wie kommen wir an seine Scheißadresse?«

»Ich habe bereits die Auskunft angerufen. Sie hatten keinen Bobby Rosa verzeichnet. Also habe ich nach Robert Rosa gefragt. Da gibt es einen im West Village, im Arschficker-Bezirk. Der Rosa, der bei mir war, sah nicht aus wie einer, der gerne Trompete bläst, falls du weißt, was ich meine. Dann hatten sie noch einen auf der Eighty-ninth, Nummer 100 West, also habe ich gesagt, genau den brauche ich.«

»Und wie willst du wissen, dass es derselbe ist?«

»Weil ich was gemacht habe, was dir nicht mal im Traum einfällt: Ich habe meinen Verstand benutzt. Ich habe in dem Gebäude angerufen und den Portier gefragt, ob bei ihm im Haus ein Rollstuhlfahrer namens Robert Rosa wohnt. Der Typ hat das bestätigt, und ich habe aufgelegt. Sonst noch irgendwelche dummen Fragen?«

Popeye wollte etwas antworten, aber Max unterbrach ihn und sagte mit seinem besten irischen Akzent: »Gut. Dann zieh jetzt um Gottes willen endlich Leine, damit ich deine Fresse nicht mehr sehen muss.«

Popeye starrte ihn völlig verdutzt an und murmelte irgendwas wie »Zigeuner«. Dann stand er auf und sagte: »Man soll den Namen des Herrn nicht missbrauchen, das bringt Unglück.«

Als Max etwa zwanzig Minuten später vor seinem Haus aus dem Taxi stieg, sprach ihn ein Mann an. »Sind Sie Max Fisher?«

Max starrte den Typen an und dachte, *mein Gott, was ist jetzt schon wieder?*

Der Mann holte eine glänzende goldene Marke heraus und sagte: »Ortiz – Mordkommission. Ich denke, Sie kommen besser gleich mit.«

*Ich wollte sagen, sie lösten sich auf wie ausgeträumte
Träume oder schwanden dahin wie das Vertrauen der
Öffentlichkeit, aber ehrlich,
sie explodierten einfach wie Scheiße von gestern.*
					Daniel Woodrell, *Give us a Kiss*

Es klingelte. Bobby, der zwei Meter von der Tür entfernt mit der Glock 27 compact in seinem Rollstuhl saß, rief: »Herein.« Wer hereinkam, war Max Fishers Sekretärin. Sie trug einen roten Lederminirock, rote Pumps und ein enges ärmelloses Oberteil. Wie am Abend zuvor im Hotel war ihr Haar zu einer wilden Mähne geföhnt, aber heute hatte sie außerdem noch glänzenden roten Lippenstift aufgetragen, dazu jede Menge Augen-Make-up, und von ihren Ohrläppchen baumelten silberne Kreolen.

Nachdem er sie einige Male von oben bis unten gemustert hatte, lag Bobby schon *Gottverdammte Scheiße* auf der Zunge, aber er sagte: »Kann ich Ihnen helfen?«

»Tut mir leid, dass ich Sie so einfach überfalle. Normalerweise hätte ich erst angerufen, aber ich habe mir gedacht, dafür reicht die Zeit einfach nicht. Ich habe heute ein Telefonat meines Chefs mitgehört, und da musste ich einfach kommen und Sie warnen.«

Mann, dieser irische Akzent war verdammt sexy. Er versuchte sich zu erinnern, ob er je eine Irin gevögelt hatte. Ja doch, einige sogar – aber das waren alles irischstämmige Amerikanerinnen gewesen. Jedenfalls hatten sie nicht geklungen wie dieses Mädchen hier.

»Mich warnen? Wovor?« Er ließ die Waffe in dem Spalt zwischen seinem Bein und dem Rollstuhl verschwinden.

»Ich glaube, Sie stecken in großen Schwierigkeiten. Mein Chef hat gesagt, er schickt jemanden vorbei, der Sie zusammenschlägt, vielleicht sogar noch was Schlimmeres mit Ihnen anstellt. Ich weiß nicht, worum es geht, aber ich habe gehört, wie er Ihren Namen und Ihre Adresse genannt hat.«

Bobby starrte sie eine Zeit lang an. Sie kaute wie ein unartiges Schulmädchen auf ihrer Unterlippe herum, und er hätte ihr nur zu gern etwas anderes zu kauen gegeben. Er fragte sich, ob sie sich wohl extra für ihn so schön gemacht hatte. Am Abend vorher, im Hotel, hatte sie nur Jeans und ein Schlauchtop getragen.

»Und was ist das für ein Typ, den er mir auf den Hals hetzen will?«

»Er nennt sich Popeye.«

»Popeye? Und als nächstes muss ich mich dann wohl vor Olivia in Acht nehmen?«

Angela lächelte. »Max hat nur von Popeye gesprochen.«

»Und woher kennt Max jemanden wie diesen Popeye?«

Angela zuckte mit den Achseln.

»Ist das der Typ mit den grauen Haaren und dem vermurksten Mund, von dem heute ein Phantombild in der Zeitung ist?«

»Mehr weiß ich wirklich nicht. Kann sein, dass es derselbe ist.«

Bobby betrachtete sie nochmals von oben bis unten, dann fragte er: »Möchten Sie sich setzen?«, und Angela antwortete: »Klar.«

Als sie an ihm vorbeiging, stieg ihm ein Hauch ihres Parfüms in die Nase. »Sie benutzen Joy«, sagte er.

»Ja.« Angela lächelte. »Woher wissen Sie das?«

»Ich habe es mal für eine frühere Freundin gekauft. Ich steh drauf, wie es riecht.«

Bobby beobachtete, wie sie sich auf die Couch setzte.

Ihm gefiel das knirschende Geräusch, das ihr Lederrock verursachte, als sie das rechte über das linke Bein schlug. Sie war genau der Typ Frau, auf den Bobby, bevor man ihn angeschossen hatte, total abgefahren war. Er hätte sie in eines dieser italienischen Restaurants unten im West Village eingeladen, dann in irgendeinen Club in der Seventh Avenue und sie schließlich zu sich nach Hause abgeschleppt und die ganze Nacht mit ihr gevögelt.

Angela schaute sich um. »Ihre Wohnung ist ganz schön groß. Wohnen Sie allein hier?«

»Ja.« Bobby stemmte sich etwas aus dem Rollstuhl hoch, um den Druck anders zu verteilen. »Aber vermutlich verkaufe ich sie demnächst und suche mir was Kleineres.« Dann fiel sein Blick auf die leere Pizzaschachtel auf dem Tisch und die paar Gläser, die zur Hälfte mit Mineralwasser gefüllt waren. »Tut mir leid, dass es hier so aussieht«, sagte er

»Das ist doch gar nichts. Und wenn es Sie tröstet: Bei mir zu Hause sieht's auch nicht besser aus.«

Bobby starrte auf Angelas Mund. Er mochte es, wie sie die Lippen leicht geöffnet ließ, wenn sie etwas gesagt hatte. »Dann wissen Sie also, warum Max mich von diesem Popeye umbringen lassen will?«

»Nein.«

»Sie wissen nichts von den Fotos?«

Angela schüttelte den Kopf.

»Also, diese Fotos habe ich gestern von Ihnen und Ihrem Chef gemacht ... im Hotelzimmer.«

Bobby beobachtete genau, wie Angela reagierte. Sie schien wirklich überrascht zu sein, aber sicher war er sich nicht. »Wollen Sie damit sagen, dass Sie das waren, der ... «

Bobby nickte.

»Und Sie haben Fotos gemacht, von Max und mir ...«

Er hatte fast schon den Eindruck, dass die Vorstellung sie anmachte. Wieder nickte er.

»Das ist doch nicht zu fassen«, sagte Angela, aber es klang durchaus nicht wütend. »Sind Sie Privatdetektiv oder irgend so was? Hat Ihnen jemand Geld dafür gegeben, dass Sie uns bespitzeln?«

»Nein, das war purer Zufall. Es hätte auch zwei völlig andere Leute treffen können. Ich hatte es nicht speziell auf Sie und Ihren Chef abgesehen.«

»Das verstehe ich jetzt nicht. Wieso sollte Max Sie dann umbringen lassen wollen?«

»Also ... als ich gestern mit ihm gesprochen habe – wie erkläre ich das jetzt am besten? Ich habe Max ein Geschäft vorgeschlagen. Ich bin Geschäftsmann, genau wie er. Nur, dass mein Geschäft sich ein bisschen von seinem unterscheidet.«

»Verstehe ich immer noch nicht.«

»Das hatte ich auch nicht erwartet. Lassen Sie es mich so ausdrücken: Ich wollte ihm ein bisschen Geld abluchsen. War nur so eine Nebenerwerbsidee, die ich mal ausprobieren wollte, weil ich gerade sonst nichts am Laufen habe. Das Ganze ist dann größer geworden, als ich gedacht hatte.«

»Ein Nebenerwerb? Und wie sieht der aus?«

»Leute fotografieren, die sich im Hotel zum Vögeln treffen, und sie anschließend erpressen.«

»Das finde ich erstaunlich.«

»Was finden sie erstaunlich?«

»Dass Sie da so ehrlich drüber reden. Die meisten Leute hätten einem jetzt irgendeine Lügengeschichte aufgetischt. Sie haben mir einfach die Wahrheit gesagt. Vor so etwas habe ich wirklich Respekt.«

Bobby gefiel das. »Danke«, sagte er.

»Allerdings muss ich zugeben, es ist mir schon ein

bisschen peinlich, dass Sie diese Fotos haben und dass Sie mich so gesehen haben ... Sie wissen schon. Aber ich verstehe auch, warum Sie das getan haben.«

»Sie brauchen sich keine Sorgen zu machen. Sobald Ihr Chef die Kohle rausrückt, schmeiße ich die Fotos und die Negative sofort weg. Die landen nicht im Internet, falls Sie das denken.«

»Ach, wegen so was mache ich mir keine Sorgen. Eigentlich bedeutet Max mir nichts. Von mir aus kann er in der Hölle schmoren.«

»Echt?« Bobby war ganz hingerissen davon, wie sie *Hölle* aussprach. Man konnte fast schon die Flammen fühlen. »Ich dachte ... so wie Sie beide an dem Abend gewirkt haben ...«

»Ich habe einen großen Fehler gemacht.« Angela sah auf ihren Schoß hinunter. »So war das schon mein ganzes Leben lang – bei mir geht eigentlich immer alles total schief. Ich hatte damals gerade eine gescheiterte Beziehung hinter mir, verstehen Sie? Max wollte immer mit mir ausgehen, und irgendwann habe ich mich dann darauf eingelassen. Vermutlich habe ich ihn für einen anderen Menschen gehalten, nicht für den, als der er sich dann entpuppt hat.«

Inzwischen sprach sie mit stark ausgeprägtem irischen Akzent, außerdem klang sie ein wenig wie ein kleines, verlorenes Mädchen. Das hätte die meisten Männer umgehauen, aber für Bobby, der seit Tanya für keine Frau mehr etwas empfunden hatte, war es ein K.-o.-Schlag.

»Hat er Popeye Geld gegeben, damit er seine Frau umbringt?«

»Das kann ich nicht mit Bestimmtheit sagen, aber so wie ich ihn heute am Telefon erlebt habe ... ich bin mir fast sicher. Er ist ganz schön verrückt nach mir, fast schon besessen. Ich habe ihm immer wieder gesagt, dass es von meiner Seite nichts Ernstes ist, und dass wir Schluss machen sollten. Aber das wollte er absolut nicht hören, und dann muss er diesen Typen wohl beauftragt haben, seine Frau umzubringen. Glauben Sie mir, wenn ich auch nur geahnt hätte, dass jemandem was passiert, wäre ich nie und nimmer mit ihm zusammengeblieben.«

Angela legte jetzt das linke über das rechte Bein, und wieder machte ihr Lederrock dieses knirschende Geräusch. Ihre Unterlippe war feucht, und er wusste nicht, lag es an ihm oder saß sie irgendwie anders, jedenfalls wirkte ihr Busen jetzt größer als vorher, als sie die Wohnung betreten hatte.

»Aber Sie waren gestern Abend mit ihm zusammen? Nachdem seine Frau umgebracht worden war.«

Angela drehte den Kopf kurz zur Haustür. Als sie ihn wieder ansah, liefen ihr Tränen über die Wangen, und ihr Gesicht war verzerrt und hässlich.

»Ich hatte Angst.« Die Stimme versagte ihr fast. »Ich wollte die Sache beenden, aber ich habe den Job erst seit ein paar Monaten, und er hat gesagt, er schmeißt mich raus und schreibt mir ein schlechtes Zeugnis, wenn ich mich nicht mehr mit ihm treffe. Außerdem war ich vermutlich einsam. Vielleicht können Sie das nicht verstehen, aber Frauen sind verzweifelt, wenn sie sich einsam fühlen. Sie tun dann Dinge, die sie sonst nie tun würden. Außerdem hat meine Mutter mir ganz schön Druck gemacht.«

»Ihre Mutter?«

»Meine Mutter ist vor einiger Zeit gestorben, und sie war ... wie soll ich sagen, eine durch und durch bodenständige Frau. Fürsorglich.«

Ihre Aussprache hatte es Bobby wirklich angetan. Aus ihrem Mund klang selbst das Loblied auf ihre Mutter noch sexy.

»Sie hatte einen qualvollen Tod, und bevor sie starb,

hat sie meine Hand genommen und mich angefleht, mir einen anständigen Mann zu suchen und ja nicht allein zu bleiben.« Sie holte ein Taschentuch hervor und betupfte ihre Augen. Dann fuhr sie fort: »Sie können das vielleicht nicht verstehen, aber meine Mutter hatte immer sehr großen Einfluss auf mich.«

»Ich weiß sogar sehr gut, wie das ist.«

»Wirklich?«

»Meine Mutter und ich standen uns sehr nah.«

»Das tut mir leid.«

»Oh nein, sie lebt noch. Sie ist in einem Pflegeheim. Ich besuche sie regelmäßig, aber sie kriegt es überhaupt nicht mehr mit.«

»Ich glaube, das ist das Großartigste, das ich je im Leben gehört habe.« Wieder kamen Angela die Tränen. »Ein Sohn, der seine Mutter im Pflegeheim besucht.«

Bobby hatte plötzlich ein Gefühl, das er nie für möglich gehalten hätte – er fühlte sich *edel*, wie einer, der für die gerechte Sache kämpft. Er hatte keine Ahnung, wie es dazu gekommen war, aber irgendwie gefiel es ihm. Er kam sich vor wie Tom Cruise in *Geboren am 4. Juli*, wie jemand, der die Last seiner Behinderung mit Würde trägt.

»Ich besuche sie nur ein paarmal die Woche.«

»Ein paar Mal die Woche! Ich hoffe, wenn ich mal alt bin, habe ich auch einen Sohn, der mich so liebt.«

Jetzt flossen Angela die Tränen ungehemmt die Wangen hinab. Bobby bemerkte, dass ihr Taschentuch schon ganz durchweicht war, also fuhr er in die Küche und holte eine Rolle Küchentücher, riss ein Blatt ab und reichte es ihr. Sie tupfte sich die Augen damit ab und sagte dann: »Ich muss Ihnen etwas beichten. Ich habe Sie vorhin angelogen, und ich fühle mich deswegen richtig schlecht.«

»Schießen Sie los.«

»Also, die Wahrheit ist ... ich *hätte* Ihnen das alles auch am Telefon erzählen können und nicht vorbeikommen müssen. Aber nachdem ich Sie in der Firma gesehen hatte, habe ich immer an Sie denken müssen. Ich habe mir überlegt, vielleicht, wenn ich zu Ihnen fahre ... ich weiß auch nicht ... Ich habe einfach gedacht, vielleicht entwickelt sich irgendwas zwischen uns. Glauben Sie mir, normalerweise tue ich so etwas nicht – also, dass ich so auf Männer zugehe. Aber so beschissen, wie es mir in letzter Zeit geht, habe ich mir gedacht, viel schlimmer kann es sowieso nicht mehr kommen. Ich finde einfach, Sie sind ein sehr attraktiver Mann, und ... ich komme mir vor wie eine Idiotin. Ich sollte jetzt wohl besser nach Hause gehen.«

Bobbys Gesicht fühlte sich heiß an. Er hoffte nur, dass er nicht rot wurde.

»Das ist natürlich sehr schmeichelhaft«, sagte er.

»Echt?«

»Klar. Du bist ein gut aussehendes Mädchen und ...«

»Findest du das wirklich?«

»Was?«

»Dass ich gut aussehe?«

»Klar doch. Glaub mir, wenn ich nicht im Rollstuhl säße ...«

»Oh, das macht mir nichts aus.«

»Nicht?«

»Wenn du's genau wissen willst ... Ich finde, so ein Rollstuhl ist irgendwie sexy. Also, nicht dass du denkst, ich bin irgendwie pervers oder so. Ich ziehe nicht los und versuche, Männer im Rollstuhl kennenzulernen, aber ich habe auch nichts dagegen. Und du gehst so, wie soll ich sagen, tapfer damit um. Du jammerst nicht, du beklagst dich nicht – du machst einfach weiter. Max hat zwei gesunde Beine, aber er jammert die ganze Zeit nur.«

»Ich glaube, du weißt nicht ...«

»Weißt du, an wen du mich erinnerst? An Tom Cruise in dem Film über den Vietnamveteranen im Rollstuhl. Meine Mutter fand den Film toll. Sie hat immer gesagt: ›Siehst du? Der Mann hat Charakter.‹«

Bobby war fassungslos. Das war ja, als hätten sie eine *verdammte geistige Kommunikationsebene*. Einfach irre.

Angela sah Bobby mit großen Augen an, ihre Lippen waren leicht geöffnet, als wartete sie nur darauf, dass er sie küsste. Früher hätte Bobby sich neben sie auf die Couch gesetzt und ein bisschen die Zunge spielen lassen, und der Rest hätte sich von selbst ergeben. Aber jetzt kam er sich vor, als wäre er zum ersten Mal allein mit einem Mädchen.

»Ich habe eine Idee«, sagte Angela, die seine Verlegenheit zu spüren schien. »Ich kann richtig gut kochen. Ich könnte einkaufen gehen und dir ein richtig leckeres Abendessen kochen. Du bist nicht zufällig Grieche?«

»Nein, aber die Leute halten mich manchmal für einen Griechen. Wieso?«

»Mein Vater ist Grieche, und irgendwie erinnerst du mich an seine Verwandten.«

Scheiße, warum hatte er nicht einfach behauptet, er wäre Grieche? Einen Griechen hätte er locker spielen können. Zum Teufel, einen Griechen konnte jeder spielen. Man musste sich nur nicht mehr rasieren und ein bisschen rumgrunzen, was war daran schon sonderlich schwer?

»Weißt du was?« Angelas Gesicht hellte sich auf. »Ich könnte ein richtig gutes Pasticcio machen, und dazu servier ich dir einen großen griechischen Salat. Wie hört sich das an?«

Bobby sagte, das höre sich großartig an. Während Angela einkaufen ging, zog Bobby sich so schnell wie möglich an. Er hatte sich für eines seiner guten Seidenhemden und eine Baumwollhose entschieden. Am liebsten hätte er auch noch gebadet und seinen Bart gestutzt, aber als er mit Umziehen fertig war, kam Angela auch schon vom Supermarkt zurück. Bobby hatte eine Kassette von Thin Lizzy eingelegt in der Hoffnung, sie mit irischem Rock beeindrucken zu können.

Angela hörte das Anfangsriff von »Whiskey in the Jar« und kreischte: »Oh Mann, das ist mein Lieblingslied.«

Bobby hatte den Eindruck, dass sie kompletten Stuss redete. Aber es gefiel ihm – das bewies nur, dass sie auf ihn stand.

Auch er redete ein bisschen Stuss daher. »Ja, Mann, ich liebe Lizzy. Wenn du mich fragst, sind die besser als AC/DC. Ich habe alles von denen auf Kassette.«

Angela bat Bobby, im Wohnzimmer zu warten, während sie kochte, weil das Essen eine Überraschung werden sollte. Es dauerte verdammt lange, aber dann rief sie endlich, das Essen sei fertig, und er rollte zum Esstisch. So wie Angela ihn ansah, war er sicher, dass sie nach dem Essen noch einen Nachtisch wollte. Er hoffte nur, er konnte ihn ihr servieren. Phil Lynott sang gerade »The Boys Are Back in Town«, und Bobby dachte, he, wenn das kein gutes Omen ist.

Das Pasticcio war nur mittelmäßig – na gut, es schmeckte wie Rattenscheiße –, aber Bobby versicherte Angela, es sei der beste griechische Nudelauflauf, den er je gegessen hatte. Hinterher saßen sie am Tisch, tranken Merlot und redeten. Er erzählte ihr von den Höhepunkten in seinem Leben, einschließlich der Geschichte, wie er im Rollstuhl gelandet war.

»Ich war mit einem schwarzen Mädchen namens Tanya zusammen. Es war nichts wirklich Ernstes. Wir sind einfach oft zusammen losgezogen und haben einen draufgemacht. Dann waren wir eines abends bei ihr, oben in der South Bronx, und haben Musik gehört. Ich erinnere mich noch an das verdammte Lied, das gerade lief – »Sympathy for the Devil« von Guns N' Roses. Da stand ihr Freund plötzlich im Zimmer.«

»Sie hatte einen Freund?«

»War mir damals auch neu. Ein großer Schwarzer, so eins neunzig und total angepisst.«

»Und dann?«

»Er legt los: ›Wieso vögelst du meine Frau?‹ – lauter so Blödsinn. Ich habe überhaupt nicht kapiert, was Sache ist. ›Hör mal, ihr beide regelt das besser untereinander‹, hab ich gesagt, bin aufgestanden und wollte los. In dem Moment höre ich den Schuss. Und dann liege ich auch schon am Boden und kann meine Beine nicht mehr spüren.«

»Ist er wenigstens im Knast gelandet?«

»Nein. Er ist abgehauen, und ich habe ihn nicht einmal angezeigt.«

»Warum nicht?«

»Was hätte das bringen sollen? Meine Beine hätte ich davon auch nicht zurückgekriegt.«

Den Rest der Geschichte wollte Bobby ihr lieber nicht erzählen – wie er, sobald er aus dem Krankenhaus entlassen wurde, mit dem Bus zu der Sozialsiedlung in der Bronx gefahren war, wo der Typ wohnte und ihm sechs Kugeln in den Rücken gejagt hatte. Aber allein der Gedanke daran, wie er das verdammte Schwein erledigt und anschließend Tanya, als sie nach Hause kam, ebenfalls ein paar Kugeln verpasst hatte, brachte sein Blut in Wallung.

»Alles in Ordnung mit dir?«, fragte Angela.

»Ja. Die Erinnerung ist nur ... schmerzvoll.«

Angela schüttelte mitfühlend den Kopf. »Weißt du, was ich glaube? Ich glaube, du kannst dich glücklich schätzen.«

»Wieso das?«

»Sieh dich doch an – du bist stark, gesund, noch nicht alt. Wenn er dir in den Kopf geschossen hätte, wärst du gestorben und hättest mich nie kennengelernt.«

»Ja, das mag wohl stimmen«, antwortete Bobby, dachte aber bei sich, dass so etwas nur jemand sagen konnte, der nicht gelähmt war. Er konnte sich noch gut erinnern, wie es sich angefühlt hatte, bei Tanya auf dem Boden zu liegen und festzustellen, dass er ein Krüppel war. Über zwanzig Jahre lang hatte er Überfälle und sonst alle möglichen Dinger gedreht und nie auch nur einen Kratzer abbekommen. Dann stürmt irgend so ein eifersüchtiges Arschloch ins Zimmer und schießt einem in den Rücken. Da kann man wirklich nicht von Glück reden.

Sie wandten sich anderen Themen zu. Dann sagte Angela, sie müsse mal ins Bad, blieb stattdessen aber hinter Bobby stehen, küsste seinen Nacken und ließ ihre Hände über seine Brust gleiten. Er hatte keine Ahnung, was er jetzt tun sollte. Er spürte, wie ihm der Schweiß die Achseln herunterlief, und fragte sich, ob er heute Morgen ein Deodorant benutzt hatte. Er war sich ziemlich sicher, dass er stank und sich in die Hose machen würde. Angela drehte den Rollstuhl vom Tisch weg und kletterte auf Bobbys Schoß. Als sie den Reißverschluss seiner Hose öffnete, sagte er: »Da gibt's was, das du wissen solltest.«

Er erzählte ihr, dass er nur wenige Minuten steif bleiben und sie wahrscheinlich nicht ficken konnte. Es fiel ihm schwer, das alles zu sagen, erst die richtigen Worte zu finden und sie dann auch noch auszusprechen, aber als er es schließlich hinter sich hatte, war er erstaunt, wie viel besser er sich fühlte. Trotzdem war er darauf gefasst, dass sie gleich irgendeine billige Ausrede erfand und ging. Aber stattdessen legte sie die Hände auf seine Wangen, brachte ihr Gesicht ganz dicht vor seins, sah ihm in die Augen und sagte: »Mach dir keine Gedanken, das kriegen wir schon hin. Denk einfach an meine Mutter, die auf uns heruntersieht.« Bobby lag schon auf der Zunge, denk an die schwarze Schnalle, die zu uns raufglotzt, konnte es sich aber noch rechtzeitig verkneifen.

Nach etwa zehn Minuten wollte Bobby schon sagen, dass das alles nur Zeitverschwendung sei, dass sie das Ganze einfach vergessen sollten. Aber dann sah Angela zu ihm hoch, und so, wie sie lächelte, war klar, dass sich endlich was tat. Sie setzte sich auf ihn und schob seinen Schwanz in sich hinein. Am Anfang befürchtete Bobby, dass er scheißen müsste und damit einen totalen Deppen aus sich machen würde. Aber als er sah, dass Angela kurz vorm Kommen war, ging ihm auch einer ab. Und das war etwas, womit er nicht im Traum mehr gerechnet hatte.

»Siehst du?«, sagte sie. »Ich hab dir doch gesagt, dass wir das hinkriegen.«

Später fuhr sie ihn ins Schlafzimmer.

»He, wer hat denn die ganzen Fotos gemacht?«

Bobby hatte Angst, Angela würde ihn für einen Versager halten, aber er sah auch nicht ein, wieso er die Fotos verleugnen sollte.

»Ich«, sagte er. »Wieso? Gefallen sie dir?«

»Die könnte man glatt ins Museum hängen. Du hast mir gar nicht erzählt, dass du ein Künstler bist.«

»Das ist nur so ein Hobby von mir.«

»Mir gefällt, dass die Busen alle unterschiedlich groß sind. Als wenn du sagen wolltest, dass Frauen verschieden sind und trotzdem gleich, so wie – ich weiß auch nicht, aber sie gefallen mir.«

Bobby schoss durch den Kopf, dass sie vielleicht nicht ganz richtig im Oberstübchen war.

Nachdem sie das erste Mal nun hinter sich gebracht hatten, war sein altes Selbstvertrauen zurück. Sie trieben es noch mal, und diesmal machte Bobby sich keine Sorgen mehr. Er konnte sein Glück gar nicht fassen, dass er ein Mädchen wie Angela getroffen hatte, das ihn nicht wie eine Missgeburt behandelte.

Angela lag in der Dunkelheit neben ihm. Im Hintergrund spielte Cool Jazz, und die sanfte Musik passte genau zur Stimmung. Angela ließ ihre langen Fingernägel durch Bobbys dichtes, verschwitztes Brusthaar gleiten.

»Weißt du was, wenn wir uns das nächste Mal treffen, könnten wir es dir einfacher machen«, sagte Bobby. »Ich kann eine Vakuumpumpe besorgen oder eins von diesen Injektionsbestecken. Man spritzt sich nur ein Mittel in den Schwanz, dann bleibt er stundenlang hart.«

»Vielleicht solltest du mal Viagra probieren.«

»Hab ich schon. Hat bei mir gar nichts gebracht.«

»Weißt du, was toll wäre?«

»Wenn du hier einziehst und ich dich jede Nacht nach Strich und Faden durchficken kann?«

»Das auch.« Angela strich ihm übers Kinn und sah ihm in die Augen. »Es wäre toll, wenn du uns Popeye vom Hals schaffen könntest.«

»Wie meinst du das, vom Hals schaffen?«

»Du hast eine Waffe. Also ... ich habe sie gesehen. Vielleicht könntest du ihn irgendwie einschüchtern, oder ihn dazu bringen, dass er abhaut, vielleicht zurück nach Irland.«

»Da kommt er her?«

»Oder vielleicht könntest du – ich weiß auch nicht. Ich mache mir einfach Sorgen wegen ihm, das ist alles. Ich denke, wenn er dich umbringt, hetzt Max ihn als nächstes mir auf den Hals.«

»Mich umbringen? Ich war zweimal bei *Desert Storm* dabei. Mich bringt so leicht keiner um, schon gar nicht irgend so ein verrücktes, grauhaariges irisches Arschloch. Ohne dir jetzt zu nahe treten zu wollen.«

»Dann wirst du mich also beschützen?«

Angela zwirbelte die Haare unterhalb seines Bauchnabels, und er konnte es schier nicht glauben – er bekam schon wieder einen Ständer.

»Mach dir keine Sorgen, Süße, um Popeye kümmere ich mich schon.« Bobby packte sie und schob sie wieder auf sich. »Wie wär's, wenn du dich jetzt erst mal um mich kümmerst?«

19

Ich stellte ihn mir mit offenem Mund vor –
wie das starke Reinigungsmittel
diesen Mund, die Lungen, den Magen füllt,
sich in den Ohren sammelt,
durch die Haut dringt, sich durch den winzigen
Harnleiter in seinem Schwanz brennt, sich seinen Weg
wie ein Messer durch das Arschloch schneidet.
Bald wäre er reiner, als je ein Mensch gewesen ist.
Sein Gestank würde herausgefiltert und zusammen
mit dem Giftmüll entsorgt.

Vicki Hendricks, *Miami Purity*

Detective Louis Ortiz vom Morddezernat drückte den Aufnahmeknopf am Digitalrekorder auf seinem Schreibtisch und sagte: »Wie Sie vielleicht gehört haben, haben wir einen Verdächtigen. Außerdem haben wir ein weiteres Opfer.«

»Warum nehmen Sie das auf?«, fragte Max. »Ich verstehe das nicht. Ist das eine Befragung oder ein Verhör?«

»Wie wär's, wenn Sie meine Frage beantworten?«

»Hören Sie, ich weiß nicht, was das alles soll. Ich dachte, Sie bringen mich auf den aktuellen Stand der Ermittlungen. Aber wenn das hier so eine Art ...«

»Wenn Sie einen Anwalt anrufen möchten, nur zu.«

»Was soll ich mit einem Anwalt? Nur wer schuldig ist, braucht einen Anwalt.«

»Dann hören Sie jetzt auf mit dem Gemecker und beantworten meine Fragen. Wie Sie vielleicht mitbekommen haben, hat man heute Nachmittag die Leiche meines Partners, Kenneth Simmons, gefunden.«

»Ich hab's in den Nachrichten gehört.«

»Was haben Sie gehört?«

»Dass ein Detective Simmons getötet wurde.«

»Und Sie haben gleich gewusst, dass das der Mann ist, der den Mord an Ihrer Frau untersucht?«

»Der Name kam mir bekannt vor.«

»Hat Sie diese Nachricht überrascht?«

»Entschuldigen Sie bitte, wenn ich vom Thema abschweife, aber ich verstehe nicht ganz, was Sie von mir wollen. Nach dem, was ich gehört habe, suchen Sie einen mageren Burschen mit grauen Haaren. Sehen für Sie meine Haare vielleicht grau aus?« Max legte eine gewisse Schärfe in seinen Tonfall. Dieser Arsch sollte ruhig wissen, dass er ein angesehener Geschäftsmann war, eine Stütze der Gesellschaft, ein Mann, der die Gehälter der Polizei bezahlte.

Ortiz atmete tief durch. »Kenneth Simmons ist Ihnen gefolgt, als er getötet wurde.«

»Mir gefolgt? Wozu in aller Welt?«

»Das ist momentan nicht wichtig. Wichtig ist allerdings, dass wir seinen Wagen vor dem *Hotel Pennsylvania* an der Thirty-third Street gefunden haben. Können Sie mir sagen, was sein Wagen dort zu suchen hatte?«

»Ich habe keinen blassen Dunst«, antwortete Max. Er war ein miserabler Lügner, vor allem, wenn er unter Druck stand. *Blasser Dunst?* Er redete schon so saublöd daher wie sein Bruder, der Englischprofessor.

»Vielleicht fällt's Ihnen ja noch ein«, sagte Ortiz. »Ich habe die Hotelangestellten befragt. Sie sagen aus, dass sich Detective Simmons am Montagabend gegen acht Uhr an der Rezeption nach einem Pärchen erkundigt hat, das sich unter dem Namen Brown in Zimmer 1812 einquartiert hatte. Sie wissen nicht zufällig, wer dieses Pärchen sein könnte?«

Max schüttelte den Kopf.

»Ich muss Ihnen ja wohl nicht sagen, was ich glaube«, fuhr Ortiz fort. »Leider konnte sich die Frau, die zur fraglichen Zeit am Empfang arbeitete, nicht erinnern, wie die beiden ausgesehen haben. Aber ich habe ein paar Leute auf die Überwachungsvideos von Montagabend angesetzt, und ich denke, auf denen wird man sehen, wie Sie und eine Frau ins Hotel einchecken. Wenn Sie so unschuldig sind, wie Sie behaupten, warum sparen Sie uns dann nicht etwas Zeit und sagen uns, wer diese Frau ist?«

»Ich weiß überhaupt nicht, wovon Sie reden«, sagte Max so ruhig wie möglich. »In diesem Hotel bin ich nie gewesen.«

»Na schön.« Ortiz schaltete das Tonband ab, trat hinter Max, legte die Hände auf dessen Stuhllehne und beugte sich so weit vor, dass sein Mund beinahe Max' linkes Ohr berührte. »Wenn Sie es unbedingt auf die harte Tour wollen, können wir es auf die harte Tour machen. Aber eines sage ich Ihnen gleich: Wenn sich herausstellen sollte, dass Sie doch in diesem Hotel gewesen sind, werde ich dafür sorgen, dass sich Ihr Leben in einen einzigen Albtraum verwandelt. Sind Sie schon mal in den Arsch gefickt worden? Hoffentlich hat es Ihnen gefallen. Ich stecke Sie nämlich mit einem geistesgestörten Psychopathen in eine Zelle, der Weiße hasst und einen fetten, vierzig Zentimeter langen Riesenschwengel hat. Dann werden wir ja sahen, wie lange Sie Louis Ortiz noch verarschen wollen.«

Der Detective blieb noch ein paar Sekunden so stehen, um seine Worte wirken zu lassen. Dann kehrte er auf seinen Platz zurück und stellte den Rekorder wieder an.

Max spürte, wie sein Nacken feucht wurde. Entweder schwitzte er, oder seine Haarfasern lösten sich auf. Ihm war nicht mehr so recht klar, warum er eigentlich abstritt, dass er in dem Hotel gewesen war. Auf den Überwachungsbändern würde Ortiz ihn natürlich trotz der lächerlichen Perücke erkennen. Aber er hatte auch nichts mehr zu verlieren, wenn er weiter log.

»Hören Sie, ich will doch alles tun, um Ihnen zu helfen. Aber ich glaube, Sie vergessen ganz, dass meine Frau und meine Nichte *tot* sind. Wissen Sie, wie es ist, wenn man nach Hause kommt und findet das Hirn der Menschen, die man liebt, über die Wand verspritzt? Glauben Sie mir, das ist nicht angenehm. Aber noch schlimmer ist es, wenn man sich dann mit einem dahergelaufenen, ignoranten Detective abgeben muss, der sich lächerliche Geschichten zusammenreimt, damit er einem die Sache anhängen kann. Haben Leute wie Sie eigentlich gar keinen Anstand?«

Max glaubte, seine Rede habe Ortiz getroffen. Er war auf seine Darbietung ganz stolz, bis Ortiz erwiderte: »Muss ich noch deutlicher werden, Fisher? Ich glaube, Sie haben jemanden dafür bezahlt, dass er Ihre Frau umbringt. Ich glaube, dass Ihre Nichte einfach Pech hatte und aus Zufall in die Sache verwickelt wurde. Detective Simmons hat das ebenfalls geglaubt. Er war sogar hundertprozentig davon überzeugt. Deshalb ist er Ihnen an dem Abend gefolgt. Und übrigens weiß ich genau, wie es ist, jemanden zu verlieren, der einem nahesteht. Einen Partner zum Beispiel, mit dem man die letzten sieben Jahre lang zusammengearbeitet hat.«

»Jetzt reicht's. Ohne Anwalt hör ich mir diesen Scheißdreck keine Sekunde länger an.«

»Ich dachte, nur Schuldige brauchen einen Anwalt.«

»Schuldige und Leute, die schikaniert werden.«

»Ich verlange doch nichts weiter, als dass Sie die Wahrheit sagen.«

»Ich sag Ihnen die Scheißwahrheit, Sie wollen sie nur nicht hören.«

»Na schön, dann erzählen Sie mal. Was haben Sie am Montagabend nach der Arbeit gemacht?«

»Ich bin mit dem Taxi nach Hause gefahren.«

»Kann das jemand bestätigen?«

»Nein, außer Sie finden den Taxifahrer.«

»Wo wir gerade davon reden: Wir *haben* den Fahrer gefunden, der am Montag gegen 20:40 Uhr vor dem *Hotel Pennsylvania* einen Mann aufgenommen hat, auf den Kenneth Simmons' Beschreibung passt. Simmons sagte ihm, er solle einem anderen Taxi folgen, das zur Ecke Twenty-fifth und First fuhr. Dort stieg eine Frau aus dem ersten Taxi, die unser Fahrer nicht näher beschreiben konnte, nur, dass sie eine Weiße war und eine wilde Mähne hatte. Ferner bestätigte er, dass Kenneth Simmons ebenfalls ausstieg und der Frau nachging. Den Fahrer, der die Frau befördert hat, konnten wir noch nicht finden. Sie kennen nicht zufällig jemanden, der in dieser Gegend wohnt?«

Scheiße, Twenty-fifth, das war Angelas Block. Aber sie hatte nichts davon erwähnt, dass sie in dieser Nacht mit einem Polizisten gesprochen hatte.

»Nein«, sagte Max, nachdem er ein wenig nachgegrübelt hatte. »Ich kenne niemanden.«

»Was ist mit einer goldenen Anstecknadel, zwei Hände, die sich beinahe berühren? So was schon mal gesehen?«

Max hatte keine Ahnung, wovon Ortiz sprach. »Ich hab keine Ahnung, wovon Sie sprechen.«

»Mein Partner hatte eine solche Nadel am Revers stecken. Sie war nicht mehr da, als man die Leiche entdeckt hat.«

Da fiel Max diese merkwürdige Nadel wieder ein, die Popeye in der Pizzeria getragen hatte. Als hätte dieser

Idiot nicht schon genug Ärger am Hals, musste er auch noch einem Polizisten seine Anstecknadel klauen, nachdem er ihn kaltgemacht hatte.

»Ich will Sie mal was fragen«, sagte Max. »Nehmen wir an, ich war an dem Abend mit einer Frau in diesem Hotel – was absolut nicht der Fall war –, und nehmen wir weiter an, wir hätten uns als ... äh ... wie war noch mal der Name?«

»*Brown*.«

»Gut, nehmen wir an, wir wären dort unter dem Namen Brown abgestiegen. Wie zum Teufel würde Ihnen das helfen, den Mörder meiner Frau zu finden?«

»Wir glauben, dass Kenneth Simmons mit derselben Waffe getötet wurde, mit der auch Ihre Frau und Ihre Nichte erschossen wurden. Er wurde entweder an der Twenty-fifth Street getötet oder nach Harlem gebracht und dort getötet. Jedenfalls ist er nur aus einem einzigen Grund gestorben: nämlich, weil er Ihrer Freundin – Verzeihung – *Mrs. Brown* vom *Hotel Pennsylvania* aus gefolgt ist. Wenn wir wissen, was sich in dem Hotel abgespielt hat, können wir daraus möglicherweise schließen, *warum* er ihr gefolgt ist.«

»Ja, das klingt einleuchtend.«

»Also, Mr. Fisher, haben Sie mir jetzt irgendetwas zu sagen?«

Max dachte kurz nach und schüttelte den Kopf.

»Was ist mit dem Mann auf der Phantomzeichnung?« Ortiz holte eine Kopie aus der Schreibtischschublade und schob sie zu Max hinüber. »Haben Sie den schon mal gesehen?«

Gut zehn Sekunden lang starrte Max auf das Bild von Popeye, als würde er es wirklich prüfen. »Nein, noch nie.«

Ortiz blickte Max an. »Wo waren Sie heute, bevor Sie nach Hause gekommen sind?«

»Im Büro. Wollen Sie mich dafür etwa auch noch einbuchten?«

Ortiz stoppte die Aufnahme. »Vielleicht sollten wir noch mal von vorn anfangen, und diesmal ohne den ganzen Mist.«

»Kein Bedarf.«

»Wie sieht's mit einem Lügendetektor aus?«

»Nicht ohne meinen Anwalt.«

»Spielt ohnehin keine Rolle mehr«, sagte Ortiz, »sobald ich einen Blick auf das Überwachungsvideo geworfen habe.«

20

Im Schlafzimmer eine verwesende alte Frau in schwarzen Müllsäcken, das war ganz sicher ein verräterischer Hinweis.
Irgendwie musste er sie loswerden.
An ein paar Hunde verfüttern oder so was.

Joe R. Lansdale, *Freezer Burn*

Das Buch mit den Weisheiten des Zen hatte für Dillon seinen Zauber verloren. Er goss sich einen Schluck Jameson ein, die Flasche war schon fast leer. Alles lief schief. Der Zigeuner, den er umgebracht hatte, kam ihm wieder in den Sinn, worauf es ihm unwillkürlich eiskalt den Rücken herunterlief. Dillon kippte den Whiskey, wartete, bis er Wirkung zeigte und murmelte: »Das Zeug brennt vielleicht.«

Um den Zigeuner zu verdrängen, grub er eine andere Erinnerung aus, die an einen Hund, den er mal besessen hatte. Eine Promenadenmischung, die er Heinz getauft hatte, weil sie aus siebenundfünfzig Rassen zusammengesetzt war. Die Töle liebte ihn bedingungslos. Eine Woche lang hatte er ihm nichts zu fressen gegeben, nur um zu sehen, wie er damit klarkam. Nach dem vielen Gejaule zu urteilen, nicht so besonders gut. Als Dillon wieder in das Drecksloch zurückkam, in dem er damals hauste, streckte er dem Hündchen eine Hand hin, und dieser Scheißköter biss ihn. Fast bewunderte er ja den Mumm dieses Kümmerlings. Aber selbstverständlich ließ sich Dillon von nichts und niemandem beißen, zumindest nicht zweimal. Also holte er seinen Hockeyschläger aus Eschenholz, geschnitzt von einem Meister seines Fachs.

Dillon hatte damit nie gespielt, nur Schädel eingeschlagen. Er hatte ihn im Croke Park bei einem Spiel mitgehen lassen. Wenn er sich recht erinnerte, hatte Cork damals Galway den Arsch nach vorne gebogen.

Der Hund war zurückgewichen, und Dillon hatte gelockt: »Komm schon, mein Junge, hol dir deine Medizin.«

Eine geschlagene Viertelstunde hatte er gebraucht, bis das Vieh hinüber war. An den Wänden klebte überall Blut, so sehr hatte sich das Tier gewehrt.

Aus purem Übermut hatte er die Geschichte mal Angela erzählt, einfach nur, um sie zu provozieren.

Sie war außer sich gewesen, und er hatte sie gefragt: »Hast du schon mal Hunger gehabt, *allanna*?

Sie konnte ihm nicht ganz folgen.

»Die Geschichte hat eine kleine Moral, *mo croi*. Beiß nie die Hand, die dich füttert.«

»Ich weiß nicht, was du meinst«, schluchzte Angela.

Er musste hellauf lachen. »Das ist ja das Allerschönste daran.«

Nur auf den Hinterrädern zischte Bobby aus dem D'Agostino-Supermarkt am Columbus Circle. Bei dem Gedanken an letzte Nacht mit Angela bekam er einfach gute Laune. Nachher würde er sie anrufen, vielleicht hatte sie ja Lust, auf einen Sprung vorbeizukommen und sich ein paar Songs von Ted Nugent anzuhören.

Aber als er einen Blick über die Schulter warf, bemerkte er etwa zehn Meter hinter sich einen Kerl. Das war er, ganz klar: Der dünne Grauhaarige mit den Lippen vom Phantombild der Polizei, das im Fernsehen und in den Zeitungen überall zu sehen war. Er trug ausgebleichte Jeans und hatte die Hände tief in den Taschen einer Lederjacke vergraben.

Es war nicht mehr so warm wie an den vorhergehenden Abenden, aber es waren noch viele Leute unterwegs, um einzukaufen oder von der Arbeit nach Hause zu gehen. Vor all den Zeugen würde Popeye ihn wohl kaum erschießen, aber vielleicht hatte er ein Messer.

Anstatt den Columbus Circle zu überqueren, bog Bobby nach links in die Eighty-ninth ein und fuhr Richtung Central Park. Hier standen fast ausschließlich vierstöckige Reihenhäuser, und es war dunkler, weniger belebt und ruhiger. Bobby rollte langsam und gleichmäßig vor sich hin und lauschte konzentriert auf das, was hinter seinem Rücken vor sich ging. Ein erstklassiges Gehör hatte er schon immer gehabt. Im Irak hatte er die Heckenschützen der Sandkanaken schon auf hundert Meter Entfernung gehört. Jetzt konzentrierte er sich auf Popeyes Schritte, die langsam näher kamen. Irgendetwas an seinem Gang war ungewöhnlich. Ein Schritt hörte sich normal an, der nächste eher wie ein leichtes Nachziehen, so als würde er hinken. Aber es gab keinen Zweifel, dass die Schritte näher kamen. Kurz vor dem dunkelsten Teil des Blocks, der von dicht stehenden, ausladenden Bäumen überschattet wurde, bremste Bobby und riss den Rollstuhl herum. Die Tüte mit den Lebensmitteln rutschte von seinem Schoß und zerplatzte auf dem Gehsteig. Eine dunkelviolette Flüssigkeit ergoss sich über das Pflaster. Mit einer schnellen, fließenden Bewegung zog er die Glock aus der Westentasche und zielte genau zwischen Popeyes Augen.

Sichtlich überrascht blieb Popeye drei Meter vor Bobby abrupt stehen, sein linker Arm hing an der Seite herab, seine rechte Hand steckte in der Tasche seiner Lederjacke.

»Schau nur, was du gemacht hast, du Arschloch«, sagte Bobby. »Mein Traubensaft ist hinüber.«

Popeye bewegte langsam die rechte Hand.

»Noch einen Zentimeter«, warnte ihn Bobby, »und du hast ein Loch im Kopf.«

»Hey Mann, immer mit der Ruhe«, sagte Popeye. »Ist doch gar nichts passiert. Kein Grund zur Aufregung, mein Freund.«

Bobby fragte sich, ob der Kerl wusste, wie blöde er sich anhörte. »Nimm die Hand langsam aus der Tasche. Wenn ich sehe, dass du irgendwas drin hast, und wenn's bloß deine Schlüssel sind, dann schieß ich.«

Einen Moment lang stand Popeye bewegungslos da, dann zeigte er seine leere Hand.

»Und jetzt deine Jacke. Lass sie auf den Boden fallen und geh fünf Schritte zurück.«

Popeye zog bedächtig die Jacke aus und ließ sie fallen, wobei er leise irische Flüche vor sich hinbrummte.

»Jetzt geh zurück.«

Popeye trat ein paar Schritte nach hinten. Mit einer Hand rollte Bobby seinen Rollstuhl langsam in dessen Richtung. Mit der Waffe im Anschlag beugte er sich hinunter, hob die Jacke auf und förderte aus der einen Tasche ein Schnappmesser, aus der anderen eine 38er Pistole zutage. Beide Waffen verstaute er in seiner Windjacke.

»Okay, Blödmann. Wir machen jetzt einen kleinen Spaziergang.«

Dem Pförtner stellte Bobby Popeye als Cousin vor, der von außerhalb zu Besuch sei.

»Freut mich, Sie kennenzulernen, Popeye«, begrüßte ihn der Pförtner, ein alter Mann.

Als sie in der Wohnung waren, befahl Bobby ihm, sich auf die Couch zu setzen.

»Also gut«, sagte Popeye. »Wer hat dir von mir erzählt? Fisher?«

»Wie meinst du das?«

»Du hast doch gewusst, wie ich heiße. Mein Gott, ich

hätte diesem Arsch von Anfang an nicht trauen sollen. Wann hat er dich auf mich angesetzt?«

»Ich glaube, unter den gegebenen Umständen bin ich derjenige, der hier die Fragen stellt«, sagte Bobby, der weiter mit der Waffe auf ihn zielte.

»Bildest du dir etwa ein, ich hätte vor einem Furz im Rollstuhl wie dir Schiss? Dann will ich dir mal was sagen: Mich haben schon ganz andere mit einer Waffe bedroht. Einmal hat mir so ein Oranier-Ochse eine AK-47 ins Maul gehalten. So ein Anti-Papst-Fanatiker, und vollkommen davon überzeugt, dass nur ein toter Kathole ein guter Kathole ist. Trotzdem hab ich's überlebt. Wie kommst du da auf die Scheißidee, dass mich deine beschissene, mickrige Glock auch nur irgendwie beeindruckt?«

»Ich hab gesagt, ich stelle hier die Fragen, und das sage ich nicht noch einmal.«

Popeye ließ sich nicht einschüchtern, zeigte fast keine Reaktion. Ein echter Profi, dachte Bobby. Jedenfalls blieb er dermaßen cool, als wäre es ihm vollkommen egal, ob er draufging oder am Leben blieb.

»Warum hast du die beiden Frauen umgebracht?«

»Ich hab niemanden umgebracht.«

»Ist ja kein großes Geheimnis mehr. Die Polizei hat dein Bild überall veröffentlichen lassen.«

»Meinst du den Schnappschuss in der *Post*? Willst du mir erzählen, dass ich so eine Nase habe?«

»Hat Max Fisher dich angeheuert?«

»Himmel Arsch noch mal, wieso willst du das wissen, du bist doch kein Greifer.«

»Kein was?«

»Bulle, du Trottel.«

»Nein, ich bin kein Bulle. Ich bin bloß so ein Typ, der mit 'ner Knarre auf dich zielt. Und für dich wäre es wirklich besser, du antwortest einfach auf meine Fragen. Aber vielleicht hast du keine Lust drauf. Vielleicht willst du ja, dass ich dich erschieße.«

Popeye dachte kurz darüber nach. Möglicherweise wollte er doch am Leben bleiben. Jedenfalls gab er es endlich zu. »Na schön, ja, er hat mir Geld gegeben.«

»Damit du seine Frau aus dem Weg räumst?«

»Ja.«

»Und was war mit der jungen Studentin?«

»Sozusagen schlechtes Karma, wie die Zigeuner bei mir zu Hause sagen.«

»Und der Polizist?«

»Der? Den hätte ich für einen Schluck Jameson abgeknallt.«

»Was?«

Popeye verzog seine vernarbten Mundwinkel zu einem Lächeln. »Wo ich herkomme, ist ein Greifer bloß eine Zugabe.« Dann zog er sein Hemd hoch und hielt es sich vors Gesicht. »Meine Fresse, was ist denn das hier für ein Geruch?«

Bobby konnte nichts Ungewöhnliches riechen, es war aber immerhin möglich, dass er gefurzt oder in die Hose geschissen hatte. Gerade als er nachschauen wollte, zog Popeye das Hemd wieder runter und schnüffelte.

»Ist meine Freundin bei dir gewesen?«

»Wer?«

»Kleine Irin mit Titten, dass dir die Augen rausfallen. Heißt Angela. War sie hier?«

Lächelnd schüttelte Bobby den Kopf. Er hätte es sich ja denken können. Das ganze Geschwafel von wegen, der Rollstuhl sei ja irgendwie sexy und so. Sie hatte ihn nur für ihre Zwecke einspannen, ihre Spielchen mit dem armen Krüppel treiben und ihn an der Nase oder – besser gesagt – am Schwanz herumführen wollen.

Immer noch lächelnd sagte er: »Angela, so, so.«

»Ja, Angela, diese abgetakelte Hurenfotze. Komisch, es riecht wie ein Gemisch aus ihrem Parfüm und Scheiße. Könntest du mal ein Fenster aufmachen? Ich ersticke sonst noch, Kumpel.«

Bobby war das Lächeln vergangen. Nach ein paar Momenten sagte er: »Mach das Scheißfenster selber auf, wenn du willst. Mich juckt das einen Dreck.«

Popeye drückte einen Flügel auf, mit der frischen Luft drangen auch der Lärm und das Gehupe der Autos ins Zimmer.

»Wo hast du Angela denn kennengelernt?«, fragte Bobby.

»In einem Pub in Irland.«

»Und ihr beiden lebt zusammen?«

»Mehr als das, ich hab ihr einen Claddagh-Ring geschenkt.«

»Dann war es Angelas Idee, Fishers Frau umzulegen?«

»Ich würde es mir ja gern selbst auf die Fahnen schreiben, aber es war tatsächlich ihre Idee.«

Diese Schlampe, dachte Bobby. »Und wie sollte es dann weitergehen?«

»Sie wollte ihn heiraten.«

»Und dann?«

»Der beste Teil unseres Plans: Ich puste ihn weg.«

»Und du glaubst, das hätte geklappt?«

»Das hat geklappt, bis du aufgetaucht bist, mein Junge. Na los, jetzt leg schon die Knarre weg. Wenn du mich erschießt, was willst du dann mit meiner Leiche anfangen? Unten steht doch der Pförtner. Warum lässt du mich nicht einfach gehen? Wenn ich erst Fishers Kröten habe, gebe ich dir einen hübschen Batzen davon ab. Wie hört sich das an?«

Die Waffe immer noch auf Popeye gerichtet, rollte Bobby zum Bücherregal und holte eine Mappe mit mehreren Fotos.

»Wirf doch da mal einen Blick drauf.«

Popeye kam herüber und schnappte sich den Umschlag. Schnell schaute er die Bilder durch und gab Bobby den Umschlag zurück. »Na und?«

»Na und? Das ist doch deine Angela, oder? Was sagst du jetzt?«

»Ich weiß doch, dass du die Bilder hast. Angela hat mir alles erzählt.«

»Sieht doch aus, als würde es ihr Spaß machen, oder?«

»Soll ich mich jetzt vielleicht groß aufregen?«

»Weißt du, warum du vorher ihr Parfüm gerochen hast, du blöder Affe? Weil sie hier war.«

»Und wieso war sie hier?«

»Einmal, um mir das Hirn aus dem Schädel zu bumsen, und ich muss zugeben, davon versteht sie was.«

»Das ist mir doch egal. Mit Fisher hat sie auch gefickt, nicht nur einmal. Ich steh nicht auf Eifersucht, Kumpel.«

Bobby kam sich wie ein Idiot vor, und ihm war schlecht. »Und sie wollte mich überreden, dich umzulegen.«

»Das ist doch totaler Mist.«

»Sie hat mir gesagt, du wärst hinter mir her. Sie wollte, dass ich dich kaltmache.«

»Wieso sollte sie das wollen?«

»Was weiß ich! Vielleicht hatte sie vor, Fisher zu heiraten und dich zum Teufel zu jagen. Mann, vielleicht wollte sie sogar einen Killer dafür bezahlen, damit er dich aus dem Weg räumt.«

»Ach, du erzählst doch Scheiße, Mann. Die Knete war für uns beide. Ich hab sie mir verdammt noch mal verdient.«

Bobby legte die Pistole auf seinen Schoß. »Das hat sie dir doch nur weisgemacht, damit du Fishers Frau kaltmachst. Die haben doch von Anfang an vorgehabt, dich übers Ohr zu hauen. Sei froh, dass ich dazwischengefunkt habe, sonst hätten sie dich längst verpfiffen. Aber so brauchen sie dich noch, um mich loszuwerden.«

»Ich sag dir mal, was ich glaube. Ich glaube, so wie du mich zuquasselst, hättest du einen prima Tommy abgegeben.«

»Warum, um Himmels willen, sollte ich dir denn was vorlügen? Ich hab die Bilder, ich hab die Knarre, ich brauch dir nicht zu helfen. Ich sag dir nur, wie die Dinge liegen. Den Cops werden sie erzählen, dass du die beiden Frauen umgebracht hast, sie selbst hätten nichts damit zu tun. Sie werden behaupten, du hättest Angela gefickt, und weil du eifersüchtig warst, bist du in Max' Haus eingebrochen, um ihn abzumurksen. Und als dann die zwei Frauen gekommen sind, hast du stattdessen eben sie erledigt. Und wem wird der Richter wohl glauben? Ein Typ wie Max Fisher nimmt sich irgendein Ass als Anwalt. Auf dich wird der Richter einen Scheiß geben. Und wenn die Zeitungen dann mal anfangen, dich auch noch Polizistenmörder zu nennen, kannst du endgültig einpacken. Und Angela und Max leben glücklich bis ans Ende ihrer Tage.«

Im Zimmer war es mucksmäuschenstill, nur der Verkehrslärm drang draußen von der Straße herein. »Und was schlägst du jetzt vor?«, fragte Popeye schließlich.

»Liegt ganz bei dir, aber ich weiß, was *ich* tun würde.«

»Nämlich?«

»Ich würde heute Nacht noch bei Angela vorbeischauen, und diesem Dreckstück eine kleine Lektion erteilen.«

»Red weiter.«

»Dann – ich plappere jetzt einfach so vor mich hin –, nachdem du dich um Angela gekümmert hast, könnten wir beide uns ja vielleicht zusammentun.«

»Wozu? Um dir die Windeln zu wechseln?«

»Um das zu tun, was ich getan habe, bevor ich in diesem Scheißrollstuhl gelandet bin, du Arschloch: Wir rauben Banken aus und Juwelierläden und alles, wo Kohle zu holen ist.«

»Und wofür soll das gut sein?«

»Um Geld zu verdienen, Popeye. Du magst doch Geld, oder? Als Erstes schröpfen wir Fisher bis zum Gehtnichtmehr, dann suchen wir uns größere und bessere Ziele. Dieser Scheiß mit den Fotos – das ist doch nur ein Nebenverdienst. Mein eigentliches Ding sind Raubüberfälle. Ich hab ein paar von den größten Dingern an der ganzen Ostküste gedreht. Und ein paar neue Jobs hab ich auch schon an der Hand, und du kannst in meiner neuen Mannschaft mitmischen.«

»Wozu brauchst du mich überhaupt?«

»Mit Waffen kann ich umgehen, aber ich kann Leute nicht mehr verprügeln wie früher. Du weißt doch, wie man Leute aufmischt, oder?«

»Soll das ein Witz sein? Ich bin wie geschaffen dafür. Wie man Leute aufmischt, hab ich quasi mit der Muttermilch aufgesogen. Ich hab sogar schon Schutzaufgaben für die *Ra* übernommen, das heißt die IRA.«

»Die IRA?« Bobby war beeindruckt. »Das ist doch super. Dann hast du ja genau die richtigen Erfahrungen. Also, was sagst du zu meinem Vorschlag?«

Popeye überlegte kurz. »Und was ist mit den Greifern? Ich kann ja nicht ewig hier in New York rumhängen, bis die mich schnappen.«

»Schon mal was von Willie Sutton gehört?«

»Macht der auch bei uns mit?«

»Nein, der war seinerzeit Bankräuber, der beste, den es je gab. Jedenfalls, wenn die Cops hinter ihm her waren, hat er sich immer verkleidet. Einmal hat er direkt neben einem Revier gewohnt, aber nicht einmal da haben sie ihn gekriegt.«

»Eins a. Genau nach meinem Geschmack.«

»Wir machen Folgendes: Als Erstes besorgen wir dir eine Tarnung. Moment, ich hab da eine bessere Idee. Drüben in Long Island City kenne ich einen Typen, du weißt schon, einen Schönheitschirurgen, der sich spezialisiert hat auf Gauner, die abhauen müssen.«

»Meinst du, der kann mich operieren, dass ich hinterher wie Colin Farrell aussehe?«

»Diese Burschen können wahre Wunder vollbringen.«

Popeye lächelte und streckte die Hand aus. »In dem Fall, Kumpel, sind wir im Geschäft.«

21

Ich zog den Anzug an und schon war ich Dillon Blair.
Und grinste auch genauso blöd. Wenn man so einen
Anzug anhat, kapiert man plötzlich,
warum die Reichen dermaßen selbstgefällig sind.
Später fragte mich dann in Bedford Hill eine Nutte:
»He, du mit dem Anzug, willst du Floppen spielen?«
»Wie bitte?«
»Ich setz mich auf dein Gesicht,
und du schätzt mein Gewicht?«
Wie gesagt, der Anzug war ein Knaller.

                                             Ken Bruen, *The Hackman Blues*

Angela wurde wach, als Dillon nach Hause kam und das Licht anmachte. Er trug seine Lederjacke, und in der Hand hatte er eine große weiße Einkaufstüte. Und er sah wütend aus. Wütender als sonst. Ohne ein Wort zu sagen, ging er samt Jacke und Tüte ins Bad.

Noch halb im Schlaf blinzelte Angela, als ihr einfiel, was heute Nacht eigentlich hätte geschehen sollen, ganz offensichtlich aber nicht geschehen war. Bobby hätte sich um Dillon kümmern sollen, aber irgendwas war ganz und gar schiefgelaufen. War Bobby tot? Musste wohl so sein, nachdem Dillon noch am Leben war. Angela betete, dass sie noch schlief und jeden Moment aus diesem Albtraum erwachte.

Dillon kam aus dem Bad zurück, die Jacke hatte er immer noch an.

»Und?«, fragte Angela. »Wie ist es gelaufen?«

Ein paar Sekunden lang starrte Dillon sie an. »Wie ist *was* gelaufen?« Sein Tonfall war eine Mischung aus Sarkasmus und Belustigung, allerdings lächelte er nicht.

»Du weißt schon ... mit Bobby Rosa, dem Typen im Rollstuhl.« Sie schluckte. »Hast du ihn erledigt wie abgemacht?«

»Was geht denn dich das an?«

»Ich meine ja nur. Meine Güte, man wird doch noch fragen dürfen!«

Wieder starrte Dillon sie eine Weile an. Seine verstümmelten Lippen waren ganz feucht und erinnerten sie an ein Paar hässlicher Schlangen. Angela hatte keine Ahnung, was hier ablief. Offenbar hatte er von ihrem und Bobbys Plan erfahren, aber das ergab keinen Sinn. Bobby hätte es Dillon nie erzählt, außer dieser hatte ihn gefoltert. Bei der Vorstellung, wie Dillon den armen Kerl folterte und dabei noch seinen Spaß hatte – und dass ihm das Spaß gemacht hatte, stand für sie fest –, wurde sie stinksauer.

»Was ist los mit dir?«, fragte Angela. »Was glotzt du mich so an?«

»Ich kann glotzen, so viel ich will.«

»Und ich kann es nicht leiden, wenn du deine Lippen so nass machst, also hör gefälligst auf damit.«

»Soll das heißen, mit meinem Mund stimmt irgendwas nicht?«

»Das soll gar nichts heißen. Ich mag einfach nicht, wenn du das machst. Da läuft's mir kalt den Rücken runter.«

Dillon streckte die Zunge raus und fuhr genüsslich erst über die Ober-, dann über die Unterlippe. »Der Scheiß, den du verzapfst, der wird mir fehlen.«

»Was soll das heißen, wird dir fehlen? Wo willst du denn hin?«

»Ich will nirgendwo hin«, sagte er immer noch lächelnd.

»Warum erzählst du mir nicht endlich, was los ist? Es ist schon spät, und ich muss morgen früh raus und zur Arbeit.«

Dillon lachte. »Wegen deiner Arbeit brauchst du dir keine Gedanken mehr zu machen.«

»Hast du Bobby Rosa getötet? Hast du ihn erst noch gefoltert?«

»Was willst du denn immer mit diesem Bobby Rosa?«

»Nichts. Ich will nur wissen, was gespielt wird.«

»Vielleicht hatte ich ja meinen Spaß mit diesem Arsch. Was geht dich das an?«

Dillon zog die linke Hand aus der Jackentasche. In der Hand hielt er die Pistole, mit der er die Frauen und den Cop erschossen hatte. Er richtete sie auf Angela. Seine Augen funkelten wild, weil er geil war. Und weil ihm Adrenalin durch die Adern schoss. Er amüsierte sich prächtig.

»Was soll das?«, fragte Angela.

»Ich tu jetzt so, als wärst du eine Zigeunerin, die mir die Brieftasche klauen will.«

»Tu das Ding da weg.«

»Die Geschichte mit dem Zigeuner hab ich noch nie jemandem erzählt.«

»Ich schrei das ganze Viertel zusammen.«

Dillon grinste. »Mach schon, tu so, als ob du mir mein Geld stehlen willst.«

»Ich meine es ernst.«

»Versuch es, los, steck deine Hand in meine Jacke.«

Dillons rechte Hand schoss mit einem Schnappmesser aus der anderen Tasche hervor, die Klinge sprang heraus. Er holte aus und schlitzte Angelas rechten Oberschenkel auf. Aus einem tiefen Schnitt ergoss sich ein dicker Blutstrom über ihr Bein. Dillon lachte. Wieder kam Angela der Gedanke, dass dies nur ein Albtraum sein konnte. Sie fühlte noch keinen Schmerz, alles passierte zu schnell, schien gar nicht wirklich zu sein. Doch dann traf sie der Schmerz mit voller Wucht, als wäre eine Dynamitstange in ihrem Bein explodiert. Wenn man solche Schmerzen empfand, konnte man eigentlich nicht träumen. Sie schnappte sich ein Kopfkissen vom Bett und presste es auf ihr Bein, um die Blutung zu stoppen. Es half nichts. Das Bein war nass und heiß. Sie musste sich setzen.

Dillon setzte sich neben sie und drückte ihr die Klinge an den Hals. »Klau mir die Brieftasche, du Zigeunerin.«

Angelas Lippen zitterten. Sie brachte kein Wort heraus. Dillon wirkte jetzt unerbittlich. Er befahl: »Hol's dir, hol dir mein Geld.«

»Nein!«

Dillon sah aus, als würde er sie am liebsten von oben bis unten aufschlitzen. Als er sie auf das Bett zurückstieß, fing sie an zu schreien. Sie hatte nur ein Höschen an. Er griff unter den Bund, fuhr mit dem Messer grob unter den Stoff und säbelte ihn mit zwei Schnitten durch. Die Fetzen riss er ihr vom Leib. Mit einer Hand drückte er sie nach unten, mit der anderen zog er sich Hose und Unterhose runter. Verzweifelt suchte Angela nach einer Waffe. Dillon hatte das Messer in der Hand, mit der er sie aufs Bett drückte. Wo die Pistole abgeblieben war, wusste sie nicht.

Auf dem Nachttisch stand ein Glas, weil sie, bevor sie sich schlafen gelegt hatte, noch ein paar Schmerztabletten geschluckt hatte. Sie packte das Glas und zerschmetterte es an Dillons Schläfe.

Er ließ sie los und fuhr sich mit der Hand an den Kopf. Alles war voll Blut. Angela hielt noch einen Teil des kaputten Glases, eine gezackte, keilförmige Scherbe, von der Blut und Wasser tropften. Damit schlitzte sie quer über Dillons Hals.

Er versuchte zu schreien, brachten aber keinen Ton heraus.

Angela entwand Dillon das Messer und schob sich unter ihm hervor. Er drehte sich und griff nach irgendwas, vielleicht nach der Pistole. Angela holte aus und rammte ihm das Messer in den Rücken, bis es nicht mehr tiefer ging. Sie versuchte, es wieder herauszuziehen, doch die Klinge steckte fest. Als Dillon aufstand, wich Angela, von Entsetzen gepackt, zurück. Er stolperte ein paar Schritte, sah ihr in die Augen und brach dann über dem kleinen, runden Teppich zusammen, der sich sofort voll Blut saugte.

Sie konnte gar nicht glauben, dass es so einfach war, diesen Arsch zu töten.

Angela drehte die Stereoanlage an und suchte einen Popsender. Sie spielten Musik aus den Achtzigerjahren, Debbie Gibson sang »Only in My Dreams«.

Der Schmerz in Angelas Schenkel, den sie kurz vergessen hatte, kehrte mit aller Macht zurück. Ihr ganzer Fuß war blutüberströmt. Sie stieg über Dillon hinweg und ging ins Bad, um ihr Bein unter der Dusche abzuspülen. Eigentlich sollte sie in ein Krankenhaus gehen, aber vorläufig kam das nicht infrage. Sie fand kein Verbandszeug, also legte sie ein paar Papierhandtücher auf die Wunde und umwickelte sie mit Klebeband.

Als sie das Wasser abdrehte, glaubte sie, im anderen Zimmer ein Geräusch zu hören. Sie wartete, hielt den Atem an, aber da war nichts. Das Geräusch musste aus einem anderen Appartement gekommen sein. Ihr fiel ein, was immer in diesen Horrorfilmen passiert. Jedes Mal, wenn man glaubt, der Killer ist tot, stellt sich heraus, dass er noch lebt. Angela wünschte, sie hätte die Pistole oder sonst irgendwas mit ins Bad genommen. Vorsichtig öffnete sie die Tür und streckte den Kopf hinaus. Sie atmete auf. Dillon lag unverändert auf dem Boden, seine weit offen stehenden Augen starrten ins Leere. Es ärgerte sie, dass dieser Mistkerl so entspannt aussah. Irgendwie Zen-mäßig.

Angela hatte keine Ahnung, was sie jetzt machen sollte. Nun, da Bobby tot war, hatte sie niemanden mehr, der ihr helfen konnte. Außer Max, aber der würde sich nie und nimmer in so eine Geschichte verwickeln lassen. Wahrscheinlich würde er zur Polizei gehen und behaupten, das alles sei auf ihrem und Dillons Mist gewachsen, und er habe nichts damit zu tun. Und die Cops würden ihm das wahrscheinlich sogar abkaufen.

Dann sprang ihr die weiße Einkaufstüte ins Auge, die Dillon im Bad hatte stehen lassen. Sie sah hinein und fand fünf Kanister Rohrreiniger. Sie konnte sich denken, was Dillon damit vorgehabt hatte. Tja, wie schon ihre Mutter immer gesagt hatte: *Begnüge dich mit dem, was du hast.*

Angela zog Dillon an den Füßen ins Bad und ließ eine lange Blutspur quer über den ganzen Boden zurück. Der Arm tat ihr weh, und sie hatte ziemliche Probleme, ihn in die Badewanne zu hieven. Sie hob erst Dillons Beine über den Rand, stellte sich dann in die Wanne und zog mit letzter Kraft den restlichen Körper nach.

Als nächstes drückte sie den Stöpsel in den Abfluss, goss einen Kanister Rohrreiniger über Dillon und murmelte vor sich hin: »Und? Wer ist jetzt der Zigeuner, du Scheißkerl, hm? Wer ist jetzt der Zigeuner?« Sie kippte die vier übrigen Kanister hinterher und zog dann den Duschvorhang vor.

Zurück im Zimmer dachte sie kurz daran, sein Zen-Buch gleich mit in die Wanne zu werfen, entschied sich jedoch dagegen. Dann hätte sie ja noch mal sein Gesicht sehen müssen. Vielleicht würde sich Max über das Buch freuen. Eine Entspannungshilfe konnte er weiß Gott brauchen.

Jetzt erst merkte Angela, wie blöd ihre Idee gewesen war. Wo wollte sie sich denn jetzt, wo Dillon in der Wanne lag, noch waschen? Ihr Bein konnte sie zwar mit Handtüchern sauber reiben, aber sie hasste den Gedanken, sich die Haare in der Küchenspüle waschen zu müssen.

Vom Glas hatte sie kleine Schnitte an den Händen. Sie schüttete sich Jodtinktur auf die Wunden. Vor Schmerz zuckte sie zusammen. Dann versorgte sie die schlimmsten Schnitte ebenfalls mit Papierhandtüchern und Klebeband.

Inzwischen war sie fix und fertig. Alles, was sie noch wollte, war ein wenig Schlaf. Um den Rest würde sie sich morgen kümmern. Sie konnte ohnehin nicht gleich alle Probleme aus der Welt schaffen. Also suchte sie im Radio einen Sender mit leichter Unterhaltungsmusik und drehte die Anlage leise. Mitten im Zimmer war immer noch ein riesiger Blutfleck. Nach aufwischen war ihr gar nicht mehr zumute, aber die ganze Nacht direkt neben einer Blutlache zu liegen, war ihr auch unangenehm, vor allem weil es Dillons Blut war. Also zog sie das Bett von der Wand ins Zimmer und über die Lache. Schon besser. Schließlich machte sie das Licht aus, legte sich hin und lauschte den Softrockmelodien. Morgen würde sie einfach zu Max gehen und bei ihm duschen.

Im Wegdösen war ihr, als höre sie ein leises Lachen. Es erinnerte sie an einen Zigeuner, den sie als kleines Mädchen mal in einem Park gesehen hatte und der sich schier um den Verstand gelacht hatte. Aber eines war gewiss: Dillon war es nicht, der da lachte. Ein Albtraum weniger, um den sie sich Sorgen machen musste.

22

Auch wenn er es hinter einem eleganten,
maßgeschneiderten Anzug zu verbergen suchte,
auch wenn er ein ungezwungenes Lächeln aufsetzte,
sobald er mich sah,
war mir vom ersten Moment an klar:
Roy Fowler hatte große Schuld auf sich geladen.

Simon Kernick, The Murder Exchange

Als Max 1979 einen Anwalt für seine neue Firma brauchte, suchte er sich Sid Darrow aus den *Gelben Seiten* heraus. Er nahm an, ein Anwalt, der mit Nachnamen genauso wie der berühmte Clarence Darrow hieß, müsse sich mit dem Gesetz auskennen. Allerdings stellte sich heraus, dass er nicht annähernd so gut war wie sein Namensvetter und sogar ein paar einfache Vertragsverhandlungen vermasselte, die Max letztlich Tausende von Dollar kosteten. Erst später erfuhr Max, dass Darrow ursprünglich Darrowicz geheißen und seinen Namen schlicht verkürzt hatte. Doch Max hatte ihn weder für diese Täuschung noch wegen seiner Inkompetenz gefeuert. All die Jahre hindurch beschäftigte er ihn weiter, hauptsächlich, weil er zu faul war, sich einen neuen zu suchen, und weil seiner Meinung nach im Prinzip alle Anwälte ohnehin gleich gut oder schlecht waren.

Als Max Darrow anrief, um sich einen guten Strafverteidiger empfehlen zu lassen, fragte dieser, wo denn das Problem liege. Also erzählte ihm Max, dass die Polizei ihn letzte Nacht wegen des Mordes an seiner Frau vernommen hatte.

»Wenn Sie meine Meinung hören wollen«, sagte der

Anwalt, »hätten Sie nicht eine Frage beantworten sollen.«

»Ihre Meinung interessiert mich nicht.«

Darrow verwies Max an einen Strafverteidiger namens Andrew McCullough. Max fielen keine berühmten Anwälte ein, die so hießen, aber er hatte keine Zeit, groß wählerisch zu sein. Wenn die Polizei ihn und Angela erst auf dem Überwachungsvideo erkannte, konnte die Situation rasch außer Kontrolle geraten. Angela war nicht clever genug, um bei ihrer Geschichte zu bleiben, und dann war es nur eine Frage der Zeit, bis sie mit Popeye und den Morden herausrückte.

McCullough war in seiner Kanzlei nicht zu erreichen. Max bat die Sekretärin, ihm auszurichten, er solle ihn so schnell wie möglich zurückrufen. Ja, es sei äußerst dringend, die Polizei wolle ihm verdammt noch mal einen Scheißmord anhängen.

Als Max den Hörer auf das Telefon knallte, klopfte es an der Tür.

»Was ist denn jetzt schon wieder?«, schrie er.

Langsam öffnete sich die Tür, und Harold Lipman trat ein.

»Was zum Teufel wollen Sie?«

»Ich kann gern später wiederkommen, wenn ...«

»Nein, kommen Sie schon rein und setzen Sie sich.«

Als Harold ihm gegenüber Platz nahm, vermied er jeden Augenkontakt. Max wusste sofort, dass er keinerlei Fortschritte erzielt hatte.

»Lassen Sie mich raten«, sagte Max. »Sie haben den Auftrag nicht bekommen.«

Den Blick gesenkt nickte Lipman langsam. Schweiß perlte auf seiner Stirn.

»Was ist passiert?«

»Eine andere Firma hat den Zuschlag erhalten«, antwortete Lipman niedergeschlagen. »Ich hab mein Bestes gegeben, aber unser Angebot war einfach zu hoch. Die anderen lagen zwanzig-, dreißigtausend Dollar darunter.«

Max war stocksauer. »Ich hab Ihnen doch gesagt, was Sie tun müssen, um den Auftrag zu kriegen.«

»Es tut mir leid, aber mehr konnte ich nicht tun.«

»Dann tut's mir auch leid. Ihr Bestes war offenbar nicht gut genug. Die Firma kann sich Ihr Gehalt nicht leisten, wenn Sie keine Abschlüsse zustandebringen. Ich fürchte, ich muss Sie rausschmeißen.«

»Sie wollen mich entlassen? Einfach so?«

»Sie haben eine halbe Stunde, um Ihren Schreibtisch zu räumen und meine Firma zu verlassen. Und nehmen Sie ja keine Bleistifte mit, die sind alle Eigentum von NetWorld.«

»Ach, kommen Sie, Max, geben Sie mir noch eine Chance. Bitte, ich schwöre, beim nächsten Mal krieg ich das hin.«

Max schüttelte den Kopf. »Ich habe Ihnen genau gesagt, wie das läuft bei solchen Vertragsabschlüssen, aber Sie wollten nicht hören. Es tut mir leid, aber die Entscheidung ist endgültig – Sie sind gefeuert.«

Max hatte schon immer gern Leute gefeuert. Im Grunde genommen war das wahrscheinlich sogar das Befriedigenste, wenn man eine Firma leitete. Er liebte es, das Leben anderer zu kontrollieren. Er fühlte sich dann wie ... ja, wie Gott.

Er wusste genau, dass er immer noch bis über beide Ohren in der Scheiße steckte, versuchte aber, sich auf das Positive zu konzentrieren. Letzte Nacht hatte Popeye Bobby Rosa umgebracht. Jetzt hatte Max nur noch ein Problem: Angela. Er konnte sie nicht auf der Stelle abservieren, sondern würde ihr verklickern, dass er warten wollte, bis ein wenig Gras über die Sache gewachsen war. Dann konnte er nur hoffen, dass sie die Klappe hielt. Später, wenn genug Zeit verstrichen war, würde er ihren griechisch-irischen Arsch an die Luft setzen und sie hoffentlich nie wiedersehen. Das andere Problem war nach wie vor das Hotelvideo, aber das war nicht annähernd so belastend wie Bobby Rosas Fotos. Schließlich sah man auf dem Video nur, dass er und Angela an jenem Abend im Hotel eingecheckt hatten. Als echter Beweis für eine Affäre würde das nicht reichen. Ein Spitzenanwalt wie McCullough würde das sicher irgendwie vom Tisch bekommen, und dann war er aus dem Schneider.

Er nahm das Angebot, das Harold nicht unter Dach und Fach gebracht hatte, aus einem Schnellhefter und rief den Typen an.

»Hallo, Mr. Takahashi? Max Fisher am Apparat. Ich bin Präsident von NetWorld. Wie geht es Ihnen? ... Schön, freut mich zu hören ... Ich hatte gerade eine Unterredung mit Harold Lipman, und er meinte, Sie hätten sich wegen dieses Netzwerkauftrags für jemand anderen entschieden. Ist das richtig? ... Nun ja, wir halten unsere Kosten so niedrig wie möglich ... Ja, ich verstehe ... Oh, natürlich ... Kein Problem, Mr. Takahashi ... Darf ich Sie einmal etwas eher Persönliches fragen, dann sind Sie mich wieder los? ... Sind Sie verheiratet? ... Der Grund, warum ich frage: Es geht mir darum, Ihnen unser Angebot noch einmal genau zu erläutern ... Ich verstehe, aber ich kenne da ein Lokal, das Ihnen wahrscheinlich gefallen wird. Mir gefällt es dort jedenfalls. Waren Sie schon mal im *Legz Diamond's*? ... Genau, und ich werde dort quasi als VIP geführt. Ich kenne da eine Stripperin – Sie haben doch nichts gegen Schwarze, oder? ... Hab ich auch nicht angenommen. Jedenfalls ist dieses schwarze Mädchen pures Dynamit und noch dazu eine persönliche Freundin von mir. Sie mögen doch sicher Frauen mir großen Brüsten, Mr. Takahashi? ... Warten Sie, bis Sie das Mädchen erst gesehen haben. Ich rede hier von Größe 105 ... Das ist mein voller Ernst. Sie haben doch das andere Angebot noch nicht unterschrieben, oder? ... Gut. Ich werde Ihnen etwas Besonderes bieten, das Sie Ihr ganzes Leben nicht mehr vergessen. Wie wär's mit heute Abend um sechs? ... Halb sieben passt mir hervorragend. Ich warte vor Ihrer Firma in einem Taxi. Sie werden nicht enttäuscht sein, Mr. Takahashi.«

Max legte auf und schrie: »Yippie!«

Das Angebot lautete auf 220 000 Dollar, und Max war sich sicher, dass Takahashi nach diesem Abend garantiert unterschreiben würde. Und das war erst der Anfang. Das Netzwerk dieses Kunden hatte mehr als hundert Nutzer, und das bedeutete Folgeaufträge. Harold hatte wochenlang an dem Angebot gearbeitet und nichts erreicht. Max hatte praktisch in weniger als einer Minute den Zuschlag bekommen. Niemand konnte Netzwerke verkaufen wie Max Fisher. Niemand.

Max rief Angela an – er hatte Hunger, und sie sollte ihm etwas zum Frühstück besorgen –, doch sie meldete sich nicht. Das war seltsam. Es war schon nach neun, und normalerweise saß sie um halb neun am Schreibtisch. Also erkundigte er sich bei der Aushilfe am Empfang, ob sie sich krank gemeldet habe oder später kommen würde, die Aushilfe konnte ihm jedoch keine Auskunft geben.

Ein paar Minuten später, Max telefonierte gerade mit einem Softwarehändler, klopfte es an der Tür.

Er vermutete, es sei Lipman, der um seinen Job betteln wollte. Deshalb legte er den Händler kurz in die Warteschleife und schrie: »Hauen Sie ab!«

Doch es klopfte noch einmal, diesmal etwas lauter. »Wer ist denn da?«, rief Max.

Die Tür öffnete sich, und Bobby Rosa rollte herein. Als Max den bärtigen Krüppel sah, blieb ihm die Spucke weg. Er schnappte sich die Tasse mit dem kalten Kaffee vom Vortag und kippte die trübe Brühe in sich rein, so schnell er konnte. Bobby schloss die Tür und lächelte Max an. Er trug ein schwarzes Sweatshirt mit der Aufschrift *Average White Band*. Mein Gott, dachte Max, ist der Kerl etwa beim Ku-Klux-Klan?

»Überrascht?«, fragte Bobby.

»Nein.« Max zwang sich ebenfalls zu einem Lächeln. »Warum sollte ich überrascht sein?«

»Keine Ahnung. Ich dachte nur, wenn man jemandem einen Killer auf den Hals hetzt, dann ist man vielleicht schon ein bisschen überrascht, wenn der Bursche am nächsten Morgen quicklebendig bei einem im Büro auftaucht. Aber vielleicht täusche ich mich ja.«

»Ich habe wirklich keinen blassen Dunst, wovon Sie da reden«, sagte Max. Da, er redete schon wieder so daher wie sein Bruder.

»Sie wollen also weiter Ihre Spielchen spielen, na meinetwegen. Bald ist das eh alles vorbei.«

»Wie zum Teufel sind Sie hier reingekommen?« Max' Kehle schnürte sich zusammen.

»Das Mädchen am Empfang trifft keine Schuld. Ich bin darauf spezialisiert, an Orte zu kommen, wo ich eigentlich nicht hingehöre. Aber das wissen Sie ja selbst am besten.«

»Wenn Sie in zwei Minuten nicht verschwunden sind, hole ich die Polizei.«

Bobby lachte. »Ihnen ist immer noch nicht ganz klar, in was für einem Schlamassel Sie eigentlich stecken, was? Sie haben mir Dillon auf den Hals gehetzt, aber das war Ihr letzter Trumpf. Sie haben Ihr Pulver verschossen.«

»Dillon? Wer soll das sein?«

»Sie kennen ihn als Popeye, aber sein richtiger Name ist Dillon. Ist aber auch egal, weil er inzwischen aus dem Rennen ist.«

»Was soll das heißen, aus dem Rennen?«

»Nicht, was Sie denken. Er arbeitet jetzt mit mir zusammen.«

Max konnte nicht fassen, dass dieser Abschaum im Rollstuhl tatsächlich wieder hier vor ihm saß und sein Leben ruinieren wollte.

»Ach, und Ihre Sekretärin«, fuhr Bobby fort, »die mit Ihnen auf dem Foto ist, Angela heißt sie, glaube ich. Die wird wohl nicht mehr zur Arbeit kommen. Sie können schon mal ihren Schreibtisch räumen.«

»Wieso? Arbeitet sie jetzt auch mit Ihnen zusammen?«

»Nein, die ist endgültig aus dem Rennen, und Sie wissen sicher ganz genau, wie ich das meine.«

Max nahm den Telefonhörer. »Jetzt reicht es mir. Ich rufe die Polizei.«

»Das würde ich mir noch mal überlegen. Was wollen Sie den Cops denn erzählen?«

Max zögerte. Bobby hatte recht. Er legte den Hörer wieder auf.

»Warum tun Sie mir das an?« Max hatte das Gefühl, er müsse gleich heulen. »Was habe ich Ihnen denn getan?«

»Sie waren einfach zur falschen Zeit am richtigen Ort.« Bobby holte einen Minikassettenrekorder aus der Jackentasche und stellte ihn auf den Schreibtisch. »Wollen Sie, oder soll ich?«

Da sich Max nicht rührte, schaltete Bobby das Gerät an.

»Hat Max Fisher dich angeheuert?«
»Himmel Arsch noch mal, wieso willst du das wissen, du bist doch kein Greifer.«

Max sah zu Bobby, doch der blickte nur grinsend auf den Rekorder. Es folgten noch ein paar Sätze, irgendwas, dass Bobby eine Waffe hatte, dann sagte Popeye:

»*Na schön, ja, er hat mir Geld gegeben.*«
»*Damit du seine Frau aus dem Weg räumst?*«
»*Ja.*«
»*Und was war mit der jungen Studentin?*«
»*Sozusagen schlechtes Karma, wie die Zigeuner bei mir zu Hause sagen.*«
»*Und der Polizist?*«
»*Der? Den hätte ich für einen Schluck Jameson abgeknallt.*«

Bobby schaltete das Gerät ab. »Ach, eines noch. Ich will jetzt keine Viertelmillion mehr.«
»So? Was denn dann?«
Bobby beugte sich in seinem Rollstuhl vor. »Alles.«

Bevor Angela sich auf den Weg zur Arbeit machte, sah sie nach, wie es Dillon in der Badewanne so ging. Der Rohrreiniger hatte sich durch die oberste Hautschicht seines Gesichts gefressen, alles war gelb und klebrig, aber bei dem Tempo würde es Wochen dauern, bis die Leiche ganz verschwunden war. Falls sie sich überhaupt jemals ganz auflöste. Im Badezimmer stank es jetzt schon so bestialisch, dass Angela kaum noch atmen konnte. Dillons letzter Plan entpuppte sich als absolute Schnapsidee. Nie und nimmer klappte das.

Dann sah sie in der gelblichen Schmiere etwas glitzern. Einen schrecklichen Augenblick lang hielt sie es für einen Goldzahn, der ihm rausgefallen war. Ihr Magen rebellierte. Aber es war kein Zahn, es war die Nadel. »Was hatte der bloß mit dieser Scheißnadel?«, murmelte sie.

Sie fischte sie heraus, ganz vorsichtig, damit sie Dillon ja nicht berührte. »Heilige Mutter Gottes, Maria und Joseph, steht mir bei«, flüsterte sie dabei leise vor sich hin.

Sie legte die Nadel aufs Waschbecken und dachte sich, die kommt nachher in die Handtasche. Die Nadel war vom Rohrreiniger etwas stumpf geworden, aber im Vergleich zu Dillon war sie in tadellosem Zustand.

Den Großteil des Bluts hatte Angela schon vom Boden aufgewischt, jetzt wusch sie sich die Haare widerwillig über der Küchenspüle. Sogar nach dem Föhnen klebten sie noch konturlos am Kopf. Und, um dem Ganzen die Krone aufzusetzen: Die Wunde am Schenkel hatte zwar zu bluten aufgehört, sah aber derart übel aus, dass sie keinesfalls einen Rock zur Arbeit anziehen konnte.

Inzwischen war sie so spät dran, dass sie sich ein Taxi nehmen musste. Es war ein schöner, kühler Tag, und sie war froh, endlich aus der miefigen Wohnung rauszukommen. Während das Taxi die Third Avenue entlangfuhr, überlegte Angela, dass sie ihr Leben allmählich wieder in den Griff bekommen musste. Als Erstes würde sie das Appartement gründlich putzen und Dillon den Abfluss runterspülen, dann konnte sie sich Gedanken über eine neue Beziehung machen.

Allerdings waren Dillon und Bobby jetzt tot. Vielleicht sollte sie zu ihrem ursprünglichen Plan zurückkehren und Max heiraten. Sie hielt ihn zwar immer noch für ein Arschloch, aber ihre Erfahrungen mit Dillon hatten gezeigt, dass es bei Männern mit ihrer Menschenkenntnis nicht weit her war. Zumindest war Max reich, und im Grunde genommen gab es doch nichts Wichtigeres als Geld.

Es war schon viertel nach zehn, als Angela endlich bei NetWorld eintraf. Die Tür zu Max' Büro war zu, und sie hatte auch überhaupt keine Lust, ihn zu behelligen. Also fuhr sie den Computer hoch und begann, ein paar Arbeiten zu erledigen. Als Max dann aus dem Büro kam, blieb er wie vom Schlag getroffen stehen und starrte sie eine oder zwei Sekunden lang an, als könne er seinen Augen nicht trauen.

»Was ist denn mit dir passiert?«, fragte er.

Erst dachte Angela, Max spiele auf ihre neunzigminütige Verspätung an, aber dann wurde ihr klar, dass er die Schramme in ihrem Gesicht meinte. Von Dillons Schlag war ein schwarzblauer Fleck zurückgeblieben, der sich auch mit Make-up nicht überdecken ließ.

»Ach *das*«, sagte sie. »Meine Mitbewohnerin hat mir schon wieder die Tür ins Gesicht geknallt. Ein echter Tollpatsch.«

»Du solltest entweder diese blöden Türen loswerden oder deine blöde Mitbewohnerin.«

»Gute Idee.« Dabei dachte sie an Dillon, der sich gerade in Wohlgefallen auflöste.

»Komm doch bitte mal mit in mein Büro, ich muss dir einen Brief diktieren.«

Angela folgte ihm und setzte sich auf die Couch. Max saß schon wieder am Schreibtisch.

»Zuerst einmal«, begann Max, »muss ich mit deinem Cousin reden.«

»Mit meinem Cousin? Warum denn?«

»Geht dich nichts an. Gib mir einfach seine Nummer.«

»Ich hab sie nicht.«

»Wie? Du hast sie nicht? Gestern hast du sie doch noch gehabt.«

»Weswegen willst du denn mit ihm reden?«

»Ich will wissen, ob sein Freund Popeye, Entschuldigung, Dillon noch lebt.«

»Dillon?«

»Das ist Popeyes richtiger Name. Zumindest hat Ironside das behauptet.«

Angela war verwirrt.

»Mr. Average White Man im Rollstuhl war vor einer halben Stunde da. Er hat behauptet, du würdest gar nicht mehr auftauchen, und Dillon sei ›aus dem Rennen‹. Aber nachdem du jetzt hier bist, glaube ich allmählich, der hat mir nur Scheiße erzählt.«

»Bobby Rosa war hier?«

»Ja. Wozu rede ich hier eigentlich, wenn du nicht zuhörst.«

»Aber der ist tot.«

»Dann hat mich wahrscheinlich gerade sein Geist erpresst. Und meine Frage lautet: Warum? Wenn dieser Popeye – Dillon – doch angeblich auf unserer Seite ist, warum erledigt er die Leute nicht, die er erledigen soll? Warum erzählt er Rosa, ich hätte ihn angeheuert? Die einzige logische Erklärung ist, dass die beiden zusammenarbeiten und zwar von Anfang an. Warum hätte Bobby sonst in dieses Hotelzimmer kommen sollen, wenn er nicht gewusst hätte, dass wir drin sind? Und deshalb werde ich diesen kleinen Iren anrufen und ihm sagen, entweder er schafft mir diesen Krüppel vom Hals, oder ich mache ihn fertig. Und das ist mein voller Ernst. Ich hab einen Topanwalt an der Hand und hänge alles Dillon an. Ich kann diesen ganzen Mist momentan definitiv nicht brauchen, ich muss eine Firma leiten.«

Während seiner Ansprache war Max' Gesicht rot angelaufen, und sein Atem ging schwerer. Er sah aus, als würde er jede Sekunde abkratzen. Aber Angela hatte Wichtigeres im Sinn – Bobby war noch am Leben. Sie musste unbedingt mit ihm reden und sich außerdem etwas einfallen lassen, wie sie ihn sich vom Hals schaffen konnten.

»Entschuldige mich bitte, Max, aber ich muss aufs Klo.« Angela stand auf. »Warte mal, ich hab was für dich.« Sie wühlte in ihrer Handtasche und holte das Buch heraus. »Ein Geschenk. Ich hatte leider keine Zeit mehr, es einzupacken.«

Sie überlegte, ob sie ihm auch die Nadel geben solle, aber die gefiel ihr selbst ganz gut.

Vorsichtig nahm Max das Buch in die Hand.

»Keine Angst«, sagte Angela. »Es explodiert nicht.«

Max sah sie an, als wäre er sich da nicht so sicher. Da er seine Lesebrille nicht aufhatte, hielt er das Buch weit von sich und warf einen Blick auf den Titel: »*Weisheiten des Zen*? Was ist denn das für ein Käse?«

»Es bringt dir inneren Frieden«, sagte Angela, und wieder fiel ihr Dillon ein, der ganz gelb und Zen-mäßig in ihrer Wanne lag.

»Ich muss mir schon genug Zen-Friedensscheiße von meinem Arschloch von Koch anhören.« Max ließ das Buch auf seinen Schreibtisch fallen. »Was ist jetzt mit der Telefonnummer von deinem Cousin?«

»Es ist wahrscheinlich besser, wenn ich ihn anrufe.«

»Und warum kann ich nicht anrufen?«

»Das ist ein Choleriker. Du weißt schon ... wie die Griechen eben so sind. Wenn du anrufst und er kriegt was in den falschen Hals, dreht er vielleicht völlig durch.«

»Ich denke, dein Cousin ist Ire?«

»Halb Grieche, halb Ire, genau wie ich.«

»Ich versteh allmählich überhaupt nichts mehr.« Frustriert schüttelte Max den Kopf. »Sorg dafür, dass ich mich heute noch vor fünf mit Popeye treffen kann. Wenn nicht, gehe ich zur Polizei. Und mach die Tür hinter dir zu. Ich muss meine Atemübung machen.«

Diane Faustino aus der Buchhaltung stand ganz in der Nähe von Angelas Schreibtisch und unterhielt sich mit Sheila von der Personalabteilung. Da Angela bei ihrem

Gespräch mit Bobby keinen Wert auf Zuhörerinnen legte, ging sie in den Lagerraum und rief ihn von dort aus an. Es meldete sich jedoch niemand. Sie kehrte an ihren Schreibtisch zurück, konnte sich aber auf nichts konzentrieren. Max kam alle paar Minuten angetrabt und fragte, ob sie schon angerufen habe. Jedes Mal sagte sie: »Ja, aber er ist nicht zu Hause.«

Max nervte gewaltig. Angela mochte gar nicht glauben, dass sie vor noch nicht einmal einer Stunde ernsthaft in Erwägung gezogen hatte, den Rest ihres Lebens an der Seite dieses Penners zu verbringen.

Eine halbe Stunde später ging sie noch einmal ins Lager und wählte erneut Bobbys Nummer. Diesmal hob er ab.

Bobby wollte sich gerade in die Badewanne hieven, als das Telefon klingelte. Er wuchtete sich wieder in den Rollstuhl und fuhr ins Wohnzimmer. Beim sechsten Läuten hob er ab.

»Kann ich bitte Bobby Rosa sprechen?«

Die Stimme einer älteren Frau, die sich sehr förmlich anhörte. Bobby hielt sie für eines dieser Telemarketing-Arschlöcher. Obwohl er seinen Namen auf die Robinson-Liste hatte setzen lassen, belästigten ihn diese verdammten Drecksäcke rund um die Uhr. Wenn sie eine Telefonverkäuferin war, würde er ihr erzählen, was er allen anderen Wichsern auch erzählt hatte, nämlich dass Bobby Rosa gestorben sei. Normalerweise strichen sie ihn dann von der jeweiligen Liste.

»Warum wollen Sie mit ihm sprechen?«, fragte Bobby.
»Sind Sie Mr. Rosa?«
»Vielleicht, vielleicht auch nicht.«
»Ich muss unbedingt mit Mr. Rosa sprechen.«
»Tatsächlich? Und weshalb?«
»Mein Name ist Estelle Sternberg vom *Jewish Home*

for the Aged. Ich habe leider schlechte Nachrichten seine Mutter betreffend. Mit wem spreche ich bitte?«

»Was ist denn mit seiner Mutter?«

»Sie ist leider letzte Nacht verstorben.«

Bobby brauchte etwas, bis er die Neuigkeit verdaut hatte. »Ja, schön, ich bin Bobby. Sie können mir also ruhig sagen, was passiert ist.«

Mrs. Sternberg erklärte, dass seine Mutter während der Nacht im Schlaf gestorben sei. Dann erkundigte sie sich, ob er irgendwelche Hilfe bei der Vorbereitung der Beerdigung wünsche.

»Nein, darum kümmere ich mich selbst«, sagte Bobby. Wenigstens brauchte er seine Mutter jetzt nicht mehr zu erschießen.

Nachdem er aufgelegt hatte, merkte er, dass er hungrig war. Er verschob das Bad auf später. Pfannkuchen hatte er schon ewig nicht mehr gegessen, also machte er sich welche, so wie er sie am liebsten hatte, mit viel Butter. Dann, beim Essen, wurde ihm so richtig klar, dass seine Mutter tot war. Er drehte durch, kurvte in der Wohnung herum, schrie und warf Gegenstände um sich. Doch das reichte nicht, er musste einfach irgendwas abknallen. Er war schon auf dem Weg zum Wandschrank, um seine Pistole zu holen, als das Telefon erneut klingelte.

Er hob ab. »Was?«

»Bobby?«

Scheiße! Hörte sich an wie Angela. Wie um alles in der Welt war das möglich? War Dillon denn zu gar nichts zu gebrauchen?

»Ja«, sagte er schließlich.

»Du weißt, wer dran ist?«

Er bemühte sich um einen freundlichen Tonfall. »Sicher, Süße. Wie geht's denn so?«

Warum? Warum war diese Fotze noch am Leben und

seine Mutter tot? In was für einer beschissenen Welt lebte er eigentlich?

»Ich kann jetzt nicht reden, ich bin bei der Arbeit. Du glaubst nicht, was hier los ist. Ich kann noch gar nicht fassen, dass ich mit dir spreche.«

»Ja, geht mir genauso.«

Angela senkte die Stimme zu einem Flüstern. »Wegen Dillon brauchen wir uns keine Gedanken mehr zu machen ... Den bin ich letzte Nacht losgeworden.«

»Was soll das heißen, *losgeworden*?«

»Darüber kann ich jetzt nicht reden.«

»Ist er tot?«

»Ja.«

»Du hast ihn umgebracht?«

»Hör mal, Bobby, darüber sollten wir nicht am Telefon reden. Können wir uns irgendwo treffen?«

Vielleicht hätte Bobby Angela ja verschont, sie einfach vergessen, aber jetzt war das zu gefährlich. Sie wusste von drei Morden und einen hatte sie selbst auf dem Kerbholz. Nicht mehr lange, dann wären die Cops hinter ihr her, falls sie ihr nicht schon längst auf der Spur waren. Wenn sie Angela verhafteten, würde sie Max Fisher verpfeifen. Und dann war sein Millionen-Dollar-Foto ungefähr so viel wert wie alle anderen an seinen Wänden.

Zudem war er gerade in der richtigen Stimmung, jemanden umzulegen, ein bisschen Dampf abzulassen.

»Klar«, sagte Bobby. »Treffen wir uns. Ich muss bloß kurz überlegen.«

»Wir wär's mit heute Abend?«, schlug Angela vor. »Ich könnte nach der Arbeit bei dir vorbeikommen.«

»Nein, so lange sollten wir lieber nicht warten. Ich wollte sowieso noch an die frische Luft. Jetzt weiß ich's: Treffen wir uns heute Nachmittag im Riverside Park. Geht's bei dir um zwei?«

23

*Ich konnte mich aus der Sache herauswinden,
obwohl ich auch an das denken musste,
was ich der Polizei erzählt hatte – dass der Killer noch irgendwo da draußen war.
Ich spürte die Gefahr. Auch wenn momentan alles ruhig wirkte, konnte es jede Sekunde losgehen.*

Domenic Stansberry, *The Confession*

Als Angela Max sagte, sie würde zum Mittagessen rausgehen, fragte er: »Und was ist mit dem Anruf?«

»Ich versuch's von unterwegs noch mal. Ich muss los, ich hab um zwei einen Termin beim Friseur.«

Sie hatte das nur als Entschuldigung vorgeschoben, um aus dem Büro zu kommen, doch auf dem Weg nach unten dachte sie, dass ein Haarschnitt doch gar keine so schlechte Idee war. Vielleicht sollte sie sich jeden Tag die Haare richten und föhnen lassen, bis sie ihre Dusche wieder benutzen konnte.

Sie ging zur U-Bahn und fuhr mit der Linie 1 vom Times Square bis zur Ninety-sixth Street. Bobby wollte sie im Riverside Park an der Promenade treffen, zwischen dem Hudson und den Tennisplätzen.

Die Schrammen und Schnitte behinderten Angela noch immer, besonders die Wunde am Schenkel. Aber wenn sie erst einmal Bobby aus dem Weg geräumt hatte, dann ging es ihr sicher gleich besser. Notfalls würde sie eben noch einmal mit ihm schlafen. Er stank nach Schweiß und war auch nicht der schönste Mann der Welt, aber sie musste zugeben, dass Rollstuhl-Sex sie schon irgendwie anmachte.

Von der Ninety-sixth Street ging sie in den Park und

weiter in Richtung Fluss. Durch die Unterführung, die Bobby erwähnt hatte, kam sie auf die Promenade. Es war ein klarer, sonniger Tag, knapp über zwanzig Grad. Ein paar alte Männer saßen auf den Bänken, andere joggten oder führten ihre Hunde spazieren. Angela erreichte die Stelle, die Bobby ihr beschrieben hatte, und blickte sich um. Sie sah ihn nirgends und schaute auf die Uhr – kurz nach zwei.

Sie war müde, und ihr Schenkel schmerzte wieder heftiger. Sie hätte sich gern hingesetzt, aber alle Bänke in der Nähe waren entweder schon besetzt oder voller Vogelscheiße. Also ging sie wieder zum Fluss, lehnte sich ans Geländer und schaute nach New Jersey hinüber.

Bobby wartete an einem Weg auf dem bewaldeten Hügel hinter den Tennisplätzen. Die Bäume hatten einige Wochen früher ausgetrieben als sonst und boten eine gute Deckung. Von seiner Position aus hatte er freie Sicht auf die Promenade. Angela war noch nicht da, aber wenn sie auftauchte, war er bereit. In der großen Vordertasche seiner Windjacke steckte eine kurzläufige .44 Mag Hunter aus Edelstahl. Ja, erst eine Kanone machte einen Mann zum Mann.

Angela würde gut dreißig Meter entfernt sein – für die meisten Leute war das ein schwieriger Schuss, für Bobby eine Kurzdistanz. Ihm schossen schon die Erinnerungen durch den Kopf an all die Kameltreiber, die er im Irak niedergemäht hatte. Das war vielleicht ein Adrenalinkick gewesen, wenn er diese Sandratten ins Visier bekommen hatte.

Ein paar Minuten später sah Bobby Angela die Promenade entlanglaufen. Aus irgendeinem Grund hinkte sie. Sie sah blass und abgespannt aus, nicht annähernd so sexy wie sonst. Ihm fiel ein, wie sie gesagt hatte, der

Rollstuhl sei »irgendwie sexy«. Ein altes Lied begann in seinem Kopf zu spielen: »Where Was the Love?«

Als sie zum vereinbarten Treffpunkt kam, zog Bobby die Mag heraus und schraubte den Schalldämpfer auf. Mann, wenn er eine geladene Waffe nur in der Hand hielt, blühte er schon richtig auf.

Er vergewisserte sich, dass niemand in der Nähe war, dann hob er die Waffe und zielte auf Angelas Brust.

Sie hinkte auf eine Bank zu, anscheinend in der Absicht, sich hinzusetzen, doch dann drehte sie sich um und ging zurück zur Promenade. Sie stützte die Hände aufs Geländer und sah auf den Fluss hinaus. Bobby zielte auf einen Punkt genau zwischen den Schulterblättern, er würde es ihr von hinten besorgen. Doch als er abdrückte, fetzte die Kugel durch Angelas rechten Schenkel. Vom Rückstoss hätte es ihn fast aus dem Rollstuhl gehauen. Angela stürzte gegen das Geländer, dann gaben ihre Beine nach, sie sackte zusammengekrümmt zu Boden. Bobby schoss noch einmal, aber der Winkel war beschissen, und er verfehlte sie. Die Kugel pfiff über ihren Kopf hinweg. Bobby fluchte und schoss. Diesmal prallte die Kugel vom Asphalt der Promenade ab und flog weiter in den Hudson. Angela kam wieder auf die Knie. Er feuerte noch zweimal. Ein Schuss traf sie links in den Magen, die andere durchbohrte ihre Brust. Endlich. Jetzt lag Angela seitlich auf dem Boden, von oben bis unten mit Blut überströmt. Bobby schraubte den Schalldämpfer ab, schob ihn und die Mag in seine Windjacke und rollte aus dem Park. Von wem, dachte er, ist dieses verdammte Lied?

24

*Jeder weiß, was er als Nächstes zu tun hat
und hält sich daran. Das ist ein einfaches Prinzip,
und jeder Mann kann damit das Beste aus den einfachen
Freuden des Lebens herausholen, ohne die Rübe mit allzu
weitreichenden Plänen zu überfrachten.*

Charlie Williams, *Deadfolk*

Sherry, die Aushilfe am Empfang, rief Max in seinem Büro an und sagte, zwei Polizisten wollten ihn sehen. Hörte er da etwa einen Hauch von Selbstgefälligkeit in ihrer Stimme?

»Scheiße«, sagte Max. »Sagen Sie ihnen, ich komme.«

Den ganzen Nachmittag über hatte er Andrew McCullough versucht zu erreichen, aber der Arsch meldete sich einfach nicht. Angela war immer noch nicht von ihrer Mittagspause zurück, er hatte also keine Ahnung, wie es mit ihrem Cousin und Popeye aussah. Als er die Bürotür aufmachte, nahm er sich fest vor, diesmal ohne seinen Anwalt kein Wort zu sagen, selbst wenn er diesen Scheiß-Darrow holen lassen musste.

Louis Ortiz, der Detective, der ihn schon einmal vernommen hatte, stand am Empfang, neben ihm ein großer, älterer Mann mit Schnauzbart, den Max nie zuvor gesehen hatte. Beide waren in Zivil, trugen graue Anzüge und machten einen ernsten, nicht gerade freundlichen Eindruck.

Max dachte, *Mist*, und wünschte, er hätte noch schnell einen Blick in dieses merkwürdige Zen-Buch geworfen. Wenn er etwas ausgeglichener wäre, hätte er jetzt vielleicht nicht solches Muffensausen.

»Guten Tag, Gentlemen.« Max bemühte sich, Ruhe zu

bewahren, so gut es ging. »Kann ich Ihnen irgendwie behilflich sein?«

»Sie können Ihren Mantel holen«, sagte Ortiz.

»Bin ich verhaftet?«, fragte Max und versuchte, es wie einen Scherz klingen zu lassen.

»Wir nehmen Sie mit zum Verhör.«

»Und was, wenn ich mich weigere?«

»Sie haben keine andere Wahl.«

»Ich verstehe nicht. Was ist denn los?«

»Heute Nachmittag wurde auf Angela Petrakos geschossen«, erklärte der Größere. »Im Riverside Park.«

Max brauchte ein paar Sekunden, bis er den Sinn der Worte erfasste. »Angela Petrakos? Sie meinen die Angela Petrakos, die für mich arbeitet?«

Mehrere Mitarbeiter hatten das Gespräch mitbekommen. Jetzt redeten alle gleichzeitig und fragten die Detectives, was denn passiert sei. Schließlich rief Ortiz über alle anderen Stimmen hinweg: »Dies ist eine Polizeiangelegenheit. Sie werden informiert, sobald wir es für richtig halten. Im Moment müssen wir Mr. Fisher sprechen. Was ist jetzt, Mr. Fisher, kommen Sie mit, oder müssen wir Ihnen erst Handschellen anlegen?«

Ortiz grinste derart boshaft, als würde er für das Vergnügen, Max Handschellen anzulegen, gut und gerne auf sein Abendessen verzichten.

Schlagartig herrschte Ruhe im Büro. Max hielt den Blick immer noch auf Ortiz und den anderen Detective gerichtet, doch er wusste genau, dass alle ihn anstarrten. Er hatte früher immer *Law & Order* angesehen, die Folgen mit Jerry Orbach, und er war schon versucht zu sagen: *Ich glaube, ich brauche einen Anwalt an meiner Seite*. Stattdessen sagte er: »Ich hole nur schnell meinen Mantel.« Als er damit aus seinem Büro zurückkam, hatte die Menge noch Zuwachs bekommen.

»Heute ist kein Feiertag, Leute«, übertönte Max das Gemurmel und legte seine ganze stählerne Autorität in die Stimme. »Los Leute, geht wieder an die Arbeit.«

Einige kehrten tatsächlich an ihre Schreibtische zurück, der Großteil blieb jedoch nahe dem Ausgang stehen. Niemand schien Max zu bedauern. Vielmehr schienen die Drecksäcke es sogar zu genießen, dass er abgeführt wurde. Max verstand dieses Verhalten nicht. Er war immer ein guter Chef gewesen und hatte Leute nur dann entlassen, wenn sie es verdient hatten. Und hatte er nicht erst kürzlich eine zehnprozentige Gehaltserhöhung angekündigt?

Auf dem Weg ins Revier fiel Max seine Verabredung um halb sieben mit Takahashi ein. Vom Rücksitz aus fragte er die Detectives, wie lange denn die Vernehmung dauern werde.

»So lange wie nötig«, antwortete Ortiz.

»Im Ernst. In knapp zwei Stunden habe ich einen wichtigen Termin mit einem Kunden. Soll ich ihn verschieben oder nicht?«

Die Detectives sahen sich kurz an, und Max holte aus dem Jackett sein Blackberry. Sofort hielt der Wagen, Ortiz stieg aus und riss die Hintertür auf.

»Her mit dem Scheißding.«

»Wozu die Aufregung? Ich muss nur kurz jemanden anrufen.«

Ortiz griff nach dem Blackberry. Max ließ nicht los, drehte sich weg und traf dabei mit dem Ellbogen Ortiz ins Gesicht.

»Jetzt haben Sie richtig Scheiße gebaut«, sagte Ortiz. »Ich verhafte Sie wegen ungebührlichen Benehmens und tätlichen Angriffs auf einen Polizeibeamten.«

Max dachte, Ortiz mache Witze, bis dieser ihn aus dem Wagen zerrte und ihm Handschellen anlegte.

Nachdem sie ihn auf dem Revier registriert hatten, durfte Max einen Telefonanruf machen, und er versuchte einmal mehr, McCullough zu erreichen. Der Anwalt war noch in seiner Kanzlei, Gott sei Dank, aber er befand sich in einer Besprechung und durfte nicht gestört werden. Max brüllte die Sekretärin an, dass er ihn dringend sprechen müsse, doch diese meinte nur lapidar, in diesem Ton lasse sie nicht mit sich reden, und wollte schon auflegen. Max flehte sie an, dranzubleiben, und hinterließ eine Nachricht, dass man ihn in Polizeigewahrsam genommen habe und McCullough so schnell wie irgend möglich aufs Revier kommen möge.

Max wurde in eine Sammelzelle gesteckt, in der bereits zwei andere Männer waren, die aussahen wie Obdachlose. Der eine lag ohnmächtig auf einer Pritsche und war mit Handschellen an die Gitterstäbe gefesselt. Der andere kauerte an der Rückwand, die Hände vor den Knien verschränkt, und brabbelte vor sich hin. Beide trugen zerrissene, dreckige Kleidung. Alles stank nach Pisse.

Max musste fast zwei Stunden in der Zelle ausharren, bis McCullough endlich auftauchte. Vom äußeren Eindruck her war Max enttäuscht. Er hatte einen älteren, erfahrenen Mann erwartet, McCullough dagegen sah aus, als käme er frisch von der Uni. Er hatte kurze blonde Haare und hellblaue Augen und sah nicht einen Tag älter als dreißig aus. Er zog sich einen Stuhl an die Zelle und redete mit Max durch die Gitterstäbe hindurch.

»Tut mir leid, dass ich nicht eher kommen konnte«, sagte McCullough. »Aber immerhin hatte ich schon Gelegenheit, mit den beiden Detectives zu sprechen, also kann ich Ihnen zumindest ungefähr sagen, um was es geht.«

»Holen Sie mich schleunigst hier raus.«

»Daran arbeite ich schon, aber rechtlich gesehen kann

man Sie über Nacht hierbehalten oder bis Sie einem Richter vorgeführt werden.«

»Wenn Sie glauben, dass ich die ganze Nacht im Knast verbringe ...«

»Lassen Sie uns später darüber reden. Wichtiger ist im Moment der Grund, *warum* Sie hier sind. Angeblich haben Sie Detective Ortiz angegriffen.«

»Ich habe niemanden angegriffen. Ich wollte bloß mit meinem Blackberry telefonieren und habe ihn aus Versehen mit dem Ellbogen im Gesicht getroffen.«

»Na ja, okay. Sie haben ohnehin größere Probleme. Die Detectives glauben offenbar, dass Sie etwas mit den Morden an Ihrer Frau, Ihrer Nichte und Detective Kenneth Simmons zu tun haben und mit dem versuchten Mord an Angela Petrakos. So, und bevor ich mich entscheide, ob ich Ihren Fall übernehme, muss ich die Wahrheit wissen: Haben Sie irgendetwas damit zu tun?«

Max musste an die Szene aus *Der Pate* denken, in der Diane Keaton Al Pacino fragt, ob er bei der Mafia sei. Er blickte McCullough einige Sekunden fest in die Augen und versuchte, ein Gesicht wie Pacino aufzusetzen. »Definitiv nicht.«

»In Ordnung.« McCullough schlug ein kleines Notizbuch auf. »Dann können wir uns ja an die Arbeit machen. Fangen wir mit Angela Petrakos an. Sie ist Ihre Sekretärin, richtig?«

Max nickte.

»Heute Nachmittag hat im Riverside Park jemand auf sie geschossen, so kurz nach zwei.« Max glaubte, aus McCulloughs Stimme eine gewisse Affektiertheit herauszuhören, außerdem waren seine Zähne überkront. Ein schlechtes Zeichen. Ein Zeichen für Ichbezogenheit, und das war eine Eigenschaft, die er bei einem Anwalt am allerwenigsten gebrauchen konnte.

»Wer hat auf sie geschossen?«, fragte Max.

»Das weiß man noch nicht. Sie ist noch nicht vernehmungsfähig. Sie liegt im Columbia Presbyterian Hospital, und ihr Zustand ist kritisch.«

Scheiße. Max hatte schon gehofft, sie sei tot. Wenn sie überlebte, war das eine echte Katastrophe. Die Polizei würde sie in die Zange nehmen, und in ihrem Zustand spuckte sie dann sicher alles aus. Konnte denn nie etwas zu seinem Vorteil verlaufen?

»Die Ärzte gehen also davon aus, dass sie durchkommt?«, fragte Max und betete, die Antwort möge *Nein* lauten.

»Schwer zu sagen. Ihre Verletzungen sind ziemlich ernst.«

»Scheiße.« Hoffentlich bedeutete »ernst« wenigstens Hirnschaden oder etwas in dieser Richtung.

»Leider sind das noch nicht alle schlechten Neuigkeiten«, fuhr McCullough fort und las von seinem Block ab. »Vor ungefähr einer Stunde hat die Polizei Angelas Appartement an der East Twenty-fifth Street durchsucht und in der Badewanne eine verwesende Leiche entdeckt.«

Max blinzelte. »Eine Leiche?«

»Offenbar hatten sich Nachbarn über den Gestank beschwert. Der Polizei zufolge hat sie oder jemand anderes den Toten von oben bis unten mit Rohrreiniger übergossen.«

Ja, leck mich doch am Arsch, sie war eine Psychopathin. So einfach war das. Max konnte gar nicht glauben, dass er auf sie hereingefallen war. Wenn er doch nur auf flachbrüstige Weiber stehen würde, dann wäre ihm das alles nicht passiert.

»Die Polizei konnte die Leiche noch nicht einwandfrei identifizieren, aber in Verbindung mit einigen anderen Beweisen, die sie in der Wohnung gefunden haben, sind sie sich fast sicher, dass es sich um Thomas Dillon handelt. Sagt Ihnen der Name etwas?«

Max mühte sich, keinerlei Reaktion zu zeigen. Wenn er im Geschäftsleben eine Lektion gelernt hatte, dann die, sein Gegenüber nie merken zu lassen, was man dachte. Langsam schüttelte er den Kopf.

»Sie haben einige Zeugen aufgetrieben, die Dillon in der Gegend öfter gesehen haben, und sie behaupten, er hätte immer irgendein Buch über Zen dabeigehabt. Die Polizei glaubt, es ist dasselbe, das auf Ihrem Schreibtisch gefunden wurde.«

»Einen Moment mal!«, rief Max. »Das hat mir Angela geschenkt. Heute Morgen erst.«

»Leider ist sie derzeit nicht in der Lage, dies zu bestätigen. Für die Polizei ist das eine Verbindung zwischen Ihnen und Dillon.«

Max fühlte sich elend und schüttelte nur den Kopf. Was denn noch alles?

Außerdem hat die Polizei eine Waffe in dem Appartement gefunden, einen Lady Colt .38. Ihrer Meinung nach ist es die Waffe, mit der die drei Morde begangen wurden.«

»Dann hat Angela meine Frau getötet?«

»Oder Dillon«, sagte McCullough. »Oder die beiden zusammen. Jedenfalls hält es die Polizei für ausgeschlossen, dass Angela nur rein zufällig in Ihrer Firma arbeitet. Sie glaubt, Sie haben mit ihr eine Affäre. Und deshalb hätten Sie beide, oder Sie beide und Dillon, beschlossen, Ihre Frau zu beseitigen.«

»Das ist ja lächerlich.«

»Nun ja, davon müssen wir den Richter überzeugen. Und das heißt: Wir brauchen eine bessere Erklärung für das, was passiert ist. Zum Beispiel könnte es ja auch so gewesen sein, dass Angela nur Ihr Haus ausräumen wollte. Sie überredet Dillon mitzumachen und gibt ihm den

Code für die Alarmanlage, doch dann kommen Ihre Frau und Ihre Nichte während des Einbruchs nach Hause, und alles läuft aus dem Ruder. Ich weiß nicht, wie der Polizist umgebracht wurde, aber irgendwie wird sich das schon mit dieser Story in Einklang bringen lassen.«

Max zögerte kurz. »Es gibt da ein Problem, von dem Sie wissen sollten. Ein großes.«

Wartend sah ihn McCullough an. Max war sich nicht sicher, ob er dem Kerl trauen konnte, aber ihm blieb nicht anderes übrig. Er musste sich irgendwie um Bobby Rosa kümmern, und das konnte er nicht, wenn er für den Rest seines Lebens im Knast saß.

Max beugte sich zu McCullough vor und flüsterte durch die Gitterstäbe: »Das Problem ist: Es stimmt. Ich *hatte* eine Affäre mit Angela. Und dann ist da noch dieser Typ. Er heißt Bobby Rosa, und er hat Bilder von Angela und mir ...«

»Was für Bilder?«

»Er ist neulich Abend in unser Hotelzimmer gekommen, während Angela und ich, äh ... nun ja. Wir waren im Bett, und er hat uns fotografiert. Danach ist er bei mir in der Firma aufgetaucht und wollte eine Viertelmillion Dollar von mir haben. Natürlich habe ich abgelehnt. Was hätte ich tun sollen? Etwa einem Erpresser Geld geben? Aber wenn diese Fotos auftauchen, kann das ganz schön unangenehm werden. Ich meine, das stimmt doch, oder?«

»Die Detectives haben das Hotelzimmer schon erwähnt. Sie haben das Überwachungsvideo, auf dem man sieht, wie Sie beide aufs Zimmer gehen. Ich wüsste nicht, warum Fotos, die Sie dann im Zimmer zeigen, die Sache so viel schlimmer machen sollten.«

Das wusste Max auch nicht. Am liebsten hätte er McCullough noch den Rest erzählt, von der Kassette, die

Rosa ihm vorgespielt hatte, von Dillon, der auf dem Band zugab, dass Max ihn angeheuert hatte, um seine Frau zu töten. Aber er schaffte es nicht.

»Es ist schon richtig, dass diese Affäre die Dinge ein wenig verkompliziert«, fuhr McCullough fort, »aber Ihr Fall ist nicht hoffnungslos. Falls sich herausstellen sollte, dass Angela Thomas Dillon getötet und mit Rohrreiniger übergossen hat, dann ist es ein Leichtes, sie als labil darzustellen. Solange Sie mir die Wahrheit sagen, werden wir sicherlich in der Lage sein, eine fundierte Verteidigung auf die Beine zu stellen.«

Solange Sie die Wahrheit sagen. Irgendein Haken war doch immer dabei.

»Was ist mit Bobby Rosa?«, fragte Max.

»Er hat also Fotos von Ihnen beim Sex. Na, wenn schon. Schließlich hat er ja keine Fotos, auf denen Sie jemanden umbringen.«

Es war aussichtslos. Um Rosa musste Max sich selbst kümmern.

Max blickte kurz zu dem Obdachlosen, der auf dem Boden saß, und sprach noch leiser: »Tun Sie mir bitte einen Gefallen, erzählen Sie niemandem was von Rosa, in Ordnung?« Er hasste es, diesen Teenager, diesen windigen Bengel, fast anbetteln zu müssen. »Vergessen Sie, dass ich je seinen Namen erwähnt habe.«

»Mr. Fisher, wenn die Sache sowieso herauskommt, dann wäre es besser, wenn wir sie zuerst auf den Tisch bringen ...«

»Nein. Lassen Sie es einfach.«

»Aber ...«

»Nein.« Am liebsten hätte Max ihn am Kragen gepackt und seinen Schädel gegen die Stäbe geschlagen, damit er ihm endlich zuhörte.

»Was ist, wenn Bobby Rosa etwas mit der Schießerei

zu tun hat? Wenn er mit Thomas Dillon gemeinsame Sache gemacht hat?«

»Passen Sie mal auf: Wir haben uns noch nicht über Ihr Honorar unterhalten, aber man hat Sie in den höchsten Tönen gelobt, und ich bin bereit, Ihnen ein Spitzenhonorar zu zahlen, wenn Sie mich als Mandanten annehmen. Aber wenn ich Ihr Mandant bin, heißt das, dass Sie für mich arbeiten. Rosas Fotos könnten für mich äußerst peinlich werden, vor allem, wenn sich herausstellt, dass Angela bei den Morden ihre Finger im Spiel hatte. Ich will nicht, dass die Polizei diese Fotos findet und die ganze Geschichte an die Öffentlichkeit kommt. Haben Sie mich verstanden?«

Widerstrebend willigte McCullough schließlich ein, Bobby Rosa der Polizei gegenüber nicht zu erwähnen. Er blieb noch eine Weile bei Max, um die weitere Strategie zu besprechen, dann kam ein Polizist und führte sie in ein kleines Vernehmungszimmer mit einem quadratischen Tisch. Ortiz und der große Detektive saßen auf der einen Seite des Tisches, Max und McCullough setzten sich ihnen gegenüber. In der Mitte des Tisches lag ein kleines Aufnahmegerät. Ortiz begann, Max in die Mangel zu nehmen, stellte viele der Fragen noch einmal, die er ihm das letzte Mal schon gestellt hatte. Vor jeder Antwort sah Max zu McCullough, doch dessen Gesicht blieb völlig ausdruckslos. Er sah aus wie ein Schulkind in den hinteren Bänken, das seine Hausaufgaben nicht gemacht hat. Er unterbrach das Verhör nicht ein einziges Mal. Heutzutage verteilten sie die Juradiplome offenbar an jeder Straßenecke. Wahrscheinlich gab es sie auch im Internet. Beantworte einfach ein paar Fragen, und schon bist du Rechtsanwalt. Max konnte bloß hoffen, dass McCullough wusste, was er tat. Aber sich ärgern brachte nichts. Für die Cops wäre es ein gefundenes Fressen, wenn er seinen verdammten Anwalt vor ihren Augen zur

Schnecke machte. Der war immerhin sein Ass, seine einzige gute Karte in einem beschissenen Blatt. Sein Vater, ein fanatischer Pokerspieler, hatte immer gesagt: *Es ist nicht schlimm, wenn du ein schlechtes Blatt bekommst. Aber wenn du damit auch noch schlecht spielst, das ist schlimm.* Zum ersten Mal verstand er, was sein Vater damit gemeint hatte.

Dann fragte Granger, der größere Detective, ob er mit Angela Petrakos ein »Verhältnis« habe.

»Ja. Wir haben seit ein paar Monaten ein Verhältnis.«

»Wieso haben Sie mir das neulich nicht gesagt?«, fragte Ortiz.

»Weil ich nicht wollte, dass es herauskommt. Aus Respekt meiner toten Frau und ihrer Familie gegenüber.« Er achtete auf einen angemessen düsteren Tonfall. Keine Übertreibungen, kein Augenwischen, kein Schniefen. Er stellte die Worte einfach so in den Raum.

Wieder sah Max zu McCullough, der ihm einmal zuzwinkerte, wahrscheinlich, um Max wissen zu lassen, dass er genau den richtigen Ton getroffen hatte. Vielleicht zwinkerte er aber auch nur, um zu zeigen, dass er noch lebte.

»Dann können wir Ihnen genauso gut gleich sagen, dass wir im *Hotel Pennsylvania* einige Angestellte gefunden haben, die Sie und Angela Petrakos identifiziert haben. Umso besser, wenn Sie es selbst zugeben. Und jetzt erzählen Sie uns am besten, wohin Sie gegangen sind, nachdem Sie das Hotel verlassen haben.«

»Ich bin nach Hause.« Schön, zur Abwechslung mal die Wahrheit sagen zu können. Ehrlich zu sein war ihm derart fremd, dass er ganz aufgeregt wurde. Das sollte er öfter versuchen.

»Detective Simmons haben Sie in dieser Nacht also nicht gesehen?«

»Ganz sicher nicht.«

»Kennen Sie einen Mann namens Thomas Dillon?«, fragte Granger.

»Nein.«

»Haben Sie gewusst, dass Angela Petrakos mit Dillon zusammenlebte?«

Max fühlte sich, als bekomme er Fieber. Was war er doch für ein Idiot gewesen. Dass er die ganzen Geschichten über ihre Mitbewohnerin einfach so geschluckt hatte. Für eine halbe Flasche Stoli hätte er jetzt einen Mord begehen können.

»Angela hat mir weisgemacht, dass sie mit einer Frau zusammenwohnt.«

»Dann sind Sie nie in ihrem Appartement gewesen?«, fragte Ortiz.

Max schüttelte den Kopf.

Ortiz und Granger bombardierten ihn noch etwa eine halbe Stunde lang mit Fragen. Max leugnete beharrlich, irgendetwas über die Beziehung zwischen Angela und Dillon oder von einem Mordkomplott gegen seine Frau zu wissen. Ortiz deutete an, es gebe möglicherweise noch eine »vierte Person«, jemanden, den Max bezahlt hatte, um Angela töten zu lassen. Max spürte, dass McCullough hoffte, er würde Bobby Rosa ins Spiel bringen. Doch Max erzählte den Polizisten, er habe absolut keine Ahnung, was im Park passiert sei.

Er wollte schon hinzufügen, *Was zum Teufel ist nur mit unserer Stadt los?*, hielt sich aber zurück.

Schließlich wurde Max in die Sammelzelle zurückgebracht. Eine halbe Stunde später kam McCullough. »Ich habe gute Neuigkeiten: Die Anklage wegen tätlichen Angriffs wird fallen gelassen.«

»Das ist ja sehr schön, vor allem, weil ich niemanden angegriffen habe.«

»Und man setzt Sie gegen ein Kautionsversprechen auf freien Fuß.«

»Und die Sache ist damit erledigt?«

»Nein, Sie kommen nur vorerst wieder raus. Die Polizei will abwarten, wie es mit Angela weitergeht, und sich anhören, was sie zu sagen hat. Wenn sie ein Geständnis ablegt, sind Sie aus dem Schneider. Hoffen wir also zu Ihrem Besten, dass sie durchkommt.«

25

Das Mädchen von einst
Richard Aleas

Bobby hielt es nicht mehr aus, im Bett zu liegen und die Scheißrisse in der Decke anzustarren. Also fuhr er ins Wohnzimmer, hievte sich vom Rollstuhl auf die Couch und schaltete NY1 ein, den lokalen Fernsehsender, der rund um die Uhr Nachrichten brachte. Dreimal sah er sich die Meldung über die Schüsse auf Angela an und jedes Mal fragte er sich, wie es möglich war, dass sie noch lebte. Was zum Teufel war schiefgelaufen?

Irgendwann schlief er auf der Couch ein. Als er kurz nach sechs wieder wach wurde, lief ein anderer Bericht über die Schießerei mit einem anderen Livereporter. Er sagte, Angelas Gesundheitszustand sei kritisch, aber stabil. In ihrer Badewanne habe die Polizei außerdem eine in Rohrreiniger getränkte Leiche entdeckt. Damit war die Frage, was sie mit »losgeworden« gemeint hatte, eindeutig beantwortet. Bobby wunderte sich immer noch, wie sie die Treffer hatte überleben können. Den Schuss durch die Brust hatte er für todsicher gehalten. Aber die Kugel hatte anscheinend das Herz knapp verfehlt. Er kapierte es einfach nicht, weil Bobby Rosa nie, *niemals* das Ziel verfehlte. Wurde er langsam alt? Es war schlimm genug, dass er nicht mehr laufen konnte und Himmel und Hölle in Bewegung setzen musste, um eine Braut ins Bett zu kriegen. War er jetzt nicht einmal mehr in der Lage, jemanden umzubringen?

Schlafen konnte er jetzt nicht mehr. Er zog ein paar Klamotten an und fuhr hinunter zu einem Coffeeshop, kaufte sich ein paar Schinken-Eier-Sandwiches, einen großen Becher Kaffee und die *Daily News*. Als er zurück in seiner Wohnung war, schlang er die Sandwiches hinunter und las die Zeitungsartikel über die Schießerei im Riverside Park. Genau wie im Fernsehen wurde Max Fisher mit keinem Wort erwähnt, es war auch nicht die Rede von irgendwelchen Verdächtigen. Ob das gut oder schlecht war, wusste er nicht. Scheiße, er wusste ja überhaupt nichts mehr.

Als Bobby etwas später seine regelmäßige Blasenentleerung hinter sich brachte, bemerkte er etwas Seltsames und murmelte: »Was ist denn das?«

Es sah aus wie ein Bläschen, und als er da unten genauer nachsah, fand er noch mehr, richtige kleine Häufchen. Er musste lachen. Vor einigen Jahren hätte es ihn ziemlich aufgebracht, wenn er sich Herpes eingefangen hätte. Jetzt konnte er den Schmerz nicht mehr spüren, also konnte es ihm auch egal sein.

Dann machte er sich Gedanken über die Bestattung seiner Mutter. Er trieb ein Beerdigungsunternehmen an der Amsterdam Avenue auf und veranlasste alles, damit sie seine Mutter aus der Leichenhalle des Seniorenheims abholen konnten. Danach rief er bei der Auskunft an und ließ sich die Nummern von einigen ihrer ältesten Freundinnen geben. Eine von ihnen, Carlita Borazon, war vor einigen Jahren gestorben, erfuhr Bobby von dem Witwer, aber die anderen beiden, Anna Gagliardi und Rose-Marie Santos, waren noch wohlauf. Beide wirkten sehr mitgenommen, als er ihnen die Nachricht mitteilte.

Anschließend schaltete er den Fernseher wieder an. Es gab Neues von der Schießerei im Riverside Park. Ein Pressesprecher des Krankenhauses teilte mit, Angela sei aus dem Koma erwacht und bei Bewusstsein, ihr Zustand sei jedoch nach wie vor kritisch.

»Scheiße!«, schrie Bobby und schleuderte die Fernbedienung gegen die Mattscheibe.

Aus dem Telefonbuch suchte er sich die Adresse des Columbia Presbyterian Hospital heraus, verließ seine Wohnung und fuhr mit dem Broadway-Bus bis zur 168th Street. Im Eingangsbereich des Krankenhauses wimmelte es nur so von Journalisten und Kamerateams, doch auf ihn, einen Kerl im Rollstuhl, achtete niemand. Es dauerte einige Zeit, bis er sich zur Krankenstation durchgekämpft hatte, wo er ein Klemmbrett fand, auf dem Angelas Zimmernummer verzeichnet war. So halb rechnete er damit, dass ein paar Cops vor der Tür Wache schoben. In dem Fall würde er einfach weiterrollen. Doch die Tür stand offen, kein Mensch stand davor, also fuhr er rein.

Angela sah aus wie ausgekotzt. Ihr Gesicht war kreidebleich, und aus dem Körper hingen überall Schläuche. Wie hatte sie es nur geschafft, am Leben zu bleiben? Der Dusel der Iren, das musste es sein. Da konnte man jeden x-beliebigen Engländer fragen. Es war praktisch unmöglich, einen von diesen Ärschen ins Jenseits zu befördern. Kein Wunder, dass die Iren so ein Brimborium um Beerdigungen machten. Es war so schwierig, einen von ihnen in die Kiste zu befördern, das musste groß gefeiert werden, wenn es bei einem danach doch so weit war.

Bobby rollte nahe ans Bett heran. Die einfachste Lösung wäre gewesen, sie mit einem Kissen zu ersticken, wie es der Indianer mit Jack Nicholson in diesem Kuckucksnest-Film gemacht hatte. Aber bei offener Tür und mit all den Polizisten im Haus wäre das der reine Wahnsinn.

Angela schlief oder döste zumindest, aber als Bobby sie am Handgelenk berührte, öffnete sie die Augen. Langsam drehte sie den Kopf in seine Richtung.

»Sag nichts«, sagte Bobby. »Ich bin bloß gekommen, um zu sehen, wie es dir geht.«

»Mir geht's gut«, sagte sie schwach.

Sie drückte Bobbys Hand. Er fühlte sich unwohl, ließ seine Hand aber, wo sie war.

»Hat die Polizei schon mit dir geredet?« Bobby versuchte, nicht allzu besorgt zu klingen.

Angela schüttelte den Kopf.

»Gut. Das ist sehr gut. Und im Park? Hast du gesehen, wer auf dich geschossen hat?«

Wieder schüttelte Angela den Kopf und flüsterte: »Weiß nur noch, dass ich voller Blut auf'm Boden lag.«

»Irgendein Jugendlicher hat im Park rumgeballert, und dich hat er zufällig als Zielscheibe benutzt. Diese Scheißkids heutzutage, laufen herum und schießen auf Leute, einfach so aus Spaß. Wenn ich die in die Finger kriege ...«

Er ließ die Drohung im Raum stehen, um anzudeuten, wie sehr er sich um sie sorgte. Mann, was für ein toller Schauspieler er doch war.

Angela drückte Bobbys Hand noch fester. Sie wollte etwas sagen, doch Bobby konnte sie nicht verstehen.

»Keine Angst«, beruhigte er sie. »Es kommt alles wieder in Ordnung. Ich habe gerade mit dem Arzt geredet, und er meint, du marschierst hier in null Komma nix wieder raus. Also, keine Bange. Hast du verstanden?«

Angela nickte.

»Aber pass mal auf. Die Polizei wird sich mit dir unterhalten wollen, und es ist äußerst wichtig, was du denen sagst. Pass mal auf! Sie haben Dillon in deiner Badewanne gefunden, aber darüber brauchst du dir keine Sorgen zu machen. Er hat dich angegriffen, und du hast ihn in Notwehr getötet. So einfach ist das. Aber entscheidend ist Folgendes: Wenn dich die Polizei fragt, ob Fisher Dillon für den Mord an seiner Frau angeheuert hat, musst du sagen, dass du darüber nichts weißt. Vergiss nicht: Du weißt nichts. Egal, was du tust, lass Max aus dem Spiel. Ich will nicht, dass du Ärger bekommst, und das ist die einzige Möglichkeit, wie du dich aus dem ganzen Schlamassel raushalten kannst. Erzähl den Cops einfach, dass du über Max nichts weißt, dass der Einbruch ganz allein auf Dillons Mist gewachsen ist. Max hatte nichts damit zu tun. Kapiert?«

Sie brachte ein Lächeln zustande und sagte matt: »Ich versteh dich schon, Bobby. Ist echt süß von dir, dass du mich schützen willst. Aber eins muss dir klar sein ...« Ihre Stimme versagte, ihr Atem ging schwer. Bobby musste sich weit vorbeugen, um hören zu können, was sie sagte: »Die Hälfte des Geldes gehört mir.«

Am Abend war Angela die Topmeldung in allen Nachrichtensendungen. Sie behauptete, ihr Freund Thomas Dillon, mit dem sie auch zusammengewohnt habe, habe Deirdre Fisher und Stacy Goldenberg auf dem Gewissen. Fishers Ehemann Max habe nichts damit zu tun. Außerdem habe Dillon auch den Polizisten ermordet, einen Kenneth Soundso.

Jetzt war der Weg für Bobby frei. Montagmorgen konnte er in Max' Büro auftauchen und ihn total ausnehmen: seine Konten, Aktien, die Autos. Er würde ihn zwingen, seine Villa zu verkaufen. Das alles wartete nur darauf, dass Bobby sich bediente. Schon die Hälfte war ein hübsches Geschäft. Aber aus irgendeinem Grund hielt sich seine Begeisterung in Grenzen. Zum Teil lag das daran, dass er das Geld mit dieser verlogenen Schlampe teilen musste, aber da war noch was anderes. Er musste etwas tun, ihnen zeigen, dass er immer noch in der Lage war, so ein Ding durchzuziehen. Der Fehlschlag im Park war ihm nahegegangen, hatte sein Selbstbewusstsein erschüttert. Er musste sich selbst beweisen, dass er noch nicht zum alten Eisen gehörte.

Er rief Victor an, erreichte aber nur die Mailbox.

»Ich gebe am Empfang einen Umschlag für dich ab. Und damit du später mal nicht behauptest, ich hätte dir nie etwas zukommen lassen, du Blödmann.« Dann legte er auf. Jetzt fühlte er sich gut und voller Energie.

Ja, er wusste genau, was er zu tun hatte.

Ich liebe Stürme.

Gandhi

Ein Freudenfest erwartete Max ja nicht unbedingt, als er Montagmorgen ins Büro kam, aber mit dem einen oder anderen Lächeln hatte er schon gerechnet. Stattdessen sagte nicht ein Mensch auch nur wenigstens *Hallo* zu ihm. Max verstand das nicht. Hatte denn hier niemand die Zeitung gelesen oder im Fernsehen die Nachrichten gesehen? Wussten sie nicht, dass Angela ihn von jeder Schuld freigesprochen hatte? Am liebsten würde er sie alle feuern, mal sehen, was sie dann sagten. Mein Gott, hatte ein unschuldiger Mann denn gar kein Recht auf eine Verschnaufpause?

Max ging zu Diane Faustinos Schreibtisch und sagte mit eisiger Stimme, ob sie wohl die Güte hätte, mit in sein Büro zu kommen. *Du willst mit harten Bandagen kämpfen, Baby? Schön, das kannst du haben. Komm zu Daddy, Schätzchen, komm zu Daddy.*

»Wozu?«

»Ich bin Ihr Chef, ich brauche keinen Grund.« Er starrte sie mit versteinerter Miene an. Das hatte er Eastwood abgeschaut.

Diane atmete tief durch und folgte ihm.

Im Büro forderte er sie auf, die Tür zu schließen. »Also gut, was zum Teufel ist hier los?«

»Was soll denn los sein?«, fragte sie kalt zurück. Sie war bei der Tür stehen geblieben und sah ihn an, als hätte er ihre Familie vergewaltigt und umgebracht.

»Dieses Schweigen im Walde. Man könnte meinen, ich bin Charles Manson.«

»Die Polizei war am Freitagnachmittag noch mal hier, nachdem sie Sie abgeholt hatte.«

»Na und?«

»Sie haben mit allen gesprochen und jede Menge Fragen gestellt.«

»Das ist ihr Beruf.« Max riss sich zusammen und übte sich in Geduld. »Wenn jemand erschossen wird, stellen die Cops immer viele Fragen.«

»Ihnen macht das überhaupt nichts aus, oder?«

Die Frage verwirrte Max. Er wusste nicht recht, ob Diane nur das Thema wechseln wollte oder was sonst. »Was soll mir nichts ausmachen?«

»Sie haben wirklich keine Ahnung, was?«, sagte sie. »Mein Gott, sind Sie erbärmlich.«

»Das ist doch absolut das Letzte. Wenn Sie nicht ... «

»Alle sind überzeugt, dass Sie es getan haben.«

Max starrte sie an. Er konnte nicht fassen, dass sie es wagte, in diesem Ton mit ihrem Chef zu reden. Was, zum Teufel, war nur aus dieser Welt geworden?

»Dass ich was getan habe?«

»Dass Sie diesen Kerl bezahlt haben, damit er Ihre Frau umbringt, und dass Sie jemand anderen bezahlt haben, damit er Angela umbringt.«

»Ich habe niemanden bezahlt, damit er Angela umbringt.«

»Aber Sie haben diesen Kerl bezahlt, damit er Ihre Frau umbringt?«

»Ich habe überhaupt niemanden für irgendwas bezahlt.«

»Ich glaube Ihnen nicht. Niemand glaubt Ihnen. Wir haben ja gewusst, dass Sie ein Arschloch sind. Ich kann gar nicht glauben, dass ich so lange für einen Mörder gearbeitet habe. Und nein, machen Sie sich nicht die Mühe, mich zu feuern. Ich kündige.«

»Jetzt beruhigen Sie sich doch erst einmal, du meine Güte, ich kann es nicht ausstehen, wenn Sie hysterisch werden.« Max fragte sich, ob sie wohl Valium dabeihatte. Frauen hatten so'n Zeug doch immer in der Tasche, und bei Gott, er könnte jetzt selbst ein paar Tabletten brauchen. Die Schmerzen in der Brust waren in letzter Zeit wieder da. Er brauchte etwas, um einen Herzinfarkt abzuwenden. Wie viel konnte ein anständiger Mann ertragen?

Diane stürmte aus dem Büro und knallte die Tür hinter sich zu. Zum Teufel mit ihr. Wenn eine Mitarbeiterin nicht loyal zu ihrem Chef stand, wozu war sie dann gut? Abgesehen davon gab es Buchhalter wie Sand am Meer. Es war allgemein bekannt, dass Chinesen ohnehin besser als Italiener waren. Er würde einen Headhunter anrufen, und morgen früh stünden zehn Chinesen auf der Matte, die sich um Dianes Job reißen würden. Sein Herz pochte, er blickte auf seine Rolex, ging zur Bar und goss sich einen großen Wodka ein. Er kippte ihn in einem Zug runter, ein paar Tropfen spritzten auf seine Krawatte. *Nun komm schon, mach mal halblang!*

Dann klopfte es an der Tür. Diane, die um ihren Job betteln wollte? Das ging ja fix. Aber es war Thomas Henderson, Finanzchef von NetWorld, der ihm mitteilte, er würde kündigen, hier könne er einfach nicht länger arbeiten. Max sagte, das sei ihm recht. Ein Finanzchef wäre schwerer zu ersetzen als eine gewöhnliche Buchhalterin, aber scheiß drauf. Max wollte niemanden in der Firma haben, der keine Loyalität zeigte.

Während der nächsten halben Stunde kündigten weitere elf Leute einschließlich vier leitender Netzwerktechniker, ein paar Kabelverleger und zwei seiner besten PC-Techniker. Seine Firma blutete völlig aus. Jetzt bekam Max doch allmählich Angst, er war auch schon mehr als nur angetrunken. Als sich die Leute die Klinke in die Hand gaben, sagte Max zu einem von ihnen: »Was uns nicht umbringt, macht uns den Garaus.« Nein, das war nicht ganz richtig. Ach, scheiß der Hund drauf.

»Wie zerronnen, so gewonnen, Baby«, sagte er zu irgendeiner Mitarbeiterin, als würde er keinen Pfifferling drauf geben. Tat er aber doch, ja verdammt, das Ganze kotzte ihn an. Nach einem weiteren Glas Stoli brüllte er eine andere Frau an: »Machen Sie bloß, dass Sie rauskommen!« Max merkte, dass ihm die Nerven durchgingen. Ein paar Leute zu verlieren, war eine Sache, doch plötzlich fiel ihm seine gesamte Firma auseinander.

Max befahl der Aushilfe am Empfang, sie solle alle Headhunter anrufen, mit denen NetWorld je Geschäfte gemacht hatte, und zu ihm durchstellen, sobald sie jemanden erreicht hatte. Als die Headhunter dann zurückriefen, sagte Max ihnen, sie sollten Termine für Bewerbungsgespräche für die frei gewordenen Stellen vereinbaren. Jetzt fühlte sich Max wieder etwas wohler, zumindest bis sich die ersten Kunden meldeten. Ihm fiel auf, dass die Wodkaflasche leer war und er nur noch undeutlich reden konnte. *Wie zum Teufel war das möglich?*

Zuerst waren es nur einige unbedeutendere Kunden, die ihre Wartungs- und Beratungsverträge stornierten. Da ging es um fünf- bis zehntausend Dollar pro Jahr und Kunde, Summen, die Max verschmerzen konnte. Aber dann hatte er auch ein paar größere Kunden in der Leitung, bei denen Max permanent Spezialisten platziert hatte und mit denen er in ständigem Geschäftskontakt stand. Sie teilten ihm mit, dass sie sich nach einer anderen Firma für den Netzwerksupport umschauten. Alle hatten sie die gleiche Begründung – ihnen gefiel die schlechte Publicity nicht, die Max und NetWorld derzeit hatten, deshalb hatten sie sich entschlossen, sich zum

Wohl ihres Unternehmens anderweitig umzusehen. Verzweifelt versuchte Max zu retten, was zu retten war, doch nichts, was er vorbrachte, half. Es war, als würde er schreien, und die Welt wäre taub. Manchmal hörte er sich fast so an, als würde er um Gnade winseln, und das gefiel ihm gar nicht. Er brauchte dringend noch etwas zu trinken, also ging er zu seinem Vorrat an Chivas Regal, den er für besondere Kunden bereithielt. Er füllte ein Glas, verschüttete einen Teil auf seine Krawatte, dachte, *was soll's*, und kippte den Whiskey runter. Undeutlich konnte er sich noch an den Höllenkater erinnern, als er das letzte Mal Wodka und Whiskey durcheinandergesoffen hatte, aber er trank trotzdem weiter. Er drückte auf die Sprechanlage und sagte der Aushilfe, sie solle ihm Pistazien besorgen. Vielleicht saugten die ja den Alk auf.

Zehn Minuten später schwankte er mit der Flasche Chivas in der Hand hinaus zum Empfang. »Wo zum Teufel sind meine Nüsse? Ah, ich weiß schon, hier sind sie ja«, sagte er und griff sich an die Eier.

Das Mädchen murmelte was von wegen »widerlich«, aber Max unterbrach sie sofort: »Hey, willst du frech werden? Dein Arsch gehört mir, merk dir das.« Er lächelte, als ihm klar wurde, dass er soeben wie Thomas Dillon geklungen hatte, wie Popeye höchstpersönlich.

Das Mädchen sagte etwas wie, sie würde kündigen, und Max entgegnete, sie gehe ihm ohnehin auf die Nerven. Und wo war eigentlich das verdammte Zen-Buch? Hatte die Polizei es nicht zurückgebracht? Wie sollte er sich jetzt ohne das Dreckbuch entspannen?

Das Mädchen stand auf, um sich aus dem Staub zu machen. Kein großer Verlust, sie war dürr, keine Figur.

»*Zen* kleine Negerlein ...«, lallte ihr Max hinterher, als sie aus dem Büro rannte.

Er schraubte den Chivas auf, um sich noch einen

Schluck zu genehmigen, fluchte, als er sich mit dem Deckel in den Zeigefinger schnitt und Blut floss. Er rannte ins Bad, um sich den Finger abzuwaschen, und geriet vollends in Panik. Er hatte den Eindruck, sein Blut strömte gleich literweise in den Ausguss. Wegen des Deckels einer Flasche Chivas würde er verbluten. Es war zum Heulen.

Schließlich hörte das Bluten zwar wieder auf, doch er war überzeugt, bereits riesige Mengen Blut verloren zu haben. Also ging er an den Schreibtisch zurück und trank noch mehr Alkohol. Vielleicht konnte er so den Flüssigkeitsverlust ersetzen. *Ja sicher, genau so funktionierte das, Alk statt Blut.* Er dachte laut nach und fragte sich dann laut: »Hab ich etwa gerade laut gedacht?« Leck mich doch, wie sich diese irische Kuh immer so schön ausdrückte. Warum konnte die blöde Schlampe nicht einmal was richtig machen und endlich abkratzen? War das vielleicht zu viel verlangt?

Max richtete sich auf und brummte vor sich hin, er müsse sich konzentrieren, obwohl er alles doppelt sah. Er war wild entschlossen, seine Firma zu retten. Vom Whiskey beflügelt, dachte er, wieso eigentlich nur seinen Laden, wo er doch die ganze Welt retten konnte. Vielleicht konnte er in Sachen soziales Engagement sogar Angelas Kumpel Bono noch was vormachen.

Dann rief Jack Haywood von Segal, Russell & Ross an und teilte ihm mit, sie würden jeden Kontakt mit NetWorld abbrechen. Max weinte beinahe. *Nein, nicht auch noch Jack.*

»Na, komm schon, Jackie-Baby«, flehte Max, »nach allem, was wir schon zusammen veranstaltet haben, all die Lapdances und Nutten. Mach schon, Kumpel, du kennst mich doch. Du weißt doch, dass ich mich mit solchen Drecksäcken wie die aus den Nachrichten nie einlassen würde. Ich dachte, wir halten zusammen, Mann.«

Am anderen Ende der Leitung war es still. Max dachte schon, Jack hätte aufgelegt, als der sagte: »Ich würde dir ja gern glauben, Max, aber ich hab dich neulich mit dieser Stripperin gesehen. Und ich hab dich auch davor schon mit Stripperinnen gesehen, und ich weiß, wie du deine Frau immer runtergemacht hast und damit angibst, wie du überall rumvögelst ... «

»Jack«, schrie Max, »das ist doch bloß Blödsinn, den ich verzapfe, wenn ich was verkaufen will. Du kannst doch nicht ernsthaft glauben, dass ich ... Jack, bitte, egal was du tust, aber erzähl der Polizei nichts davon.«

»Es liegt ohnehin nicht in meiner Hand. Wenn es an mir läge, würde ich an dir festhalten, aber meine Partner wollen nicht mehr. Aber weißt du was, ich lasse deine Nummer in meinem Rolodex. Wenn ich mal zu einer anderen Firma wechsle, rufe ich dich an, vielleicht können wir was deichseln.« Es entstand eine längere Pause, dann fragte Jack: »Hast du getrunken? Ich meine, es geht mich zwar nichts an, Junge, aber du solltest lieber nüchtern bleiben, wenn du wieder glaubwürdig werden willst.«

Als der Tag vorüber war, hatte Max die Hälfte seiner Klienten verloren, *caputo, gefloppt*. Und sicher hätte auch die andere Hälfte längst gekündigt, doch irgendwann war er einfach nicht mehr ans Telefon gegangen.

27

Bei Ihnen gibt es ein Sprichwort:
»Zwei Fliegen mit einer Klappe schlagen.«
Unserer Art hingegen entspricht es,
mit einer Klappe nur eine Fliege zu schlagen.

Suzuki Roshi

Mit einer Sporttasche auf dem Schoß rollte Bobby in den Schnapsladen an der Ecke Amsterdam und Ninety-first. An der Theke stand der alte Pakistani, den Bobby hier immer sah, morgens wie abends. Wie machten die das nur? Schliefen die etwa im Stehen?

Zwei Kunden befanden sich im Laden, eine Chinesin und ein Schwarzer. Bobby fuhr in den rückwärtigen Teil und stöberte ein wenig in der Merlot-Abteilung. Immer wieder warf er Blicke in den Spiegel an der Decke, um das Treiben an der Kasse zu beobachten. Die Chinesin bezahlte gerade ihre Einkäufe. Lauter kleine Banknoten, sogar die Münzen zählte sie einzeln ab, um es ganz passend zu machen. Du meine Güte. Endlich war sie fertig, nahm ihre Tasche und ging. Jetzt war nur noch der Schwarze da. Bobby hatte ein Gefühl, als könne er gleich aufspringen und wieder gehen.

Der Schwarze bewegte sich Richtung Kasse. Der Pakistani beobachtete Bobby über den Spiegel, vielleicht war er ihm suspekt. Aber Bobby machte sich keine Sorgen. Er war gut drauf, nichts konnte ihm etwas anhaben.

»Danke«, sagte der Schwarze.

Als die Tür zufiel, und die kleine Glocke darüber bimmelte, setzte sich Bobby in Bewegung. Nicht hastig, eher beiläufig rollte er zur Kasse. Der Pakistani sah nach unten und notierte sich etwas auf einem Block. Bobby öffnete die Sporttasche und holte eine Uzi heraus. Dieses Hochgefühl, das ihn befiel, sobald er die Waffe in Händen hielt – ja, das war ganz der alte Bobby.

»Das ist ein Überfall«, verkündete er. »Spielen Sie nicht den Helden. Packen Sie einfach das Geld in die Tasche, dann passiert Ihnen nichts.«

Er hatte genau die richtige Mischung aus Aggressivität und Bösartigkeit getroffen, wie in den guten alten Zeiten. Genau wie Isabella es ihm beigebracht hatte.

Alles, was der Pakistani tat, nahm Bobby überdeutlich wahr. Er konnte seinen Atem hören, sah den Schweiß aus seinen Poren treten. Bildete er sich das bloß ein, oder stank der Kerl wirklich wie der Rücksitz eines Taxis?

Dann bewegte der Kerl den rechten Arm. Vielen, die weniger scharfsinnig und reaktionsschnell waren wie Bobby, wäre das gar nicht aufgefallen. Dies war eines der Dinge, die er im Laufe seines Lebens gelernt hatte: auf die Kleinigkeiten zu achten. Vielleicht wollte der Typ den Alarm auslösen, vielleicht griff er nach einer Waffe. Bobby wartete nicht, bis er es herausgefunden hatte. Er drückte ab, leerte das halbe Magazin innerhalb einer Sekunde. Eine Erinnerung aus den Zeiten von *Desert Storm* schoss ihm durch den Kopf, als ein Heckenschütze über den Sand rannte und Bobby ihm so oft ins Genick schoss, dass sein Kopf runterfiel. Der Körper rannte noch ein paar Meter weiter, ehe er zusammenklappte. Dann brachen Erinnerungen an frühere Überfälle durch, und er sah sich aus Juweliergeschäften und Banken rennen. Da gehörte er hin, ins Zentrum des Geschehens, an die vorderste Linie. Bobby lächelte, als er den Kameltreiber wie in Zeitlupe gegen die Rückwand fliegen sah. Die Kugeln rissen den kleinen Arsch regelrecht in Stücke.

Plötzlich hörte er hinter sich Schritte. Als er sich umdrehte, sah er nicht, wie erwartet, einen zweiten Kameltreiber, sondern eine alte Frau, wahrscheinlich die Frau des Ladenbesitzers. In der rechten Hand hielt sie eine Waffe, einen kleinen Revolver, und sie schrie etwas in einer Bobby unbekannten Sprache. Er wollte nicht schießen, aber als er sah, dass sich ihr Finger am Abzug bewegte, blieb ihm keine Wahl. Schließlich hatte er *Desert Storm* nicht überlebt, um sich jetzt von einer alten Schachtel abknallen zu lassen. *Nichts wie raus hier!* Kreischend segelte die Alte in ein Weinregal, Flaschen zersplitterten, rote Flüssigkeit spritzte nach allen Seiten. Zu Fleisch serviert man Roten, richtig?

Im Laden war es wieder still. Schnell hievte sich Bobby auf den Tresen neben die Kasse und leerte die Geldfächer. Danach rollte er zu der Frau und nahm das Geld aus ihrer Handtasche. Insgesamt brachte er es auf tausend Dollar und ein paar Zerquetschte. Leider konnten sie ihm den Safe nicht mehr öffnen. Na, wenn schon. Das würde er beim nächsten Job ausgleichen, und beim übernächsten. Er steckte das Geld und die Uzi in die Sporttasche, zog den Reißverschluss zu und rollte im Hochgefühl des Sieges in die Dämmerung hinaus.

Als er Kurs auf die andere Straßenseite nahm, sah er die Cops, die gerade aus dem Streifenwagen ausstiegen. Sie hatten ihn noch entdeckt. Er wollte seine Uzi hervorholen, als er einen weiteren Cop sah, der eine Waffe auf ihn gerichtet hielt und »Halt! Polizei!« schrie. Scheiße, warum hatte er nur die Uzi weggepackt? Als er in die Tasche griff, traf ihn die erste Kugel ins Bein. Er spürte sie nicht und musste lachen, doch durch den Aufprall verlor er die Kontrolle über den Rollstuhl. Der Lieferwagen, Scheiße, der kam genau auf ihn zu.

28

Er war einer dieser »Das hätte mir auch passieren können«-Typen, einer von denen, die glauben, wenn man immer nur wegschaut und die Probleme anderer ignoriert, kommen genau diese Probleme wie ein Bumerang zu dir zurück und geben dir voll eins auf die Nuss.

John Ridley, Everybody Smokes in Hell

Während Max in der Schlange vor der Kasse in Grace's Marketplace an der Third Avenue stand, um das Gemüse zu bezahlen, das er sich zum Abendessen dünsten wollte, bekam er die Unterhaltung zweier junger Burschen mit.

»Hast du gehört, was auf der West Side los war?«, fragte der Größere der beiden.

Max' Kater hatte voll zugeschlagen, und obwohl der Mann in normaler Lautstärke redete, klang es, als würde ihm jemand mit einem Megafon direkt ins Ohr brüllen.

»Nein«, gab der andere genauso laut zurück. Max hatte zwei Aspirin eingeworfen, aber die halfen einen Dreck.

»Heute Nachmittag«, fuhr der Größere fort, »vor ein paar Stunden, da überfällt ein Typ im Rollstuhl einen Schnapsladen an der Amsterdam Avenue und dreht total durch. Er ballert mit einer Uzi rum und knallt dabei den Besitzer und dessen Frau ab.«

Jetzt spitzte Max die Ohren, um ja nichts zu verpassen. Der Mann erzählte weiter, dass der Täter von einem Lieferwagen überfahren und zerquetscht worden war.

»Jetzt reicht's mir endgültig.« Der andere schüttelte den Kopf. »Ich zieh nach New Jersey.«

Der Bursche war schon beim nächsten Thema, als sich Max einschaltete. »Entschuldigen Sie bitte ... «, wegen

seines schmerzenden Schädels fuhr er umgehend die Lautstärke runter, »... entschuldigen Sie bitte, aber ich habe zufällig mitbekommen, was Sie gerade gesagt haben, über diesen Rollstuhlfahrer.«
»Ja, irre Geschichte, was?«
»Sie haben nicht zufällig seinen Namen mitbekommen?«
»Doch, es war ... keine Ahnung, irgendwas Spanisches. Ramirez, Rojas ... «
»Könnte es Rosa gewesen sein?«
»Gut möglich. So genau hab ich da nicht aufgepasst.«
Er schaute ihn an, als wäre Max ein Alki. Fragte sich nur, warum eigentlich. Wozu hatte Max die ganzen Pfefferminzpastillen gelutscht, bevor er das Büro verlassen hatte? Auf der Packung stand doch eine Garantie, dass die Dinger jeden Alkoholgeruch überdeckten. Oder nicht?

Max ließ das Gemüse im Einkaufswagen liegen und eilte nach Hause. Er geriet vollkommen aus Atem. Mist, sein Herz tat weh, als ob es jeden Moment explodieren wollte.

Er stellte den Fernseher an und erwartete eigentlich, dass sich alles als großes Missverständnis entpuppen würde. Vielleicht lebten in dieser Stadt ja wirklich gleich zwei geisteskranke Krüppel mit einem Spanisch klingenden Namen. Aber der Reporter berichtete doch glatt live vom Ort des Geschehens: »... dass die Polizei gegenwärtig keine weiteren Informationen über den Täter bekannt gibt, aber wie wir erfahren haben, handelt es sich bei Robert Rosa um einen ehemaligen Sträfling, der mehrere Male unter anderem wegen unerlaubten Waffenbesitzes und bewaffneten Raubüberfalls verhaftet worden war. Er war nicht verheiratet, und ob es sonstige Angehörige gibt, ist derzeit noch unbekannt.«

Die Hochstimmung, die diese Nachricht bei Max auslöste, war nur von kurzer Dauer. Denn ihm wurde rasch klar, dass seine Probleme damit alles andere als gelöst waren. Wahrscheinlich durchsuchte die Polizei gerade Bobbys Wohnung. Es war nur eine Frage der Zeit, bis sie die Kassette finden würden.

Max schaltete den Fernseher aus und blieb still auf seiner Couch sitzen. Das einzige Geräusch kam vom Kühlschrank, der in der Küche vor sich hin brummte. Jeden Moment konnte die Polizei vor der Tür stehen und klingeln.

Er musste Angela sehen. Die ganze letzte Nacht hatte er an sie gedacht und heute auch fast den ganzen Tag. Was wohl in ihrem Kopf vorging? Bestimmt liebte sie ihn immer noch, warum sonst hätte sie die Polizei angelogen und ihn gedeckt? Klar, sie ging damit auch selbst auf Nummer sicher. Aber auch wenn sie ihn in die Pfanne gehauen hätte, wäre sie trotzdem aus dem Schneider gewesen. Außer natürlich, sie hatte Angst, er würde sie mit reinziehen, sobald sie ihn verpfiff. Und das würde er. Ohne Frage.

Er brauchte noch was zu trinken. Er zwitscherte eine Viertelflasche Stoli. *Das war das Problem, er hätte nicht auf Whiskey umsteigen sollen.* Nachdenklich verließ er sein Haus und marschierte Richtung Third Avenue, um sich ein Taxi zu suchen. Schwankte er leicht? Nein, nur die Nerven, nichts weiter. Es war eine Frage der Perspektive, wie man das Bild betrachtete. »*Hab ich eben einen kleinen Schluck gekippt.*« Was war das denn? Klang er jetzt etwa schon wie dieser verdammte Ire? »Könntest mir glatt Konkurrenz machen.« Mann, reiß dich zusammen!

»Columbia Presbyterian Hospital«, rief er dem Taxifahrer zu.

Die zwanzigminütige Fahrt nüchterte Max ein wenig

aus, trotzdem war er noch ziemlich betrunken, als sie am Krankenhaus eintrafen. Deshalb brauchte er einige Zeit, bis er Angelas Zimmer fand.

Der Polizist, der vor der Tür Dienst schob, erkannte Max auf Anhieb.

»Keinen Schritt weiter, Mr. Fisher.«

Der Bulle war klein und stämmig und hatte lockiges Haar. Die Hände in die Hüften gestemmt, stand er mit gereckter Brust da.

»Ich möchte Angela Petrakos sehen.«

»Das glaube ich Ihnen gern, ich kann Sie aber nicht reinlassen.«

»Warum nicht? Gegen mich liegt überhaupt nichts vor.«

»Ich kann Sie trotzdem nicht reinlassen.«

»Hat Ihnen jemand befohlen, dass Sie mich nicht zu ihr lassen dürfen?«

Der Polizist dachte kurz nach. »Nein, aber ich halte es dennoch für das Beste.«

Max' Wahrnehmung war durch den wieder einsetzenden Kater beeinträchtigt. Er hatte das Gefühl, die ganze Welt wie durch Glas zu sehen, durch sehr schmutziges Glas. Es fehlte nicht viel, und er hätte dem Kerl eine runtergehauen.

»Falls Sie keinen Wert auf Ärger legen, schlage ich vor, Sie lassen mich jetzt rein zu ihr. Sonst muss ich nämlich gleich Ihren Boss anrufen. Verdammt noch mal, die Frau arbeitet für mich.«

Max versuchte, den alten Machtmenschen herauszukehren, der er gewesen war, bevor sein Leben den Bach runtergegangen war. Vielleicht klappte es ja. Der Polizist sah schon etwas nachdenklicher aus. Es gab doch nichts Besseres, als die Jungs in Blau zu piesacken, um ihm sein altes Selbstbewusstsein wiederzugeben.

»Also gut, Sie können mit ihr reden. Aber nur ein paar Minuten. Und ich komme mit rein.«

Max hatte erwartet, Angela würde aussehen wie dem Teufel von der Schippe gesprungen, aber das Gegenteil war der Fall. Sie saß aufrecht im Bett, sah fern und machte einen fast normalen Eindruck. Natürlich trug sie nicht so viel Make-up wie sonst, aber sie hatte einen hellroten Lippenstift aufgetragen und ihr Haar nett zurechtgemacht. Ihre Brüste sahen auch toll aus. Und da hieß es immer, Krankenhaushemden seien nicht sexy. Er warf einen Blick zu dem Polizisten und hatte den Eindruck, der dachte dasselbe.

Max war sich nicht sicher, ob Angela sich über seinen Besuch freute oder nicht. Jedenfalls war äußerste Vorsicht angesagt.

»Überraschung«, sagte Max.

Angela starrte ihn ausdruckslos an, dann verzog sich ihr Mund langsam zu einem Lächeln. Doch was sie dachte, konnte Max immer noch nicht erraten.

»Was machst du denn hier?«

»Ich dachte, ich schau mal vorbei, um zu sehen, wie's dir geht.«

Der Polizist stand in einer Ecke des Zimmers und beobachtete die beiden.

»Mir geht's ganz gut«, sagte Angela.

»Ja, das sehe ich. Ehrlich, du siehst fantastisch aus.« Er nickte Richtung Fernseher. »Du schaust dir wohl die Nachrichten an. Dann hast du wahrscheinlich von dem Raubüberfall gehört. Der Typ im Rollstuhl. Irre, hm?«

Angela nickte langsam.

»Na ... dann geht's dir jetzt bestimmt besser. Noch nicht ganz über'n Berg, aber die Aussichten stehen nicht schlecht.«

»Die Ärzte haben gesagt, ich hätte totales Glück gehabt. Wenn mich die Kugel in der Brust nur ein paar Zentimeter weiter rechts getroffen hätte, wäre ich wahrscheinlich tot. Sie halten es immer noch für ein Wunder, dass ich es trotz des großen Blutverlusts gepackt habe.«

Max' Sicht war immer noch verschwommen, und er konnte sich nur mit Mühe konzentrieren. Irgendetwas wollte er ihr doch sagen, etwas Wichtiges. Es fiel ihm ums Verrecken nicht ein.

»Du bist also gekommen, um zu sehen, wie es mir geht?«

»Nein. Ich wollte dir sagen, dass du mir fehlst. Im Büro, meine ich. Deine Gegenwart fehlt mir, und ... überhaupt.«

»Die Ärzte sagen, wenn ich mich weiter so gut erhole, kann ich nächste Woche raus.«

»Das ist ja super.« Aus dem Augenwinkel sah er, wie der Polizist den rechten Arm hob und auf seine Armbanduhr deutete. »Hör zu, ich möchte, dass du weißt, wie hoch ich es dir anrechne, dass du zu mir gehalten hast. Das hat mir gezeigt, wie viel dir an mir liegt. Praktisch alle anderen haben mich im Stich gelassen. Beim ersten Anzeichen von Problemen hieß es nur noch *adios, amigo, sayonara, schön, Sie kennengelernt zu haben*. Aber du bist mir nicht in den Rücken gefallen ...« Etwas rührte sich in seinem Inneren. Es war das gleiche Gefühl wie damals, vor vielen Jahren, in der Bar des *Mansfield Hotels* mit Deidre. Und was hatte es ihm eingebracht? Aber manchmal fühlt man eben, was man fühlt, und muss diesem Gefühl unbedingt nachgeben. Oder jedenfalls so ähnlich.

»Ich weiß, dass das alles nicht dein Fehler war«, brachte Max eher undeutlich heraus, »und du sollst wissen, dass ich dir keinerlei Vorwürfe mache. Der Punkt ist, ich halte es nicht aus, so allein in diesem großen Haus. Was ich sagen will: Sobald du hier rauskommst, sollten wir heiraten.«

Angela blickte ihn entgeistert an. Die Kinnlade fiel ihr runter. »Ist das dein Ernst?«

»Mir ist schon klar, dass die erste Zeit nicht leicht werden wird. Ich meine, bis wir über alles hinweg sind und so. Aber wir werden uns schon dran gewöhnen.«

»Aber die Polizei ist doch noch ... «

Max wedelte abschätzig mit der Hand und riss dabei fast einen dicken Schlauch ab. »Ich habe einen guten Anwalt. Ich sorge dafür, dass er deinen Fall übernimmt. Und wenn wir dann alles hinter uns haben, können wir endlich tun, worüber wir gesprochen haben – wir können verreisen, irgendwohin fahren und uns alles Mögliche anschauen. Was meinst du dazu?«

»Ich kann gar nicht glauben, dass du mir einen Antrag machst, nach allem ... nach allem eben.« Sie sah aus, als würde sie jeden Moment anfangen zu weinen.

»Sag Ja. Ich hoffe, ich hab mich nicht für nichts und wieder nichts den ganzen Weg bis nach Harlem hochgeschleppt.«

Noch immer schwieg sie. Er wollte schon auf die Knie fallen, ihr in aller Förmlichkeit einen Antrag machen, als sie die Augen schloss, vielleicht, um ihre Tränen zurückzuhalten. »Natürlich heirate ich dich«, sagte sie. »Warum denn nicht?«

An diesem Abend traf Max eine Entscheidung. Wenn er irgendwie heil aus der ganzen Sache herauskam, würde er sein Leben ändern und alles, was er angerichtet hatte, wiedergutmachen. Unschuldige Menschen waren gestorben, und auch wenn ihn nicht die alleinige Schuld traf, so trug er doch einen Teil der Verantwortung. Er hatte Stehvermögen und konnte mit einem Teil der Schuld leben. Er würde mit dem Saufen aufhören und zur Synagoge gehen. Oder noch besser: Er würde das Zen-Buch lesen, falls er es wiederfand. Ja, genau, zum Teufel mit dem Judaismus. Er würde sich anschauen, worum es bei diesem Buddhismus-Scheiß eigentlich ging. Vielleicht hatte meditieren ja tatsächlich was. Vielleicht war im Schneidersitz an gar nichts zu denken die Lösung all seiner Probleme. Egal wie schwer es ihm fiel, er würde sein Leben von Grund auf umkrempeln. Alles würde anders werden.

Als Max am nächsten Morgen erwachte, fühlte er sich richtig erfrischt. Seine Erinnerungen an den Vortag waren etwas nebulös, aber von seinem Heiratsantrag wusste er noch. Ach, zum Teufel damit. Vielleicht hätte er es nüchtern nicht getan, aber das hieß ja nicht automatisch, dass es ein Fehler war. Wie groß war denn die Wahrscheinlichkeit, dass zwei Ehen nacheinander derart in die Hosen gingen? Möglicherweise war die Ehe mit Angela das Beste, was ihm je passiert war.

Nachdem er sich geduscht und rasiert hatte, ging er zum Kiosk an der Straßenecke und kaufte sich die *Sunday Post*. Er fühlte sich prima, pfiff sogar den »River-Kwai-Marsch« vor sich hin, als er die Zeitung anschaute und ihm die Schlagzeile PERVERSER! und darunter ein großes Foto von Bobby Rosa entgegensprangen. Max las den Artikel gleich am Kiosk. Zwei volle Seiten nur über Rosa. Die Polizei hatte in seiner Wohnung Hunderte von Fotos von Frauen gefunden – Frauen im Bikini, Frauen in Unterwäsche, Spannerfotos, die er durch Fenster geschossen hatte, Fotos unter Röcke und von oben in Ausschnitte. Viele der Bilder hingen an den Wänden im Schlafzimmer und im Bad, aber die Polizei hatte noch ganze Schachteln voll im Wandschrank entdeckt, einschließlich der Fotos, auf denen Max und Angela beim

Sex zu sehen waren. Die schockierendste Nachricht allerdings war, dass die Polizei außerdem eine Pistole in Bobbys Wohnung gefunden hatte. Es war die Waffe, die bei der Schießerei im Riverside Park benutzt worden war. Max verstand überhaupt nichts mehr. Dass bei Bobby ein paar Schrauben locker saßen, hatte er ja gewusst, aber dieser Wahnsinnige war ja vollkommen durchgedreht. Das Pfeifen war Max inzwischen gründlich vergangen.

Die ganze Geschichte war derart verwirrend, dass Max pochende Kopfschmerzen bekam. Er kaufte noch die *Times* und die *Daily News*, aber deren Artikel basierten im Wesentlichen auf den gleichen Fakten wie die Berichte in der *Post*. Das einzig Gute war, soweit es Max betraf, dass nirgendwo erwähnt wurde, die Polizei habe eine belastende Kassette in Rosas Wohnung gefunden. Aber über kurz oder lang würden sie sie finden.

Er stand schon wieder kurz vor dem Abgrund.

In einem Laden an der Lexington Avenue kaufte er ein-en Strauß roter und rosafarbener Rosen, dann fuhr er mit dem Taxi ins Krankenhaus. Vor Angelas Tür hielt ein anderer Polizist Wache, der ihn ohne großes Tamtam hineinließ. Angela schlief. Auf Zehenspitzen schlich Max an ihr Bett und weckte sie mit einem sanften Kuss auf die Lippen. Nicht mit seinem Spezialkuss, dem scharfen, der nie seine Wirkung verfehlte, nein, dieser Kuss drückte Besorgnis aus, echtes Mitgefühl. Angela schlug die Augen auf, als wüsste sie gar nicht, wo sie sich befand, dann sah sie Max' Gesicht. Kurz starrte sie ihn entsetzt an, dann entspannten sich ihre Gesichtszüge zu einem Lächeln, auch wenn ihre Augen noch müde und traurig blickten. Wahrscheinlich hatte er sie aus einem bösen Traum geweckt.

Als er am nächsten Morgen in die Firma kam, sagte er

der Aushilfe am Empfang, sie solle ihm Andrew McCullough ans Telefon holen.

»Ich habe noch einen Job für Sie«, sagte Max. »Ich möchte, dass Sie Angela Petrakos vertreten.«

»Angela Petrakos? Sie machen doch Witze, oder?«, sagte McCullough.

Wie er den Tonfall dieses Arschlochs hasste. Der hielt sich für groß und mächtig, weil er der Anwalt war und nicht der Kerl, der ständig einen brauchte. »Warum sollte ich darüber wohl Witze machen?«

»Seit wann interessiert es Sie denn, was mit Angela Petrakos passiert?«

»Seit ich sie gefragt habe, ob sie meine Frau werden will.«

Den Großteil des Tages verbrachte Max am Telefon und versuchte, bei seinen noch verbliebenen Kunden zu retten, was noch zu retten war. Außerdem rief er einige Firmen an, die letzte Woche ihren Vertrag gekündigt hatten, und bat um eine zweite Chance. Die meisten lehnten mit Bedauern ab, einige aber konnte er zur Rückkehr überreden.

Zum ersten Mal seit Deirdres Ermordung hatte Max das Gefühl, dass er sein Leben wieder auf die Reihe bekam. Unter Druck arbeitete er am besten. Das zeigte, aus welchem Holz er geschnitzt war.

Am Morgen ging er ins Fitnessstudio, tagsüber arbeitete er wie besessen, und abends besuchte er Angela. Er fühlte sich gesund wie seit Jahren nicht mehr. Ein wenig taten ihm die Dinge, die er angerichtet hatte, auch leid, doch er wusste inzwischen, dass tief in seinem Inneren ein anderer, ein besserer Max Fisher steckte, und diesen Max Fisher würde er herauslassen. Alle Welt sollte sein neues Ich sehen, er konnte es kaum noch erwarten. Vielleicht würde er sogar anfangen, Trinkgeld zu geben.

Nein, übertreiben brauchte er es nun auch wieder nicht.

Am Morgen vor dem Spiegel hatte er zu sich selbst gesagt: »Du bist ein guter Mensch. Klar, du hast viel Pech gehabt, aber an Leid wächst der Mann.«

Er war sich ziemlich sicher, dass in dem Zen-Buch genau solche Sprüche zu lesen waren.

In McCulloughs Verteidigungsstrategie tauchte ein kleines Problem auf, als der Portier von Bobby Rosas Appartementgebäude behauptete, Angela und Dillon seien an aufeinanderfolgenden Tagen in Bobbys Wohnung aufgetaucht. McCullough verwies darauf, dass seine Klientin von Bobby erpresst worden sei. Sie sei zu ihm gefahren, um die Sexfotos zurückzufordern. Außerdem spekulierte McCullough, dass Dillon wohl eher einer von der »eifersüchtigen Sorte« gewesen sei, vielleicht habe er ja Bobby beschuldigt, mit Angela eine Affäre zu haben. Die Leiche in der Badewanne erklärte er damit, dass Angela in einer Missbrauchsbeziehung steckte und sie Dillon in Notwehr getötet habe. Der Rohrreiniger beweise, wie verzweifelt und irrational sie gehandelt habe. Diese Theorie wurde auch durch Angelas Schnitte und Schrammen untermauert. Außerdem bestätigten mehrere Leute im Büro, Angela sei auch vor dem Mord schon einmal mit einem bösen Veilchen zur Arbeit gekommen. Zu einem weiteren Streitpunkt, dem Code für die Alarmanlage, brachte McCullough vor, Dillon habe Deirdre Fisher gezwungen, ihm die Zahlen zu verraten. So habe er die Anlage wieder anstellen können.

Max glaubte nicht eine Sekunde, dass die Polizei McCullough auch nur eine Silbe von dem ganzen Bockmist abkaufte. Sie würden Angela anklagen, unter dem Druck würde sie zusammenbrechen und ihn mit reinziehen. Doch dann rief ihn McCullough in der Firma an und überbrachte ihm die unglaublichen Neuigkeiten. Die Polizei hatte bei einer Pressekonferenz den Fall für offiziell abgeschlossen erklärt. Thomas Dillon, und nur Thomas Dillon war für die Morde an Deirdre Fisher, Stacy Goldenberg und Kenneth Simmons verantwortlich. Obwohl Max und Angela nachweislich eine Affäre hatten, war die Staatsanwaltschaft der Auffassung, die Beweise gegen Max würden nicht ausreichen, um weiter gegen ihn zu ermitteln. Ferner glaubten sie, Angela hätte als Opfer häuslicher Gewalt das volle Mitgefühl der Geschworenen auf ihrer Seite, vor allem nachdem bekannt wurde, dass Dillon auch der brutale Mord an einem japanischen Touristen anzulasten war. Einem Kommentar der *Post* zufolge war es nicht unwahrscheinlich, dass der Bürgermeister auf eine schnelle Klärung des Falls gedrängt hatte. Der Beginn der Sommersaison war ein ungünstiger Zeitpunkt für Berichte über Touristen, denen man die Gurgel aufgeschlitzt hatte.

Zwei Tage nach Einstellung der Ermittlungen wurde Angela aus dem Krankenhaus entlassen. Man brachte sie in einem Rollstuhl vor den Eingang, dann stand sie auf und humpelte in Max' Arme. Dank Viagra hatte er einen solchen Ständer, dass er sie am liebsten gleich vor dem Krankenhaus in Grund und Boden gevögelt hätte. An diesem Abend führte er sie zu einem romantischen Essen mit Kerzenlicht ins *Demi* an der Madison Avenue aus und überraschte sie mit einem zweikarätigen Diamantring von Tiffany zur Verlobung. Das Strahlen ihrer Augen beim Anblick des Geschenks war jeden Cent wert, den der Ring gekostet hatte. Wer wollte da behaupte mit Geld könne man kein Glück kaufen? Irgendein blöder Hund wahrscheinlich, der zum Discounter ging.

Max begann, Kamal ein paarmal pro Woche zum Aschram zu begleiten. Er hörte dem Swami sehr genau zu, wenn dieser vom »universellen Unbewussten« und dem »wahren Ich« sprach. Er las Bücher über Buddhismus und fernöstliche Philosophien, machte Entspannungsübungen und meditierte zwei-, dreimal am Tag. Teufel auch, er war wie geschaffen für diesen Scheiß. Sogar das Jucken hatte nachgelassen, und die Bläschen verschwanden langsam. Dieser Buddha war sein Geld wert, keine Frage.

Einmal nahm Max Angela ein Wochenende lang zu einem Yogaseminar in die Berkshires mit. Sie verbrachten eine tolle Zeit mit Meditieren, Gesängen, Yogaübungen, makrobiotischem Essen und langen Waldspaziergängen. Als sie wieder in die Stadt zurückkamen, fühlte Max sich rundum geläutert. Ihm war, als hätte er sein ganzes Leben lang geschlafen und sei nun endlich erwacht. Der neue Max Fisher war ein freundlicherer und gelassenerer Mensch, der seiner neuen Belegschaft Respekt entgegenbrachte. Ihm war klar geworden, dass er die längste Zeit seines Lebens auf dem falschen Pfad gewandelt war. Früher hatten sein Ego und seine Begierden seine Handlungen bestimmt, während sein wahres Ich darunter verschüttet war. Zwar wusste er, dass seine Veränderung weder rechtfertigen noch wiedergutmachen konnte, was er getan hatte, doch das alles war nicht sein Fehler gewesen. Sein Ego hatte beschlossen, Deirdre zu töten, doch nun war dieses Ego fort, und damit auch der Mörder. Er spürte eine neue Bescheidenheit und hatte gleichzeitig das Gefühl, die Leute könnten erkennen, dass er sich durch großes Leid hin zu einem Menschen mit umso größerem Mitgefühl entwickelt hatte. Er bildete es sich nicht nur ein, die Leute sahen ihn tatsächlich mit anderen Augen. Falsche Bescheidenheit war hier fehl am Platz, die ganze Welt sollte es sehen. Eines Tages würde er in der *Oprah-Winfrey-Show* über seinen langen Weg der Selbsterkenntnis berichten.

Dann, eines Nachmittags, kam seine neue Sekretärin – eine kleine Inderin, die Max eingestellt hatte, weil sie Buddhistin war, ihre Brüste brauchten nicht einmal Körbchengröße B – in sein Büro und meldete einen Besucher.

»Wer denn?«

»Das wollte er nicht sagen, nur dass es wichtig ist.«

»In Ordnung, schicken Sie ihn rein.«

Max schaltete die CD mit tibetanischen Gesängen aus, die er auf seinem PC abgespielt hatte. Ein kleiner, sehr dünner, völlig kahler Mann mit einer großen, krummen Nase betrat das Büro. Er trug Jeans, Turnschuhe und ein Sweatshirt mit Kapuze, war also zumindest kein Vertreter.

»Kann ich Ihnen irgendwie behilflich sein?«, fragte Max lächelnd.

»Ja, ich glaube schon.« Die Stimme des Mannes klang heiser, als wäre er Kettenraucher oder einer von denen, die Rachenkrebs haben und durch eine Maschine sprechen müssen.

»Warum setzen Sie sich nicht? Tut mir leid, dass Sie etwas warten mussten.«

»Ist schon in Ordnung. Das macht mir nichts aus. Ich hab schon mein ganzes Leben gewartet, wenn Sie wissen, was ich meine.«

Klar, und zwar auf den Bus, dachte Max, weil der Typ sich nie ein Auto würde leisten können. Max hatte Neuigkeiten für ihn, *Dein Bus ist längst abgefahren, Junge.* Doch dank seiner neu erworbenen Spiritualität behandelte Max diese bedauernswerte Null, als hätte ihn Buddha persönlich geschickt. Ja, er war eine Null, mit Scheiße an der Hacke, aber das musste Max ihm ja nicht auf die Nase binden.

Er nahm an, der Mann suchte einen Job, vielleicht als Techniker, der sich um die Kabelverbindungen in Maschinenräumen kümmert, irgendwas in der Art. Er würde ihn einstellen, egal was für Fähigkeiten er hatte, einfach, weil er bedürftig wirkte. Buddha wäre ganz hin und weg vor Begeisterung.

Ihm fiel auf, dass der Mann das eingerahmte Bild des Dalai Lama betrachtete, das er hinter seinem Schreibtisch aufgehängt hatte.

»Meditieren Sie?«, fragte Max.

»Nein«, entgegnete der Mann mit seiner kratzigen Stimme.

»Sie sollten es echt mal versuchen. Wenn Sie wollen, können Sie gern einmal in meinen Aschram kommen. Ich stelle Sie dann einigen Leuten vor.«

»Nein, danke. Ich halte nichts von diesem religiösen Scheiß.«

Der Mann tat Max leid, weil er so unerleuchtet war. »Falls Sie Ihre Meinung ändern, rufen Sie mich einfach an. Haben Sie Ihren Lebenslauf dabei?«

»Wie bitte?«

»Ob Sie einen Lebenslauf dabeihaben?«

»Wieso sollte ich Ihnen meinen Lebenslauf geben?«

»Wegen des Jobs. Deshalb sind Sie doch hier, oder?«

Der Mann lächelte. Es war kein freundliches Lächeln. »Ich bin nicht wegen eines Jobs gekommen. Ich bin nur gekommen, um mit Ihnen zu reden, Mr. Brown.«

Max starrte den Mann an. Ihm wurde schwindlig. Er hatte zwar mit dem Saufen aufgehört, doch jetzt brauchte er unbedingt einen Wodka. Scheißbuddhismus. Wo war Buddha, wenn man ihn wirklich mal brauchte?

»Entschuldigung, wie haben Sie mich eben genannt?«

»Mr. Brown.«

»Ich glaube, Sie sind hier im falschen Büro. Mein Name ist Fisher. Max Fisher.« Den Dalai Lama hätte er am liebsten in der Luft zerfetzt.

»Ich weiß, wie Sie heißen.«

»Alles klar. Das soll ein Scherz sein, stimmt's? Angela hat Sie angestiftet.«

»Niemand hat mich zu irgendwas angestiftet.«

Max wünschte sich, dass das alles gerade nicht passierte, dass es irgendeine Erklärung gab, die ihm nur im Moment nicht einfiel.

»Warum sind Sie dann hier?« Max' Stimme klang fast ebenso heiser wie die seines Besuchers.

»Morgen Nachmittag um fünf will ich eine Million Dollar in bar. Ich komm wieder vorbei und hol sie mir ab.«

»Nun mal langsam mit den jungen Pferden.« Max stand auf. »Wofür, zum Teufel, halten Sie sich eigentlich, dass Sie so in mein Büro reinplatzen? Wissen Sie, was ich tun werde? Ich rufe die Polizei an.«

Max griff zum Telefon.

»Das ist keine besonders schlaue Idee.«

»Wirklich? Warum nicht?«

Der Mann holte aus der Tasche seines Sweatshirts einen Minikassettenrekorder und hielt ihn hoch. Wie in Trance starrte Max den kleinen Apparat an. Er hörte kaum noch, wie Dillon mit seinem Akzent, der jetzt nach Totenglocken klang, sagte, *Na schön, er hat mich dafür bezahlt*, dann wurde sein linker Arm taub.

Irgendwann im Laufe der Nacht landete Max in der Bar des *Mansfield Hotels* und schüttete sich mit Gimlets zu, was auch immer das war. Er war sich nicht sicher, wie er überhaupt hierhergekommen war. Erinnern konnte er sich noch, dass ihm irgendwann klar geworden war, dass er doch nicht an einem Herzinfarkt krepierte. Nein, so leicht würde ihn dieser Schweinebuddha nicht aus seinem Elend entwischen lassen. Der Arsch war so gut wie gefeuert. Er war aus dem Büro gerannt. Erst wollte er in den Aschram, um seine Mitte wiederzufinden, doch dann dachte er, *Scheiß drauf*, und stiefelte in die nächste Bar. Angefangen hatte er mit Stoli, danach soff er sich durch alle möglichen Liköre und sonstigen Dreck. Auf seinem Weg ins *Mansfield* hatte er noch in ein oder zwei Bars reingeschaut, vielleicht auch in drei – *He, war ja niemand da, der mitzählt, oder?* Er trug immer noch denselben Anzug, allerdings war er inzwischen zerknittert und voller Flecken, und wo war eigentlich seine Krawatte?

Er kippte seinen dritten Gimlet herunter und bestellte lautstark den nächsten, klopfte die Taschen nach seinem Blackberry ab und grummelte: »Wo zum Teufel ... verdammt noch mal ... Scheiße!« Fünfmal durchsuchte er beide Taschen seines Sakkos, bis er das Handy endlich fand. Vor vier Stunden oder so hatte er Angela angerufen, um ihr zu sagen, dass sie in der Scheiße steckten, dass sie dem Mann alles geben mussten, was sie hatten, und dass sie sich mit ihm im *Mansfield* treffen solle. Er rief sie wieder an und hinterließ gerade eine weitere Nachricht, als der Gimlet kam. »Schieb sofort deinen Arsch hier rüber, Alte!« Er klappte das Handy zu und stieß dabei den Gimlet um. Die Flüssigkeit tropfte auf seine Hose. Er sah aus, als hätte er sich vollgepinkelt.

Nachdem Angela die Heimatschutzbehörde passiert hatte – der Kerl hatte sie ein wenig befummelt –, marschierte sie schnurstracks zur Bar. Der Barkeeper lächelte sie an und fragte, was sie wünsche.

»Einen großen Jameson, bitte.«
»Sind Sie Irin?«

»Bin ich.«

»Machen Sie Urlaub?«

»Ich fahre nach Hause.« Ihr Verlobungsring funkelte einen Moment lang im Licht. »Zuhause ist da, wo sich das Herz geborgen fühlt.«

»Ja, genau wie in dem Buch, das ich auf der High School gelesen habe«, sagte der Mann lächelnd. »*Das Herz ist ein einsamer Jäger.*«

Das verstand Angela nicht. »Das hab ich jetzt nicht verstanden.«

Dann bemerkte sie, wie der Typ auf ihre Brust starrte.

»Die Nadel gefällt mir«, sagte er, aber sie wusste, dass es nicht die Nadel war, die ihn interessierte.

Sie atmete tief ein und streckte die Brust nach vorn – warum sollte sie dem armen Kerl das bisschen Freude nicht gönnen? –, dann atmete sie langsam wieder aus. »Danke. Sie hat meiner Mutter gehört, das Einzige, was sie mir hinterlassen hat. Sie symbolisiert unsere Hände, die sich einander entgegenstrecken. Mein neuer Glücksbringer.«

»Wow, echt cool.« Der Typ hatte das Glas inzwischen mindestens fünfmal poliert.

Angela kippte den Jameson in einem Zug hinunter. »*Ta*«, sagte sie und ging mit wiegenden Hüften und rausgestreckten Titten davon.

Hey, frau muss schließlich zeigen, was sie hat, stimmt doch, oder?